天地外國經典文庫

# Nineteen Eighty-Four

# 一九八四

[英] 喬治・奧威爾 著
George Orwell

董樂山 譯

# 總序

香港是中西文化薈萃之地，文化以多元為主要特徵；人們讀的，既有四書五經、唐詩宋詞、胡適陳寅恪，也有聖經和莎士比亞、培根和狄更斯。香港文化發展史的重要內容是文化交流史。所謂文化交流，就是研究和介紹由外國先進思想衍生的普世價值，以及各國的優秀文學作品，作為發展本地文化的借鑒。用著名學者錢鍾書先生的話來說，就是「東海西海，心理攸同；南學北學，道術未裂。」[1] 翻譯家傅雷先生在〈翻譯經驗點滴〉一文中說：「中國人的思想方式和西方人的距離多麼遠。他們喜歡抽象，長於分析；我們喜歡具體，長於綜合。」[2] 可見，同為人類，中國人和西方人「心理攸同」；作為不同人種，他們的思維方式各有短長。香港各大學設英國語言文學系、翻譯系、比較文學系，文學院有歐洲和日本研究專業，目的就在於此。在這方面，香港有着足以驕人的成就。

茲舉一例。有學者考證，俄國大作家列夫．托爾斯泰作品最早的中譯本《托氏宗教小說》就是香港禮賢會出版的（時在清光緒三十三年即一九零七年），以此為嚆矢，托翁的著作以後呈扇形輻射到全國各地，被大量迻譯成中文出版，對我國文學界和思想界產生了深遠的影響。[3]

再舉一例，上世紀六、七十年代，香港今日世界出版社聘請了多位著名翻譯家、作家和詩人，如張愛玲、劉以鬯、林以亮、湯新楣、董橋、余光中等，迻譯了一批美國文學名著，其中包括《老人與海》、《湖濱散記》、《人間樂園》、《美國詩選》等書，到九十年代，這批書籍已成為名譯，由內地出版社重新印行，對後生學子可謂深致裨益。

為了持久延續這種交流，我們與相關專家會商斟酌，擬訂了引進「外國經典文庫」的計劃，盡可能蒐集資深翻譯家中譯外國文化（包括文學、哲學、思想、人文科學）經典的新舊版本，選粹付梓，給廣大讀者提供閱讀和研究參考的方便。

所謂經典，即傳統的權威性著作。它們古今俱備，題材多樣，以恢宏、深刻、精警見稱，在文學史、哲學史、思想史上具有崇高地位，迥異於坊間流行的通俗讀物。先期分批推出的二十種名著，簡述如下：

希臘哲學家柏拉圖的《對話集》，既是哲學名著，也在美學領域佔有重要地位，開了散文史上論辯文學的先河。

《莎士比亞十四行詩集》是西洋詩歌史上最深宏博大的十四行詩集。

愛爾蘭小説家喬伊斯短篇集《都柏林人》，由傳統走向革新。這位二十世紀最重要的作家之一，以其代表作、意識流長篇《尤利西斯》奠定了現代派文學的基礎。

英國女作家伍爾夫是運用「意識流」手法進行小説創作的先驅。她的長篇小説《到燈塔去》，以描寫人物內心世界見長，語言富有詩意。

勞倫斯是上世紀最具爭議的英國小説和散文家。他畢生以四海為家，著名的意大利遊記選《漂泊的異鄉人》，對當地風土人情的描寫繪影繪色，《不列顛百科全書》盛讚為具有「畫的描繪、詩的抒情、哲理的沉思」。

英國小説家赫胥黎的長篇《美麗新世界》，與奧威爾的《一九八四》、俄國作家扎米亞金的《我們》，被譽為文學史上三部最有名的反烏托邦小説。

奧威爾的《動物農場》與《一九八四》同為寓言體諷刺小説名著，在現代外國文學史上迄今仍享有盛名。

英國小説家毛姆的長篇《月亮和六便士》，以法國印象派畫家高庚為人物原型，刻劃的角色人情練達，冰雪聰明，筆致輕鬆流麗，幽默感人。他的另一小説《面紗》，雖非代表作，卻是以香港為背景的經典，而且二零零七年經荷里活改編為電影（譯名《愛在遙遠的附近》），頗值得注意。

小說家歐．亨利的《最後一片葉子》是膾炙人口的短篇集，作者堅持傳統寫作手法，享有「美國短篇小說創始人」之譽。

美國作家海明威的中篇小說《老人與海》，因「精通敘事藝術以及對當代風格的有力影響」榮膺一九五四年諾貝爾文學獎。他上世紀長居巴黎時構思的特寫集《流動的盛宴》，體裁略有不同，表現了含蓄凝練、搖曳生姿的散文風格。

法國存在主義小說《鼠疫》和《局外人》，冶文學和哲理於一爐。作者加繆與同為存在主義作家的薩特齊名，是一九五七年諾貝爾文學獎得主。

意大利作家亞米契斯的兒童文學作品《愛的教育》，早年由民初作家夏丏尊從日譯轉譯為中文，是當時傳誦一時的日記體文學作品；夏氏是我國新文學的優秀散文家，譯文暢達，此書初版迄今，在兩岸三地屢屢重版。

作為西方現代派文學鼻祖，奧國作家卡夫卡的小說《變形記》，荒誕離奇，寓意深刻，揭示了社會中的各種異化現象。

風格大不相同的兩位日本作家的作品：被譽為「日本毀滅型私小說家」代表人

物太宰治的《人間失格（附〈女生徒〉）》；與川端康成、谷崎潤一郎等唯美派大家齊名的永井荷風的散文集《荷風細雨》入列，為文庫增添了東方文學的獨特風采。《泰戈爾散文詩選集》雖然詩制精悍短小，但給予中國早期新詩的影響，我們卻可以從胡適、徐志摩、冰心等人的小詩中窺見它的痕跡。

考慮到歷史、語言和讀者熟悉與接受程度等原因，以上品種還較集中於英美日經典，其他如古希臘羅馬、印度、德、法、意、西班牙、俄羅斯乃至別的亞洲、非洲、拉丁美洲國家的精品尚待增補。我們希望書種得以逐年擴大，使「文庫」成為一套覆蓋寬廣、姿彩紛呈的外國文學寶庫，更有力地促進本地文化與世界各國優秀文化的廣泛互動，加速新時期本地文化的向前發展。

末了，對於迻譯各書的專家和結合本地實際撰寫導讀的學者，謹此表示由衷謝忱。

**天地外國經典文庫編輯委員會**

二零二一年一月二十日修訂

註釋：

[1]《談藝錄．序》，中華書局（香港）有限公司，一九八六年版。

[2]《傅雷談翻譯》第八頁，當代世界出版社，二零零六年九月。

[3] 戈寶權〈托爾斯泰和中國〉，載《托爾斯泰研究論文集》，上海譯文出版社，一九八三年版。

# 目錄

導讀

# 自由者之盾，極權者之矛

英國作家喬治．奧威爾（George Orwell）的《一九八四》，一九四八年寫成，一九四九年出版。小說寫的是一場核子大戰以後，世界形成了三大勢力，其中大洋國英社黨員温斯頓．史密斯，對執政黨產生懷疑，被思想警察抓拿、洗腦以至改造的故事。

讀《一九八四》之前，我早就聽說過奧威爾如何的高瞻遠矚，他早於一九四八年預言了未來政府如何對人民進行監察。他創造了一系列新概念，例如老大哥、雙重思想、思想警察、思想犯罪、新話、電幕、忘懷洞等，通過這種種概念編織出一個非常具真實感的極權世界。不少人視此書為科幻小說，但我重讀了幾遍以後，越發明白，科技在這部小說中根本無足輕重，因為本書最重要的科技只得一種，就是監控。

《一九八四》是一部關於監控的小說，奧威爾設定了監控幾乎無所不在的世界。政府為每家每戶裝有一部電幕，電幕一方面輸出有利統治的消息，另一方面透過鏡頭監察人們的一舉一動。電幕對維護政權非常有效，在無時無刻的監視底下，人的自我審查即成為常態。須知道，人的一切行動都在某種程度上呈現了他的思想，假如有人察覺到自己質疑政權，便自知犯下叛國的思想罪，其外在行為必然有異（書中寫日記便是一種異樣行為）。若然他打算掩飾自己對政權的質疑，即便能幸運地躲過一時，也不保證能躲過一輩子的監察。照此看來，永遠循政府旨意知行合一的人，才能通過政治審查，免犯叛國罪；換言之，凡能通過監控，亦必然為熱愛政權的人。《一九八四》最具洞察力的地方，不在於其科幻設定，監控的科技遲早會因現實的需求而出現，不過說到洞察出監控的可怕，確是這部小說的偉大之處。

一般而言，人們稱這部小說為反烏托邦小說。烏托邦，原指的是理想完美的世界；但反烏托邦，並非指反對建設烏托邦，而是要指出建設烏托邦的不可能。奧威爾嘗試指出，在諸如科技發展、經濟模式、人力資源、階級觀念等限制之下，烏托邦的建設目標最終往往扭曲變形，諷刺地成了一個與理想世界根本背道而馳的社會。其實反烏托邦這四個字，本身就極為弔詭，按常理而言，越為理想奮鬥，造就的社會應越是完美，怎可能適得其反呢？要讀懂這部小說，我們就必須先學懂接受這種弔詭；學懂了這種弔詭，我們才能看穿極權統治者在政治操作上的把戲。小說中有三句同樣弔詭的口號：

戰爭即和平，自由即奴役，無知即力量。

它明顯與日常認知相違：有戰爭何來和平？有奴役何來自由？人無知又怎會得到力量？這種弔詭，實際上書中有一概念稱之，叫做「雙重思想」。

「雙重思想」指的就是同時接受兩種互相違背的信念。了解「雙重思想」對了解《一九八四》的世界觀尤其重要。不得不提及小說中的一本書中書，叫作《寡頭政治集體主義的理論與實踐》，此書出於故事裏因鬥爭失敗的叛國者之手，其實我們只要細心一讀，便知道，它實際上就是作者奧威爾對讀者許下的預言書。書中對這三句弔詭的口號有詳盡的解釋，我以下取其中一點略作介紹。

「戰爭即和平」所說的「戰爭」，與我們一般認為的「侵略戰爭」的解釋不同。書中提及，當世界被分割成三股勢力後，各個勢力的土地已有足夠資源維持秩序，資源掠奪不再能成為戰爭的藉口；沒了資源問題，人人安居樂業，看似不必為物質條件而苦惱，卻其實對社會上某一種人——特權階層造成重大影響。資源平均分配，加上教育普及，世界越趨向平等，人民越質疑管治的必要，特權階級便越容易失去其管治身份。所以，特權階級必須處理一個艱深的問題，既不能讓人民過得太好，亦不能讓他們過得猶如赤貧；持續生產的工業需要運轉，又不能生產過於充裕（致使過剩）的產品；要處理過剩問題，通過「戰爭」毀掉部份資源和人力便是不錯的手段。只有通過戰爭，特權階級才可立於金字塔頂，讓人民忙於掙脱生存的縫隙。於是，三股勢力互相「戰爭」，目的不在於取勝，而是為了保持現況，維持一個階級、經濟、生產模式都凝結固定的世界。既然三大勢力都各自形成了自給自足的宇宙，裏面的人民又老死不相往來，互相不必真正地侵犯領土，戰爭就變成象棋的死局，來來回回分不出勝負，那麼真正永久的和平便跟真正永久的戰爭一模一樣。戰爭必須存在，弔詭的和平才能依附出現。

所以，和平依靠戰爭來達成，自由成為奴役人民的假象，力量由無知的群眾聚集。奧威爾要我們將慣用的詞彙拋入重新理解的怪圈，從弔詭中釋放更多可能的解釋，即便這些解釋如此令人矛盾以及費解。到此，我們不難明白，《一九八四》何以被稱作反烏托邦小說——正因為知道理想世界為何物，越往前走，越繞得遠，最終回歸停滯不前的世界，人們於是明白，烏托邦是不可能建成的空中樓閣。「雙重思想」的例子在書中俯拾皆是，每項都挑戰着我們的常識，這是奧威爾帶給我們的最具洞察力、最精妙的構思之一。

《一九八四》是一部對政治了解得相當透徹的作品，其精彩之處不在於預言世界將與小說一樣，更着意告訴我們，**世界有潛在可能變成此書一樣**。在二十一世紀閱讀這部小說，我們有一個無法繞過的核心問題：假設有一像小說裏的極權政府興起，究竟是誰人賦予他們如此巨大的力量，授權讓他們滲透至我們生活的每個層面？是不公義引起的革命？是資源分配不均導致的起義？抑或是人類心底對烏托邦的期盼，以致催化出各樣改革？答案很可能根本不是以上任何一項，因為**我們早已一隻腳踏入《一九八四》的世界，問題只在於我們是否選擇完全走進其中**。

不公義、不平等、貧富不均等問題雖然依然存在，但在二十一世紀的今天，情況已比一百年前好上不知多少倍了。我們有明確的法律制度，有處理平等機會的機構，也有完善的福利制度，只要努力拼經濟，全民生產，不必關心經濟以外的事情，公義、平等、均富將如承諾般繼續實現，我們的生活只會越來越美好。至於戰爭，除了在全球極小部份的地區開打，大國之間的戰爭已不復存在，而戰爭的規模亦隨之縮小，雖然軍備競賽從未落幕，但動輒數以百萬計的死傷已成歷史；加上國與國之間彼此活在核武的陰霾下，一方面不敢貿然開戰，另一方面也明白無法互相侵佔土地，現階段的科技已經讓大部份的人民過上飽足的日子，戰爭看似沒存在的必要。還有，生活上的便利更是處處可見，現在一人一手機，拍攝自己的行蹤，隨時可以跟好友在網上分享心情與想法；城市裏到處安裝的監控鏡頭，配合政府所收集的生物特徵如指紋、音容等，犯罪者已經不可能像科技前的時代一樣輕易犯罪，我們的生活從未如此的安全過。然而，這一切聽起來是多麼的似曾相識？好聽一點便叫發展經濟、維護和平、預防罪案，用雙重思想來思考，便是轉移視線、軍備競賽、監控人民。這不正正是《一九八四》所描述的世界嗎？

《一九八四》讓極權者讀之，可知操控人心的方法；自由者讀之，則可用作揭穿極權者操控人心的方法。這不只是一部小說，更是一本教材，從前將本書理解為防備極權的工具已過於狹窄，此書在今天更有可能成為極權統治者的參考資料。這場意識形態之爭就從揭開本書開始，閱讀人數就是自由者與極權者的拉鋸戰，任誰都知道，只有倒向自由才稱得上全人類的勝利。故此，我們早已具備發展出

《一九八四》裏所云種種的客觀條件，但在烏托邦與反烏托邦的界線上，還得看我們如何運用奧威爾式的智慧。我敢肯定，《一九八四》在人類未來的發展藍圖中必然佔一席位，但它最終會變成極權者抑或自由者的使用手冊，我們尚得警惕，居安思危，把眼睛擦亮，拭目以待。

**許嘉樂**

許嘉樂，筆名許栩。香港大學中文文學碩士。火苗文學工作室成員。現職教師。編著中、小學教材多種。作品散見於報章及文學雜誌。

# 第一部

# 1

四月間，天氣寒冷晴朗，鐘敲了十三下。溫斯頓．史密斯為了要躲寒風，緊縮着脖子，很快地溜進了勝利大廈的玻璃門，不過動作不夠迅速，沒有能夠防止一陣沙土跟着他颳進了門。

門廳裏有一股熬白菜和舊地席的氣味。門廳的一頭，有一張彩色的招貼畫釘在牆上，在室內懸掛略為嫌大了一些。畫的是一張很大的面孔，有一米多寬：這是一個大約四十五歲的男人的臉，留着濃密的黑鬍子，臉部線條粗獷英俊。溫斯頓朝樓梯走去。用不着試電梯。即使最順利的時候，電梯也是很少開的，現在又是白天停電。這是為了籌備舉行仇恨週而實行節約。溫斯頓的住所在七層樓上，他三十九歲，右腳脖子上患靜脈曲張，因此爬得很慢，一路上休息了好幾次。每上一層樓，正對着電梯門的牆上就有那幅畫着很大臉龐的招貼畫凝視着。這是屬於這樣的一類畫，你不論走到哪裏，畫中的眼光總是跟着你。下面的文字說明是：老大哥在看着你。

在他住所裏面，有個圓潤的嗓子在唸一系列與生鐵產量有關的數字。聲音來自一塊像毛玻璃一樣的橢圓形金屬板，這構成右邊牆壁的一部份牆面。溫斯頓按了一個開關，聲音就輕了一些，不過説的話仍聽得清楚。這個裝置（叫做電幕）可以放低聲音，可是沒有辦法完全關上。他走到窗邊。他的身材瘦小纖弱，藍色的工作服——那是黨內的制服——更加突出了他身子的單薄。他的頭髮很淡，臉色天生紅潤，他的皮膚由於用粗肥皂和鈍刀片，再加上剛剛過去的寒冬，顯得有點粗糙。

外面，即使通過關上的玻璃窗，看上去也是寒冷的。在下面街心裏，陣陣的小捲風把塵土和碎紙吹捲起來，雖然陽光燦爛，天空蔚藍，可是除了到處貼着的招貼畫以外，似乎甚麼東西都沒有顏色。那張留着黑鬍子的臉從每一個關鍵地方向下凝視。在對面那所房子的正面就有一幅，文字説明是：老大哥在看着你。那雙黑色的眼睛目不轉睛地看着溫斯頓的眼睛。在下面街上有另外一張招貼畫，一角給撕破了，在風中不時地吹拍着，一會兒蓋上，一會兒又露出唯一的一個詞兒「英社」。在遠處，一架直升機在屋頂上面掠過，像一隻綠頭蒼蠅似的徘徊了一會兒，又繞個彎兒飛走。這是警察巡邏隊，在伺察人們的窗戶。不過巡邏隊並不可怕，只有思想警察才可怕。

在溫斯頓的身後，電幕上的聲音仍在喋喋不休地報告生鐵產量和第九個三年計劃的超額完成情況。電幕能夠同時接收和放送。溫斯頓發出的任何聲音，只要比極低聲的細語大一點，它就可以接收到；此外，只要他留在那塊金屬板的視野之內，除了能聽到他的聲音之外，也能看到他的行動。當然，沒有辦法知道，在某一特定的時間裏，你的一言一行是否都有人在監視着。思想警察究竟多麼經常，或者根據甚麼安排在接收某個人的線路，那你就只能猜測了。甚至可以想像，他們對每個人都是從頭到尾一直在監視着的。反正不論甚麼時候，只要他們高興，他們都可以接上你的線路。你只能在這樣的假定下生活——從已經成為本能的習慣出發，你早已這樣生活了：你發出的每一個聲音，都是有人聽到的，你做出的每一個動作，除非在黑暗中，都是有人仔細觀察的。

溫斯頓繼續背對着電幕。這樣比較安全些；不過他也很明白，甚至背部有時也能暴露問題的。一公里以外，他工作的單位真理部高聳在陰沉的市景之上，樓房高大，一片白色。這，他帶着有些模糊的厭惡情緒想——這就是倫敦，一號空降場的主要城市，一號空降場是大洋國人口位居第三的省份。他竭力想擠出一些童年時代的記憶來，能夠告訴他倫敦是不是一直都是這樣的。是不是一直有這些景象：破敗的十九世紀的房子，牆頭用木材撐着，窗戶釘上了硬紙板，屋頂上蓋着波紋鐵皮，倒塌的花園圍牆東倒西歪；還有那塵土飛揚、破磚殘瓦上野草叢生的空襲地點；還有那炸彈清出了一大塊空地，上面忽然出現了許多像雞籠似的骯髒木房子的地方。可是沒有用，他記不起來了；除了一系列沒有背景、模糊難辨的、燈光燦爛的畫面以外，他的童年已不留下甚麼記憶了。

真理部——用新話來說叫真部——同視野裏的任何其他東西都有令人吃驚的不同。這是一個龐大的金字塔式的建築，白色的水泥晶晶發亮，一層接着一層上升，一直升到高空三百米。從溫斯頓站着的地方，正好可以看到黨的三句口號，這是用很漂亮的字體寫在白色的牆面上的：

戰爭即和平
自由即奴役
無知即力量

據說，真理部在地面上有三千間屋子，和地面下的結構相等。在倫敦別的地方，還有三所其他的建築，外表和大小與此相同。它們使周圍的建築彷彿小巫見了大巫，因此你從勝利大廈的屋頂上可以同時看到這四所建築。它們是整個政府機構四部的所在地：真理部負責新聞、娛樂、教育、藝術；和平部負責戰爭；友愛部維持法律和秩序；富裕部負責經濟事務。用新話來說，它們分別稱為真部、和部、愛部、富部。

真正教人害怕的部是友愛部。它連一扇窗戶也沒有。溫斯頓從來沒有到友愛部去過，也從來沒有走近距它半公里之內的地帶。這個地方，除非因公，是無法進入的，而且進去也要通過重重鐵絲網、鐵門、隱蔽的機槍陣地。甚至在環繞它的屏障之外的大街上，也有穿着黑色制服、攜帶連枷棍的兇神惡煞般的警衛在巡邏。

溫斯頓突然轉過身來。這時他已經使自己的臉部現出一種安詳樂觀的表情，在面對電幕的時候，最好是用這種表情。他走過房間，到了小廚房裏。在一天的這個時間裏離開真理部，他犧牲了在食堂的中飯，他知道廚房裏沒有別的吃的，只有一塊深色的麵包，那是得省下來當明天的早飯的。他從架子上拿下一瓶無色的液體，上面貼着一張簡單白色的標籤：勝利杜松子酒。它有一種令人難受的油味兒，像中國的黃酒一樣。溫斯頓倒了快一茶匙，硬着頭皮，像吃藥似的咕嚕一口喝了下去。

他的臉馬上緋紅起來，眼角裏流出了淚水。這玩藝兒像硝酸，而且，喝下去的時候，你有一種感覺，好像後腦勺上挨了一下橡皮棍似的。不過接着他肚子裏火燒的感覺減退了，世界看起來開始比較輕鬆愉快了。他從一匣擠癟了的勝利牌香煙盒中拿出一支煙來，不小心地豎舉着，煙絲馬上掉到了地上。他拿出了第二支，這次比較成功。他回到了起居室，坐在電幕左邊的一張小桌子前。他從桌子抽屜裏拿出一支筆桿、一瓶墨水、一本厚厚的四開本空白簿子，紅色的書脊，大理石花紋的封面。

不知甚麼緣故，起居室裏的電幕安的位置與眾不同。按正常的辦法，它應該安在一頭的端牆上，可以看到整個房間，可是如今卻安在側牆上，正對着窗戶。在電幕的一邊，有一個淺淺的壁龕，溫斯頓現在就坐在這裏，在修建這所房子的時候，這個壁龕大概是打算放書架的。溫斯頓坐在壁龕裏，盡量躲得遠遠的，可以處在電幕的控制範圍之外，不過這僅僅就視野而言。當然，他的聲音還是可以聽到的，但只要他留在目前的位置，電幕就看不到他。一半是由於這間屋子的與眾不同的佈局，使他想到要做他目前要做的事。

但這件事也是他剛剛從抽屜中拿出來的那個本子使他想到要做的。這是一本特別精美的本子。光滑潔白的紙張因年代久遠而有些發黃，這種紙張至少過去四十年來已久未生產了。不過他可以猜想，這部本子的年代還要久遠得多。他是在本市一個破破爛爛的居民區的一家發霉的小舊貨舖中看到它躺在櫥窗中的，到底是哪個區，他已經記不得了。他當時一眼就看中，一心想要得到它。照理黨員是不許到普通店舖裏去的（去了就是「在自由市場上做買賣」），不過這條規矩並不嚴格執行，因為有許多東西，例如鞋帶、刀片，用任何別的辦法是無法弄到的，他回頭很快地看了一眼街道兩頭，就溜進了小舖子，花二元五角錢把本子買了下來。當時他並沒有想到買來幹甚麼用。他把它放在皮包裏，不安地回了家。即使裏面沒有寫甚麼東西，有這樣一個本子也是容易引起懷疑的。

他要做的事情是開始寫日記。寫日記並不是不合法的（沒有甚麼事情是不合法的，因為早已不再有甚麼法律了），但是如被發現，可以相當有把握地肯定，會受到死刑的懲處，或者至少在強迫勞動營裏幹苦役二十五年。溫斯頓把筆尖插在筆桿上，用嘴舔了一下，把上面的油去掉。這種沾水筆已成了老古董，甚至簽名時也不用了，他偷偷地花了不少力氣才買到一支，只是因為他覺得這個精美乳白的本子只配用真正的筆尖書寫，不能用墨水鉛筆塗畫。實際上他已不習慣手書了。除了極簡短的字條以外，一般都用聽寫器口授一切，他目前要做的事，當然是不能用聽寫器的。他把筆尖沾了墨水，又停了一下，不過只有一剎那。他的腸子裏感到一陣震顫。

在紙上寫標題是個決定性的行動。他用纖小笨拙的字體寫道：

一九八四年四月四日

他身子往後一靠。一陣束手無策的感覺襲擊了他。首先是，他一點也沒有把握，今年是不是一九八四年。大致是這個日期，因為他相當有把握地知道，自己的年齡是三十九歲，而且他相信他是在一九四四年或一九四五年生的。但是，要把任何日期確定下來，誤差不出一兩年，在當今的時世裏，是永遠辦不到的。

他突然想到，他是在為誰寫日記呀？為將來，為後代。他的思想在本子上的那個可疑日期上猶豫了一會兒，突然想起了新話中的一個詞兒「雙重思想」。他頭一次領悟到了他要做的事情的艱巨性。你怎麼能夠同未來聯繫呢？從其性質來說，這樣做就是不可能的。只有兩種情況，要是未來同現在一樣，在這樣的情況下未來就不會聽他的，要是未來同現在不一樣，他的處境也就沒有任何意義了。

他呆呆地坐在那裏，看着本子。電幕上現在播放刺耳的軍樂了。奇怪的是，他似乎不僅喪失了表達自己的能力，而且甚至忘掉了他原來要想說甚麼話了。過去幾個星期以來，他一直在準備應付這一時刻，他從來沒有想到過，除了勇氣以外還需要甚麼。實際寫作會是很容易的。他要做的只是把多年來頭腦裏一直在想的、無休止的、無窮盡的獨白付諸筆墨就行了。但是在目前，甚至獨白也枯竭了。此外，他的靜脈曲張也開始癢了起來，使人難熬。他不敢抓它，因為一抓就要發炎。時間滴答地過去。他只感到面前一頁空白的紙張，腳脖子上的皮膚發癢，音樂的聒噪，杜松子酒引起的一陣醉意。

突然他開始慌裏慌張地寫了起來，只是模模糊糊地意識到他寫的是些甚麼。他的纖小而有些孩子氣的筆跡在本子上彎彎曲曲地描畫着，寫着寫着，先是省略了大寫字母，最後連句號也省略了：

一九八四年四月四日。昨晚去看電影。全是戰爭片。一部很好，是關於一艘裝滿難民的船，在地中海某處遭到空襲。觀眾看到一個大胖子要想游開去逃脫追他的直升機的鏡頭感到很好玩。你起初看到他像一頭海豚一樣在水裏浮沉，後來通過直升機的瞄準器看到他，最後他全身是槍眼，四周的海水都染紅了，他突然下沉，好像槍眼裏吸進了海水一樣。下沉的時候觀眾笑着叫好。接着你看到一艘裝滿兒童的救生艇，上空有一架直升機在盤旋。有個中年婦女坐在船首，大概是個猶太女人，懷中抱着一個大約三歲的小男孩。小男孩嚇得哇哇大哭，把腦袋躲在她的懷裏，好像要鑽進她的胸口中去似的，那個婦女用胳膊摟着他，安慰着他，儘管她自己的臉色也嚇得發青。她一直用自己的胳膊盡可能地掩護着他，彷彿她以為自己的胳膊能夠抵禦子彈不傷他的身體似的。接着直升機在他們中間投了一顆二十公斤的炸彈，引起可怕的爆炸，救生艇四分五裂，成為碎片。接着出現一個很精彩的鏡頭一個孩子的胳膊舉了起來越舉越高越舉越高一直到了天空中一定有架機頭裝着攝影機的直升機跟着他的胳膊，在黨員座中間發出了很多的掌聲但是在無產座部份有個婦女突然吵了起來大聲說他們不應該在孩子們面前放映這部電影他們在孩子們面前放映這部電影是不對的最後警察把她趕了出去我想她不至於會遇到甚麼不愉快的結果無產者說些甚麼沒有人會放在心上典型的無產者反應他們決不會——

溫斯頓停下了筆，一半是因為他感到手指痙攣。他也不知道是甚麼東西使他一瀉千里地寫出這些胡說八道的話來。但奇怪的事情是，他在寫的時候，有一種完全不同的記憶在他的思想中明確起來，使他覺得自己有能力把它寫下來。他現在認識到，這是因為有另一件事情才使他突然決定今天要回家開始寫日記。
如果說，這樣一件模模糊糊的事也可以說是發生的話，這件事今天早上發生在部裏。

快到十一點的時候，在溫斯頓工作的紀錄司，他們把椅子從小辦公室拖出來，放在大廳的中央，放在大電幕的前面，準備舉行兩分鐘仇恨。溫斯頓剛剛在中間一排的一張椅子上坐下來，有兩個他只認識面孔、卻從來沒有講過話的人意外地走了進來。其中有一個是他常常在走廊中遇到的一個姑娘。他不知道她的名字，但是他知道她在小說司工作。由於他有時看到她雙手沾油，拿着扳鉗，她大概是做機械工的，拾掇那些小說寫作機器。她是個年約二十七歲、表情大膽的姑娘，濃濃的黑髮，長滿雀斑的臉，動作迅速敏捷，像個運動員。她的工作服的腰上重重地圍了一條猩紅色的窄緞帶，這是青年反性同盟的標誌，圍得不鬆不緊，正好露出她的腰部的苗條。溫斯頓頭一眼看到她就不喜歡她。他知道為甚麼原因。這是因為她竭力在自己身上帶上一種曲棍球場、冷水浴、集體遠足，總的來說是思想純潔的味道。幾乎所有的女人他都不喜歡，特別是年輕漂亮的。總是女人，尤其是年輕的女人，是黨的最盲目的擁護者，生吞活剝口號的人，義務的密探，非正統思想的檢查員。但是這個女人使他感到比別的更加危險。有一次他們在走廊裏遇到時，她很快地斜視了他一眼，似乎看透了他的心，刹那間他充滿了黑色的恐懼。他甚至想到這樣的念頭：她可能是思想警察的特務。不錯，這是很不可能的。但是只要她在近處，他仍有一種特別的不安之感，這種感覺中摻雜着敵意，也摻雜着恐懼。

另外一個人是個叫奧勃良的男人，他是核心黨員，擔任的職務很重要，高高在上，因此溫斯頓對他職務的性質只有一種很模糊的概念。椅子周圍的人一看到核心黨員的黑色工作服走近時，都不由得肅靜下來。奧勃良是個體格魁梧的人，脖子短粗，有着一張粗獷殘忍、興高采烈的臉。儘管他的外表令人望而生畏，他的態度卻有一定迷人之處。他有一個小動作奇怪地使人感到可親，那就是端正一下鼻樑上的眼鏡；也很難説清楚，這奇怪地使人感到很文明。如果有人仍舊有那樣想法的話，這個姿態可能使人想到一個十八世紀的紳士端出鼻煙匣來待客。溫斯頓大概在十多年來看到過奧勃良十多次。他感到對他特別有興趣，這並不完全是因為他對奧勃良彬彬有禮的態度和拳擊師的體格的截然對比感到有興趣，更多的是因為他心中暗自認為——也許甚至還不是認為，而僅僅是希望——奧勃良的政治信仰不完全是正統的。他臉上的某種表情使人無法抗拒地得出這一結論。而且，表現在他臉上的，甚至不是不正統，而乾脆就是智慧。不過無論如何，他的外表使人感到，如果你能躲過電幕而單獨與他在一起的話，他是個可以談談的人。溫斯頓從來沒有做過哪怕是最輕微的努力來證實這種猜想；說真的，根本沒有這樣做的可能。現在，奧勃良瞥了一眼手錶，看到已經快到十一點了，顯然決定留在紀錄司，等兩分鐘仇恨結束。他在溫斯頓那一排坐了下來，相隔兩把椅子。中間坐的是一個淡茶色頭髮的小女人，她在溫斯頓隔壁的小辦公室工作。那個黑頭髮的姑娘坐在他們背後一排。

接着，屋子那頭的大電幕上突然發出了一陣刺耳的摩擦聲，彷彿是台大機器沒有油了一樣。這種噪聲使你牙關咬緊、毛髮直豎。仇恨開始了。

像平常一樣，屏幕上閃現了人民公敵愛麥虞埃爾·果爾德施坦因的臉。觀眾中間到處響起了噓聲。那個淡茶色頭髮的小女人發出了混雜着恐懼和厭惡的叫聲。果爾德施坦因是個叛徒、變節分子，他一度（那是很久以前了，到底多久，沒有人記得清楚）是黨的領導人物之一，幾乎與老大哥本人平起平坐，後來從事反革命活動，被判死刑，卻神秘地逃走了，不知下落。兩分鐘仇恨節目每天不同，但無不以果爾德施坦因為其重要人物。他是頭號叛徒，最早污損黨的純潔性的人。後來的一切反黨罪行、一切叛國行為、破壞顛覆、異端邪說、離經叛道都是直接起源於他的教唆。

反正不知在甚麼地方，他還活着，策劃着陰謀詭計；也許是在海外某個地方，得到外國後台老闆的庇護；也許甚至在大洋國國內某個隱蔽的地方藏匿着——有時就有這樣的謠傳。

溫斯頓的橫膈膜一陣緊縮。他看到果爾德施坦因的臉時不由得感到說不出的滋味，各種感情都有，使他感到痛苦。這是一張瘦削的猶太人的臉，一頭蓬鬆的白髮，小小的一撮山羊鬍鬚——一張聰明人的臉龐，但是有些天生的可鄙，長長的尖尖的鼻子有一種衰老性的癡呆，鼻尖上架着一副眼鏡。這張臉像一頭綿羊的臉，它的聲音也有一種綿羊的味道。果爾德施坦因在對黨進行他一貫的惡毒攻擊，這種攻擊誇張其事，不講道理，即使一個兒童也能一眼看穿，但是聽起來卻又似乎有些道理，使你覺得要提高警惕，別人要是沒有你那麼清醒的頭腦，可能上當受騙。他在謾罵老大哥，攻擊黨的專政，要求立即同歐亞國媾和，主張言論自由、新聞自由、集會自由、思想自由，歇斯底里地叫嚷說革命被出賣了——所有這一切的話都是用大字眼飛快地說的，可以說是對黨的演說家一貫講話作風的一種模仿，甚至還有一些新話的詞彙；說真的，比任何黨員在實際生活中一般使用的新話詞彙還要多。在他說話的當兒，唯恐有人會對果爾德施坦因的花言巧語所涉及的現實有所懷疑，電幕上他的腦袋後面有無窮無盡的歐亞國軍隊列隊經過——一隊又一隊的結實的士兵蜂擁而過電幕的表面，他們的亞細亞式的臉上沒有表情，跟上來的是完全一樣的一隊士兵。這些士兵們的軍靴有節奏的踩踏聲襯托着果爾德施坦因的嘶叫聲。

仇恨剛進行了三十秒鐘，屋子裏一半的人中就爆發出控制不住的憤怒的叫喊。電幕上洋洋自得的羊臉，羊臉後面歐亞國可怕的威力，這一切都使人無法忍受；此外，就憑果爾德施坦因的臉，或者哪怕只想到他這個人，就自動地產生恐懼和憤怒。不論同歐亞國還是東亞國相比，他更經常的是仇恨的對象，因為大洋國如果同這兩國中的一國打仗，同另外一國一般總是保持和平的。但是奇怪的是，雖然人人仇恨和蔑視果爾德施坦因，雖然每天，甚至一天有上千次，他的理論在講台上、電幕上、報紙上、書本上遭到駁斥、抨擊、嘲笑，讓大家都看到這些理論是多麼可憐的胡說八道，儘管這樣，他的影響似乎從來沒有減弱過。總是有傻瓜上當受騙。思想警察沒有一天不揭露出有間諜和破壞分子奉他的指示進行活動。他成了一支龐大的隱蔽的軍隊的司令，這是一幫陰謀家組成的地下活動網，一心要推翻國家政權。它的名字據說叫兄弟團，謠傳還有一本可怕的書，集異端邪說之大成，到處秘密散發，作者就是果爾德施坦因。這本書沒有書名。大家提到它時只說那本書。不過這種事情都是從謠傳中聽到的。任何一個普通黨員，只要辦得到，都是盡量不提兄弟團或那本書的。

仇恨到了第二分鐘達到了狂熱的程度。大家都跳了起來，大聲高喊，要想壓倒電幕上傳出來的令人難以忍受的羊叫一般的聲音。那個淡茶色頭髮的小女人面孔通紅，嘴巴一張一閉，好像離了水的魚一樣。甚至奧勃良的粗獷的臉也漲紅了。他直挺挺地坐在椅上，寬闊的胸膛脹了起來，不斷地戰慄着，好像受到電流的襲擊。溫斯頓背後的黑頭髮姑娘開始大叫「豬玀！豬玀！豬玀！」她突然揀起一本厚厚的新話詞典向電幕扔去。它擊中了果爾德施坦因的鼻子，又彈了開去，他說話的聲音仍舊不為所動地繼續着。溫斯頓的頭腦曾經有過片刻的清醒，他發現自己也同大家一起在喊叫，用鞋後跟使勁地踢着椅子腿。兩分鐘仇恨所以可怕，不是你必須參加表演，而是要避不參加是不可能的。不出三十秒鐘，一切矜持都沒有必要了。一種夾雜着恐懼和報復情緒的快意，一種要殺人、虐待、用大鐵錘痛打別人面孔的慾望，似乎像一股電流一般穿過了這一群人，甚至使你違反本意地變成一個惡聲叫喊的瘋子。然而，你所感到的那種狂熱情緒是一種抽象的、無目的的感情，好像噴燈的火燄一般，可以從一個對象轉到另一個對象。因此，有一陣子，溫斯頓的仇恨並不是針對果爾德施坦因的，而是反過來轉向了老大哥、黨、思想警察；在這樣的時候，他打從心眼裏同情電幕上那個孤獨的、受到嘲弄的異端分子，謊話世界中真理和理智的唯一衛護者。可是一會兒他又同周圍的人站在一起，覺得攻擊果爾德施坦因的一切的話都是正確的。在這樣的時刻，他心中對老大哥的憎恨變成了崇拜，老大哥的形象越來越高大，似乎是一個所向無敵、毫無畏懼的保護者，像塊巨石一般聳立於從亞洲蜂擁而來的烏合之眾之前，而果爾德施坦因儘管孤立無援，儘管對於是否有他這個人的存在也有懷疑，卻似乎是一個陰險狡詐的妖物，光憑他的談話聲音也能夠把文明的結構破壞無遺。

有時候，你甚至可以自覺轉變自己仇恨的對象。溫斯頓突然把仇恨從電幕上的面孔轉到了坐在他背後那個黑髮女郎的身上，其變化之迅速就像做噩夢醒來時猛地坐起來一樣。一些栩栩如生的、美麗動人的幻覺在他的心中閃過。他想像自己用橡皮棍把她揍死，又把她赤身裸體地綁在一根木樁上，像聖塞巴斯蒂安一樣亂箭穿身。在最後高潮中，他污辱了她，割斷了她的喉管。而且，他比以前更加明白他為甚麼恨她。他恨她是因為她年輕漂亮，卻沒有性感，是因為他要同她睡覺但永遠不會達到目的，是因為她窈窕的纖腰似乎在招引你伸出胳膊去摟住她，但是卻圍着那條令人厭惡的猩紅色綢帶，那是咄咄逼人的貞節的象徵。

仇恨達到了最高潮。果爾德施坦因的聲音真的變成了羊叫，而且有一度他的臉也變成了羊臉。接着那頭羊臉又化為一個歐亞國的軍人，高大嚇人，似乎在大踏步前進，他的輕機槍嘶叫，似乎有奪幕而出之勢，嚇得第一排上真的有些人從坐着的椅子中來不及站起來。但是就在這一刹那間，電幕上這個敵人已化為老大哥的臉，黑頭髮，黑鬍子，充滿力量，鎮定沉着，臉龐這麼大，幾乎佔滿了整個電幕，他的出現使大家放心地深深鬆了一口氣。沒有人聽見老大哥在說甚麼。他說的只是幾句鼓勵的話，那種話一般都是在戰鬥的喧鬧聲中說的，無法逐字逐句聽清楚，但是說了卻能恢復信心。接着老大哥的臉又隱去了，電幕上出現了用黑體大寫字母寫的黨的三句口號：

戰爭即和平
自由即奴役
無知即力量

但是老大哥的臉似乎還留在電幕上有好幾秒鐘，好像它在大家的視網膜上留下的印象太深了，不能馬上消失似的。那個淡茶色頭髮的小女人撲在她前面一排的椅子背上。她哆哆嗦嗦地輕輕喊一聲好像「我的救星！」那樣的話，向電幕伸出雙臂。接着又雙手捧着臉。很明顯，她是在做禱告。

這時，全部在場的人緩慢地、有節奏地、深沉地再三高叫「B—B！……B—B！……B—B！」[1]他們叫得很慢，在第一個B和第二個B之間停頓很久。這種深沉的聲音令人奇怪地有一種野蠻的味道，你彷彿聽到了赤腳的踩踏和銅鼓的敲打。他們這樣大約喊了三十秒鐘。這種有節奏的叫喊在感情衝動壓倒一切的時候是常常會聽到的。這一部份是對老大哥的英明偉大的讚美，但更多的是一種自我催眠，有意識地用有節奏的鬧聲來麻痹自己的意識。溫斯頓心裏感到一陣涼。在兩分鐘的仇恨中，他無法不同大家一起夢囈亂語，但是這種野獸般的「B—B！……B—B！」的叫喊總使他充滿了恐懼。當然，他也和大家一起高喊：不那麼做是辦不到的。掩飾你真實的感情，控制你臉部的表情，大家做甚麼你就做甚麼，這是一種本能的反應。但是有那麼一兩秒鐘的時間裏，他的眼睛裏的神色很可能暴露了他自己。正好是在這一剎那，那件有意義的事情發生了——如果說那件事情真的發生了的話。

原來在瞬息間他同奧勃良忽然目光相遇。奧勃良這時已經站了起來。他摘下了眼鏡，正要用他一貫的姿態把眼鏡放到鼻樑上去。就在這一剎那之間，他們兩人的眼光相遇了，在這相遇時刻，溫斯頓知道——是啊，他知道！——奧勃良心裏想的同他自己一樣。他們兩人之間交換了一個無可置疑的信息。好像他們兩人的心打了開來，各人的思想通過目光而流到了對方的心裏。「我同你一致，」奧勃良似乎這樣對他說。「我完全知道你的想法。你的蔑視、仇恨、厭惡，我全都知道，不過別害怕，我站在你的一邊！」但是領悟的神情一閃即逝，奧勃良的臉又像別人的臉一樣莫測高深了。

情況就是這樣，他已經在開始懷疑，是不是真的發生過這樣的情況，這種事情是從來不會有後繼的，唯一結果不過是在他的心中保持這樣的信念，或者說希望：除了他自己以外也有別人是黨的敵人。也許，說甚麼普遍存在着地下陰謀的謠言是確實的也說不定，也許真的有兄弟團的存在！儘管有不斷的逮捕、招供和處決，仍不可能有把握地說，兄弟團不只是個謠言。他有時相信，有時不相信。沒有任何證據，只是一些過眼即逝的現象，可能有意義也可能沒有意義：一鱗半爪偶然聽來的談話，廁所牆上的隱隱約約的塗抹——甚至有一次兩個素不相識的人相遇時手中一個小動作使人覺得好像他們是在打暗號。這都是瞎猜：很可能這一切都是他瞎想出來的。他對奧勃良不再看一眼就回到他的小辦公室去了。他一點也沒有想到要追蹤他們剛才這短暫的接觸。即使他知道應該怎麼辦，這樣做的危險也是無法想像的。他們不過是在一秒鐘、兩秒鐘裏交換了明白的眼光，事情就到此為止了。但是即使這樣，在這樣自我隔絕的孤獨的生活環境中，這也是一件意義重大的事。

溫斯頓挺直腰板，坐了起來。他打了一個嗝。杜松子酒的勁頭從他肚子裏升了起來。

他的眼光又回到本子上。他發現在無可奈何地坐着胡思亂想的時候，他也一直在寫東西，好像是自發的動作一樣。而且筆跡也不是原來的那樣歪歪斜斜的笨拙筆跡了。他的筆在光滑的紙面上龍飛鳳舞，用整齊的大寫字母寫着——

打倒老大哥
打倒老大哥
打倒老大哥
打倒老大哥

一遍又一遍地寫滿了半頁紙。

他禁不住感到一陣恐慌。其實並無必要，因為寫這些具體的字並不比開始寫日記這一行為更加危險；但是有一陣子他真想把這些塗抹了的紙頁撕下來，就此作罷。

但是他沒有這樣做，因為他知道這沒有用。不論他是寫了打倒老大哥，還是他沒有寫，並沒有甚麼不同。不論他是繼續寫日記，還是他沒有繼續寫，也沒有甚麼不同。思想警察還是會逮到他的。他已經犯了——即使他沒有用筆寫在紙上，也還是犯了的——包含一切其他罪行的根本大罪。這叫做思想罪。思想罪可不是能長期隱匿的。你可能暫時能躲避一陣，甚至躲避幾年，但他們遲早一定會逮到你。

總是在夜裏——逮捕總是在夜裏進行的。突然在睡夢中驚醒，一隻粗手捏着你的肩膀，燈光直射你的眼睛，床邊圍着一圈兇狠的面孔。在絕大多數情況下不舉行審訊，不報道逮捕消息，人就是這麼銷聲匿跡了，而且總是在夜裏。你的名字從登記冊上除掉了，你做過的一切事情的記錄都除掉了，你的一度存在也給否定了，接着被遺忘了。你被取消，消滅了：通常用的字眼是化為烏有。

他忽然像神經病發作一樣，開始匆忙地亂塗亂畫起來：

他們會槍斃我我不在乎他們會在我後腦勺打一槍我不在乎打倒老大哥他們總是在後腦勺給你一槍我不在乎打倒老大哥——

他在椅子上往後一靠，有點為自己感到難為情，放下了筆。接着他又胡亂地寫起來。這時外面傳來一下敲門聲。

已經來了！他像隻耗子似的坐着不動，滿心希望不論是誰敲門，敲了一下就會走開。但是沒有，門又敲了一下。遲遲不去開門是最糟糕的事情。他的心怦怦的幾乎要跳出來，但是他的臉大概是出於長期的習慣卻毫無表情。他站了起來，腳步沉重地向門走去。

**註釋：**

[1] 英語「老大哥」Big Brother 兩字的第一個字母。

# 2

溫斯頓的手剛摸到門把就看到他的日記放在桌上沒有合上。上面盡是寫着打倒老大哥，字體之大，從房間另一頭還看得很清楚。想不到怎麼會這樣蠢。但是，即使在慌裏慌張之中他也意識到，他不願在墨漬未乾之前就合上本子弄污乳白的紙張。

他咬緊了牙關，打開了門。頓時全身感到一股暖流，心中一塊大石頭落了地。站在門外的是一個面容蒼白憔悴的女人，頭髮稀疏，滿臉皺紋。

「哦，同志，」她開始用一種疲倦的、帶點呻吟的嗓音說，「我想我聽到了你進門的聲音。你能不能過來幫我看一看我家廚房裏的水池子？它好像堵了——」

她是派遜斯太太，同一層樓一個鄰居的妻子。（「太太」這個稱呼，黨內是有點不贊成用的，隨便誰，你都得叫「同志」，但是對於有些婦女，你會不自覺地叫她們「太太」的。）她年約三十，但外表卻要老得多。你有這樣的印象，好像她臉上的皺紋裏嵌積着塵埃。溫斯頓跟着她向過道另一頭走去。這種業餘修理工作幾乎每天都有，使人討厭。勝利大廈是所老房子，大約在一九三零年左右修建的，現在快要倒塌了。天花板上和牆上的灰泥不斷地掉下來，每次霜凍，水管總是凍裂，一下雪屋頂就漏，暖氣如果不是由於節約而完全關閉，一般也只燒得半死不活。修理工作除非你自己能動手，否則必須得到某個高高在上的委員會的同意，而這種委員會很可能拖上一兩年不來理你，哪怕是要修一扇玻璃窗。

「正好托姆不在家，」派遜斯太太含含糊糊說。

派遜斯家比溫斯頓的大一些，另有一種陰暗的氣氛。甚麼東西都有一種擠癟打爛的樣子，好像這地方剛才來過了一頭亂跳亂蹦的巨獸一樣。地板上到處盡是體育用品——曲棍球棒、拳擊手套、破足球、一條有汗漬的短褲向外翻着，桌子上是一堆髒碗碟和折了角的練習本。牆上是青年團和少年偵察隊的紅旗和一幅巨大的老大哥畫像。房間裏同整所房子一樣，有一股必不可少的熬白菜味兒，但又夾着一股更刺鼻的汗臭味兒，你一聞就知道是這裏目前不在的一個人的汗臭，雖然你說不出為甚麼一聞就知道。在另一間屋子裏，有人用一隻蜂窩和一張擦屁股紙當作喇叭在吹，配合着電幕上還在發出的軍樂的調子。

「那是孩子們，」派遜斯太太有點擔心地向那扇房門看一眼。「他們今天沒有出去。當然囉——」

她有一種話説半句又頓住的習慣。廚房裏的水池幾乎滿得溢了出來，盡是發綠的髒水，比爛白菜味兒還難聞。溫斯頓彎下身去檢查水管拐彎的接頭處。他不願用手，也不願彎下身去，因為那樣總很容易引起他的咳嗽。派遜斯太太幫不上忙，只在一旁看着。

「當然囉，要是托姆在家，他一下子就能修好的，」她説。「他喜歡幹這種事。他的手十分靈巧，托姆就是這樣。」

派遜斯是溫斯頓在真理部的同事。他是個身體發胖、頭腦愚蠢、但在各方面都很活躍的人，充滿低能的熱情——是屬於那種完全不問一個為甚麼的忠誠的走卒，黨依靠他們維持穩定，甚至超過依靠思想警察。他三十五歲，剛剛戀戀不捨地脱離了青年團，在升到青年團以前，他曾不管超齡多留在少年偵察隊一年。他在部裏擔任一個低級職務，不需要甚麼智力，但在另一方面，他卻是體育運動委員會和其他一切組織集體遠足、自發示威、節約運動等一般志願活動的委員會的一個領導成員。他會一邊抽着煙斗，一邊安詳地得意地告訴你，過去四年來他每天晚上都出席鄰里活動中心站的活動。他走到哪裏，一股撲鼻的汗臭就跟到哪裏。甚至在他走了以後，這股汗臭還留在那裏，這成了他生活緊張的無言證明。

「你有鉗子嗎？」溫斯頓說，摸着接頭處的螺帽。

「鉗子，」派遜斯太太說，馬上拿不定主意起來。「我不知道，也許孩子們——」

孩子們衝進起居室的時候，有一陣腳步聲和用蜂窩吹出的喇叭聲。派遜斯太太把鉗子送來了。溫斯頓放掉了髒水，厭惡地把堵住水管的一團頭髮取掉。他在自來水龍頭下把手洗乾淨，回到另外一間屋子裏。

「舉起手來！」一個兇惡的聲音叫道。

有個面目英俊、外表兇狠的九歲男孩從桌子後面跳了出來，用一支玩具自動手槍對準他，旁邊一個比他大約小兩歲的妹妹也用一根木棍對着他，他們兩人都穿着藍短褲、灰襯衫，戴着紅領巾，這是少年偵察隊的制服。溫斯頓把手舉過腦袋，心神不安，因為那個男孩的表情兇狠，好像不完全是一場遊戲。

「你是叛徒！」那男孩叫嚷道。「你是思想犯！你是歐亞國的特務！我要槍斃你，我要滅絕你，我要送你去開鹽礦！」

他們兩人突然在他身邊跳着，叫着：「叛徒！」「思想犯！」那個小女孩的每一個動作都跟着她哥哥學。有點令人害怕的是，他們好像兩隻小虎犢，很快就會長成吃人的猛獸。那個男孩目露兇光，顯然有着要打倒和踢倒溫斯頓的慾望，而且他也意識到自己的體格幾乎已經長得夠大，可以這麼做了。溫斯頓想，幸虧他手中的手槍不是真的。

派遜斯太太的眼光不安地從溫斯頓轉到了孩子們那裏，又轉了過來。起居室光線較好，他很高興地發現她臉上的皺紋裏真的有塵埃。

「他們真胡鬧，」她說。「他們不能去看絞刑很失望，所以才這麼鬧。我太忙，沒空帶他們去，托姆下班來不及。」

「我們為甚麼不能去看絞刑？」那個男孩聲若洪鐘地問。

「要看絞刑！要看絞刑！」那個小女孩叫道，一邊仍在蹦跳着。

溫斯頓記了起來，有幾個犯了戰爭罪行的歐亞國俘虜這天晚上要在公園裏處絞刑。這種事情一個月發生一次，是大家都愛看的。孩子們總是吵着要帶他們去看。他向派遜斯太太告別，朝門口走去，但是他在外面過道上還沒有走上六步，就有人用甚麼東西在他脖子後面痛痛地揍了一下。好像有條燒紅的鐵絲刺進了他的肉裏。他跳起來轉過身去，只見派遜斯太太在把她的兒子拖到屋裏去，那個男孩正在把彈弓放進兜裏去。

關門的時候，那個男孩還在叫「果爾德施坦因！」但是最使溫斯頓驚奇的，還是那個女人發灰的臉上的無可奈何的恐懼。

他回到自己屋子裏以後，很快地走過電幕，在桌邊重新坐下來，一邊還摸着脖子。電幕上的音樂停止了。一個乾脆利落的軍人的嗓子，在津津有味地朗讀一篇關於剛剛在冰島和法羅群島之間停泊的新式水上堡壘的武器裝備的描述。

他心裏想，有這樣的孩子，那個可憐的女人的日子一定過得夠嗆。再過一兩年，他們就要日日夜夜地監視着她，看她有沒有思想不純的跡象了。如今的時世，幾乎所有的孩子都夠嗆。最糟糕的是，通過像少年偵察隊這樣的組織，把他們有計劃地變成了無法駕馭的小野人，但是這卻不會在他們中間產生任何反對黨的控制的傾向。相反，他們崇拜黨和黨的一切。唱歌、遊行、旗幟、遠足、木槍操練、高呼口號、崇拜老大哥——所有這一切對他們來説都是非常好玩的事。他們的全部兇殘本性都發洩出來，用在國家公敵，用在外國人、叛徒、破壞分子、思想犯身上了。三十歲以上的人懼怕自己的孩子幾乎是很普遍的事。這也不無理由，因為每星期《泰晤士報》總有一條消息報道有個偷聽父母講話的小密探——一般都稱為「小英雄」——偷聽到父母的一些見不得人的話，向思想警察作了揭發。

彈弓的痛楚已經消退了。他並不太熱心地拿起了筆，不知道還有甚麼話要寫在日記裏。突然，他又想起了奧勃良。

幾年以前——多少年了？大概有七年了——他曾經做過一個夢，夢見自己在一間漆黑的屋子中走過。他走過的時候，一個坐在旁邊的人說：「我們將在沒有黑暗的地方相見。」這話是靜靜地說的，幾乎是隨便說的——是說明，不是命令。他繼續往前走，沒有停步。奇怪的是，在當時，在夢中，這話對他沒有留下很深的印象。只有到了後來這話才逐漸有了意義。他現在已經記不得他第一次見到奧勃良是在做夢之前還是做夢之後；他也記不得他甚麼時候忽然認出這說話的聲音是奧勃良的聲音。不過反正他認出來了，在黑暗中同他說話的是奧勃良。

溫斯頓一直沒有辦法確定——即使今天上午兩人目光一閃之後也仍沒有辦法確定——奧勃良究竟是友是敵。其實這也無關緊要。他們兩人之間的相互了解比友情或戰誼更加重要。反正他說過，「我們將在沒有黑暗的地方相見。」溫斯頓不明白這是甚麼意思，他只知道不管怎麼樣，這一定會實現。

電幕上的聲音停了下來。沉濁的空氣中響了一聲清脆動聽的喇叭。那聲音又繼續刺耳地說：

「注意！請注意！現在我們收到馬拉巴前線的急電。我軍在南印度贏得了光輝的勝利。我被授權宣佈，由於我們現在所報道的勝利，戰爭結束可能為期不遠。急電如下——」

溫斯頓想，壞消息來了。果然，在血淋淋地描述了一番消滅一支歐亞國的軍隊，報告了大量殺、傷、俘虜的數位以後，宣佈從下星期起，巧克力的定量供應從三十克減少到二十克。

溫斯頓又打了一個嗝，杜松子酒的效果已經消失了，只留下一種洩氣的感覺。電幕也許是為了要慶祝勝利，也許是為了要沖淡巧克力供應減少的記憶，播放了《大洋國啊，這是為了你》。照理應該立正，但是在目前的情況下，別人是瞧不見他的。《大洋國啊，這是為了你》放完以後是輕音樂。溫斯頓走到窗口，背對着電幕。天氣仍舊寒冷晴朗。遠處甚麼地方爆炸了一枚火箭彈，炸聲沉悶震耳。目前這種火箭彈在倫敦一星期掉下大約二三十枚。

在下面街道上，寒風吹颳着那張撕破的招貼畫，「英社」兩字時隱時現。英社。英社的神聖原則。新話，雙重思想，變化無常的過去。他覺得自己好像在海底森林中流浪一樣，迷失在一個惡魔的世界中，而自己就是其中的一個惡魔。他孤身一人。

過去已經死亡，未來無法想像。他有甚麼把握能夠知道有一個活人是站在他的一邊呢？他有甚麼辦法知道黨的統治不會永遠維持下去呢？真理部白色牆面上的三句口號引起了他的注意，彷彿是給他的答覆一樣：

戰爭即和平
自由即奴役
無知即力量

他從口袋裏掏出一枚二角五分的硬幣來。在這枚硬幣上也有清楚的小字鑄着這三句口號，另一面是老大哥的頭像。甚至在這枚硬幣上，眼光也盯着你不放。不論在錢幣上、郵票上、書籍的封面上、旗幟上、招貼畫上、香煙匣上——到處都有。眼光總是盯着你，聲音總是在你的耳邊響着。不論是睡着還是醒着，在工作還是在吃飯，在室內還是在戶外，在澡盆裏還是在床上——沒有躲避的地方。除了你腦殼裏的幾個立方厘米以外，沒有東西是屬於你自己的。

太陽已經偏斜，真理部的無數視窗由於沒有陽光照射，看上去像一個堡壘的槍眼一樣陰森可怕。在這龐大的金字塔般的形狀前面，他的心感到一陣畏縮。太強固了，無法攻打。一千枚火箭彈也毀不了它。他又開始想，究竟是在為誰寫日記。為未來，為過去——為一個可能出於想像幻覺的時代。而在他的面前等待着的不是死而是消滅。日記會化為灰燼，他自己會化為烏有。只有思想警察會讀他寫的東西，然後把它從存在中和記憶中除掉。你自己，甚至在一張紙上寫的一句匿名的話尚且沒有痕跡存留，你怎麼能夠向未來呼籲呢？

電幕上鐘敲十四下。他在十分鐘內必須離開。他得在十四點三十分回去上班。

奇怪的是，鐘聲似乎給他打了氣。他是個孤獨的鬼魂，說了一句沒有人會聽到的真話。但是只要他說出來了，不知怎麼的，連續性就沒有打斷。不是由於你的話有人聽到了，而是由於你保持清醒的理智，你就繼承了人類的傳統。他回到桌邊，蘸了一下筆，又寫道：

千篇一律的時代，孤獨的時代，老大哥的時代，雙重思想的時代，向未來，向過去，向一個思想自由、人們各不相同、但生活並不孤獨的時代——向一個真理存在、做過的事不能抹掉的時代致敬！

他想，他已經死了。他覺得只有到現在，當他開始能夠把他的思想理出頭緒的時候，他才採取了決定性的步驟。一切行動的後果都包括在行動本身裏面。他寫道：

思想罪不會帶來死亡：思想罪本身就是死亡。

現在他既然認識到自己是已死的人，那麼盡量長久地活着就是一件重要的事。他右手的兩隻手指沾了墨水漬。就是這樣的小事情可能暴露你。部裏某一個愛管閒事的熱心人（可能是個女人；像那個淡茶色頭髮的小女人或者小說部裏的那個黑頭髮姑娘那樣的人）可能開始懷疑，他為甚麼在中午吃飯的時候寫東西，為甚麼他用老式鋼筆，他在寫些甚麼——然後在有關方面露個暗示。他到浴室裏用一塊粗糙的深褐色肥皂小心地洗去了墨漬，這種肥皂擦在皮膚上像砂紙一樣，因此用在這個目的上很合適。

他把日記收在抽屜裏。要想把它藏起來是沒有用的，但是他至少要明確知道，它的存在是否被發現了。夾一根頭髮太明顯了。於是他用手指尖蘸起一粒看不出的白色塵土來，放在日記本的封面上，如果有人挪動這個本子，這粒塵土一定會掉下來的。

# 3

溫斯頓夢見了他的母親。

他想，他母親失蹤的時候他大概是十歲，或者十一歲。她是個體格高大健美，但是沉默寡言的婦女，動作緩慢，一頭濃密的金髮。至於他的父親，他的記憶更淡薄了，只模糊地記得是個瘦瘦黑黑的人，總是穿着一身整齊深色的衣服（溫斯頓格外記得他父親鞋跟特別薄），戴一副眼鏡。他們兩人顯然一定是在五十年代第一批大清洗的時候給吞噬掉的。

現在他母親坐在他下面很深的一個地方，懷裏抱着他的妹妹。他一點也記不得他的妹妹了，只記得她是個纖弱的小嬰孩，有一雙留心注意的大眼睛，總是一聲不響。她們兩人都抬頭看着他。她們是在下面地下的一個地方——比如說在一個井底裏，或者在一個很深很深的墳墓裏——但是這個地方雖然在他下面很深的地方，卻還在下沉。她們是在一艘沉船的客廳裏，通過越來越發黑的海水抬頭看着他。客廳裏仍有些空氣，她們仍舊能看見他，他也仍舊能看見她們，但是她們一直在往下沉，下沉到綠色的海水中，再過一會兒就會把她們永遠淹沒不見了。他在光亮和空氣中，她們卻被吸下去死掉，她們所以在下面是因為他在上面。他知道這個原因，她們也知道這個原因，他可以從她們的臉上看出她們是知道的。她們的臉上或心裏都沒有責備的意思，只是知道，為了使他能夠活下去，她們必須死去，而這就是事情的不可避免的規律。

他記不得發生了甚麼，但是他在夢中知道，在一定意義上來說，他的母親和妹妹為了他犧牲了自己的性命。這是這樣的一種夢，它保持了夢境的特點，但也是一個人的精神生活的繼續，在這樣的夢中，你碰到的一些事實和念頭，醒來時仍覺得新鮮、有價值。現在溫斯頓突然想起，快三十年以前他母親的死是那麼悲慘可哀，這樣的死法如今已不再可能了。他認為，悲劇是屬於古代的事，是屬於仍舊有私生活、愛情和友誼的時代的事，在那個時代裏，一家人都相互支援，不用問個為甚麼。他對母親的記憶使他感到心痛難受，因為她為愛他而死去，而他當時卻年幼、自私，不知怎樣用愛來報答，因為不知她怎麼樣——他不記得具體情況了——為了一種內心的、不可改變的忠貞觀念而犧牲了自己。他明白，這樣的事情今天不會發生了。

今天有的是恐懼、仇恨、痛苦，卻沒有感情的尊嚴，沒有深切的或複雜的悲痛。所有這一切，他似乎從他母親和妹妹的大眼睛中看到了，她們從綠色的深水中抬頭向他看望，已經有幾百英尋深了，卻還在往下沉。

突然他站在一段短短的鬆軟的草地上，那是個夏天的黃昏，西斜的陽光把地上染成一片金黃色。他這時看到的景色時常在他的夢境中出現，因此一直沒有充分把握，在實際世界中有沒有見過。他醒來的時候想到這個地方時就叫它黃金鄉。這是一片古老的、被兔子啃掉的草地，中間有一條足跡踩踏出來的小徑，到處有田鼠打的洞。在草地那邊的灌木叢中，榆樹枝在微風中輕輕搖晃，簇簇樹葉微微顫動，好像女人的頭髮一樣。手邊近處，雖然沒有看見，卻有一條清澈的緩慢的溪流，有小鯉魚在柳樹下的水潭中游弋。

那個黑髮姑娘從田野那頭向他走來，她好像一下子就脱掉了衣服，不屑地把它們扔在一邊。她的身體白皙光滑，但引不起他的性慾；説真的，他看也不看她。這個時候他壓倒的感情是欽佩她扔掉衣服的姿態。她用這種優雅的、毫不在乎的姿態，似乎把整個文化、整個思想制度都消滅掉了，好像老大哥、黨、思想警察可以這麼胳膊一揮就一掃而空似的。這個姿態也是屬於古代的。溫斯頓嘴唇上掛着「莎士比亞」這個名字醒了過來。

原來這時電幕上發出一陣刺耳的笛子聲，單調地持續了約三十秒鐘。時間是七點十五分，是辦公室工作人員起床的時候。溫斯頓勉強起了床——全身赤裸，因為外圍黨員一年只有三千張布票，而一套睡衣褲卻要六百張——從椅子上拎過一件發黃的汗背心和一條短褲衩。體操在三分鐘內就要開始。這時他忽然劇烈地咳嗽起來，他每次醒來幾乎總是要咳嗽大發作的，咳得他伸不直腰，一直咳得把肺腔都咳清了，在床上躺了一會兒，深深地喘幾口氣以後，才能恢復呼吸。這時他咳得青筋畢露，靜脈曲張的地方又癢了起來。

「三十歲到四十歲的一組！」一個刺耳的女人聲音叫道。「三十歲到四十歲的一組！請你們站好。三十歲到四十歲的！」

溫斯頓連忙跳到電幕前站好，電幕上出現了一個年輕婦女的形象，雖然骨瘦如柴，可是肌肉發達，她穿着一身運動衣褲和球鞋。

「屈伸胳膊！」她叫道。「跟着我一起做。一、二、三、四！一、二、三、四！同志們，拿出精神來！一、二、三、四！一、二、三、四！……」

咳嗽發作所引起的肺部劇痛還沒有驅散溫斯頓的夢境在他心中留下的印象，有節奏的體操動作卻反而有點恢復了這種印象。他一邊機械地把胳膊一屈一伸，臉上掛着做體操時所必須掛着的高興笑容，一邊拼命回想他幼年時代的模糊記憶。這很困難。五十年代初期以前的事，一切都淡薄了。沒有具體的記錄可以參考，甚至你自己生平的輪廓也模糊不清了。你記得重大的事件，但這種事件很可能根本沒有發生過，你記得有些事件的詳情細節，卻不能重新體會到當時的氣氛，還有一些很長的空白時期，你記不起發生了甚麼。當時甚麼情況都與現在不同。甚至國家的名字、地圖上的形狀都與現在不同。例如，一號空降場當時並不叫這個名字：當時它叫英格蘭，或者不列顛，不過倫敦則一直叫倫敦，這一點他是相當有把握的。

溫斯頓不能肯定地記得有甚麼時候他們國家不是在打仗的，不過很明顯，在他的童年時代曾經有一個相當長的和平時期，因為他有一個早期的記憶是：有一次發生空襲似乎叫大家都吃了一驚。也許那就是原子彈扔在科爾徹斯特那一次。空襲本身，他已記不得了，可是他確實記得他的父親抓住他自己的手，一起急急忙忙往下走，往下走，繞着他腳底下的那條螺旋形扶梯到地底下去，一直走到他雙腿痠軟，開始哭鬧，他們才停下來休息。他的母親像夢遊一般行動遲緩，遠遠地跟在後面。她抱着他的小妹妹——也很可能抱的是幾條毯子；因為他記不清那時他的妹妹生下來了沒有。最後他們到了一個人聲喧嘩、擁擠不堪的地方，原來是個地鐵車站。

在石板鋪的地上到處都坐滿了人，雙層鐵鋪上也坐滿了人，一個高過一個。溫斯頓和他的父母親在地上找到了一個地方，在他們近旁有一個老頭兒和老太太並肩坐在一張鐵鋪上。那個老頭兒穿着一身很不錯的深色衣服，後腦勺戴着一頂黑布帽，露出一頭白髮；他的臉漲得通紅，藍色的眼睛裏盈滿淚水。他發出一陣酒氣，好像代替汗水從皮膚中排洩出來一般，使人感到他眼睛裏湧出來的也是純酒。不過他雖然有點醉了，卻的確有着不能忍受的悲痛。溫斯頓幼稚的心靈裏感到，一定有件甚麼可怕的事情，有件不能原諒、也永遠無可挽回的事情，在他身上發生了。他也似乎覺得他知道這是件甚麼事情。那個老頭兒心愛的人，也許是個小孫女，給炸死了。那個老頭兒每隔幾分鐘就嘮叨着說：

「我們不應該相信他們的。我是這麼說的，孩子他媽，是不是？這就是相信他們的結果。我一直是這麼說的。我們不應該相信那些窩囊廢的。」

可是他們究竟不應該相信那些窩囊廢，溫斯頓卻記不起來了。

從那一次以後，戰爭幾乎連綿不斷，不過嚴格地來說，並不是同一場戰爭。在他童年的時候，曾經有幾個月之久，倫敦發生了混亂的巷戰，有些巷戰他還清晰地記得。但是要記清楚整個時期的歷史，要說清楚在某一次誰同誰打仗，卻是完全辦不到的，因為除了現在那個同盟以外，沒有書面的記錄，也沒有明白的言語，曾經提到過有另外的同盟。例如，在目前，即一九八四年（如果是一九八四年的話），大洋國在同歐亞國打仗而與東亞國結盟。但是不論在公開的或私下的談話中都沒有承認過這三大國曾經有過不同的結盟關係。事實上，溫斯頓也很清楚，就在四年之前，大洋國就同東亞國打過仗，而同歐亞國結過盟。但是這不過是他由於記憶控制不嚴而偶然保留下來的一鱗半爪的知識而已。從官方來說，盟友關係從來沒有發生過轉變。既然大洋國在同歐亞國打仗，它就是一直在同歐亞國打仗。當前的敵人總是代表着絕對邪惡的勢力，因此不論是過去或者未來，都不會同它有甚麼一致的可能。

他一邊把肩膀盡量地往後挺（把手托在屁股上，從腰部以上迴旋着上身，據說這種體操對背部肌肉有好處），一邊想——這樣想幾乎已有上千次，上萬次了——可怕的是，這可能確實如此。如果黨能夠插手到過去之中，說這件事或那件事從來沒有發生過，那麼這肯定比僅僅拷打或者死亡更加可怕。

黨說大洋國從來沒有同歐亞國結過盟。他，溫斯頓．史密斯知道大洋國近在四年之前還曾經同歐亞國結過盟。但是這種知識存在於甚麼地方呢？只存在於他自己的意識之中，而他的意識反正很快就要被消滅的。如果別人都相信黨說的謊話——如果所有記錄都這麼說——那麼這個謊言就載入歷史而成為真理。黨的一句口號說，「**誰控制過去就控制未來；誰控制現在就控制過去。**」雖然從其性質來說，過去是可以改變的，但是卻從來沒有改變過。凡是現在是正確的東西，永遠也是正確的。這很簡單。所需要的只是一而再再而三，無休無止地克服你自己的記憶。他們把這叫做「現實控制」；用新話來說是「雙重思想」。

「稍息！」女教練喊道，口氣稍為溫和了一些。

溫斯頓放下胳膊，慢慢地吸了一口氣。他的思想滑到了雙重思想的迷宮世界裏去了。知與不知，知道全部真實情況而卻扯一些滴水不漏的謊話，同時持兩種互相抵銷的觀點，明知它們互相矛盾而仍都相信，用邏輯來反邏輯，一邊表示擁護道德一邊又否定道德，一邊相信民主是辦不到的一邊又相信黨是民主的捍衛者，忘掉一切必須忘掉的東西而又在需要的時候想起它來，然後又馬上忘掉它，而尤其是，把這樣的做法應用到做法本身上面——這可謂絕妙透頂了：有意識地進入無意識，而後又並不意識到你剛才完成的催眠。即使要了解「雙重思想」的含義你也得使用雙重思想。

女教練又叫他們立正了。「現在看誰能碰到腳趾！」她熱情地說。「從腰部向下彎，同志們，請開始。一——二！一——二！……」

溫斯頓最恨這一節體操，因為這使他從腳踵到屁股都感到一陣劇痛，最後常常又引起咳嗽的發作。他原來在沉思中感到的一點點樂趣已化為烏有。他覺得，過去不但被改變了，而且實際上被毀掉了。因為，如果除了你自己的記憶以外不存在任何記錄，那你怎麼能夠確定哪怕是最明顯的事實呢？他想回想一下從哪一年開始他第一次聽到老大哥的名字的。他想這大概是在六十年代，但是無法確定。當然，在黨史裏，老大哥是從建黨開始時起就一直是革命的領導人和捍衛者的。他的業績在時間上已逐步往回推溯，一直推到四十年代和三十年代那個傳奇般的年代，那時資本家們仍舊戴着他們奇形怪狀的高禮帽、坐在鋥亮的大汽車裏或者兩邊鑲着玻璃窗的馬車裏駛過倫敦的街道。無法知道，這種傳說有幾分是真，幾分是假。溫斯頓甚至記不起黨的具體生日。他覺得在一九六零年以前沒有聽到過英社一詞，但也很可能，這一詞在老話中——即「英國社會主義」——可能在此以前就流行了。一切都融化在迷霧之中。說真的，有的時候你可以明確指出甚麼話是謊話。比如，黨史中說，飛機是黨發明的，這並不確。他從小起就記得飛機。但是你無法證明。甚麼證據都從來沒有過。他一生之中只有一次掌握了無可置疑的證據，可以證實有一個歷史事實是偽造的。而那一次——

「史密斯！」電幕上尖聲叫道。「6079號的溫·史密斯！是的，就是你！再彎得低一些！你完全做得到。你沒有盡你的力量。低一些！這樣好多了，同志。現在全隊稍息，看我的。」

溫斯頓全身汗珠直冒。他的臉部表情仍令人莫測究竟。可千萬不能露出不快的神色！千萬不能露出不滿的神色！眼光一閃，就會暴露你自己。他站着看那女教練把胳臂舉起來——談不上姿態優美，可是相當乾淨利落——彎下身來，手指尖碰到了腳趾。

「這樣，同志們，我要看到你們都這樣做。再看我來一遍。我已經三十九歲了，有四個孩子。可是瞧。」她又彎下身去。「你們看到，我的膝蓋沒有彎。你們只要有決心都能做到，」她一邊說一邊直起腰來。「四十五歲以下的人都能碰到腳趾。請記住咱們並不是人人都有機會到前線去作戰，可是至少可以做到保持身體健康。請記住咱們在馬拉巴前線的弟兄們！水上堡壘上的水兵們！想一想，他們得經受甚麼艱苦的考驗。現在再來一次。好多了，同志，好多了，」她看到溫斯頓猛地向前彎下腰來，膝蓋挺直不屈，終於碰到了腳趾，就鼓勵地說。這是他多年來的第一次。

# 4

溫斯頓不自覺地深深嘆了一口氣，把聽寫器拉了過來，吹掉話筒上的塵土，戴上了眼鏡。即使電幕近在旁邊，也阻止不了他在每天開始工作的時候嘆這口氣。接着他把已經從辦公桌右邊氣力輸送管中送出來的四小卷紙打了開來，夾在一起。

在他的小辦公室的牆上有三個口子。聽寫器右邊的一個小口是送書面指示的氣力輸送管；左邊大一些的口子是送報紙的；旁邊牆上溫斯頓伸手可及的地方有一個橢圓形的大口子，上面蒙着鐵絲網，這是供處理廢紙用的。整個大樓裏到處都有這樣的口子，為數成千上萬，不僅每間屋子裏都有，而且每條過道上相隔不遠就有一個。這種口子外號叫忘懷洞。這樣叫不無理由。凡是你想起有甚麼文件應該銷毀，甚至你看到甚麼地方有一張廢紙的時候，你就會順手掀起近旁忘懷洞的蓋子，把那文件或廢紙丟進去，讓一股暖和的氣流把它吹捲到大樓下面不知甚麼地方的大鍋爐中去燒掉。

溫斯頓看了一下他打開的四張紙條。每張紙條上都寫着一兩行字的指示，用的是部裏內部使用的縮寫——不完全是新話，不過大部份是新話的詞彙構成的。它們是：

泰晤士報 17. 3. 84 老大講話誤報非洲核正

泰晤士報 19. 12. 83 預測三年計劃八三年四季度排錯核正近期

泰晤士報 14. 2. 84 富部誤引巧克力核正

泰晤士報 3. 12. 83 報道老大命令雙加不好提到非人全部重寫存檔前上交

溫斯頓把第四項指示放在一旁，心中有一種隱隱的得意感覺。這是一件很複雜、責任重大的工作，最好放到最後處理。其他三件都是例行公事，儘管第二件可能需要查閱一系列數字，有些枯燥單調。

溫斯頓在電幕上撥了「過期報刊」號碼，要了有關各天的《泰晤士報》，過幾分鐘氣力輸送管就送了出來。他接到的指示提到一些為了這個或那個原因必須修改——或者用官方的話來說——必須核正的文章或新聞。例如，三月十七日的《泰晤士報》報道，老大哥在前一天的講話中預言南印度前線將平靜無事，歐亞國不久將在北非發動攻勢。結果卻是，歐亞國最高統帥部在南印度發動了攻勢，沒有去碰北非。因此有必要改寫老大哥講話中的一段話，使他的預言符合實際情況。又如十二月十九日的《泰晤士報》發表了一九八三年第四季度——也是第九個三年計劃的六季度——各類消費品產量的官方估計數字。今天的《泰晤士報》刊載了實際產量，對比之下，原來的估計每一項都錯得厲害。溫斯頓的工作就是核正原先的數字，使它們與後來的數字相符。至於第三項指示，指的是一個很簡單的錯誤，幾分鐘就可以改正。近在二月間，富裕部許下諾言（官方的話是「明確保證」）在一九八四年內不再降低巧克力的定量供應。而事實上，溫斯頓也知道，在本星期末開始，巧克力的定量供應要從三十克降到二十克。溫斯頓需要做的，只是把一句提醒大家可能需要在四月間降低定量供應的話來代替原來的諾言就行了。

溫斯頓每處理一項指示後，就把聽寫器寫好的更正夾在有關的那天《泰晤士報》上，送進了氣力輸送管。然後他把原來的指示和他做的筆記都捏成一團，丟在忘懷洞裏去讓火燄吞噬。這個動作做得盡可能的自然。

這些氣力輸送管最後通到哪裏，可以說是一個看不見的迷宮，裏面究竟情況如何，他並不具體了解，不過一般情況他是了解的。不論哪一天的《泰晤士報》，凡是需要更正的材料收齊核對以後，那一天的報紙就要重印，原來的報紙就要銷毀，把改正後的報紙存檔。這種不斷修改的工作不僅適用於報紙，也適用於書籍、期刊、小冊子、招貼畫、傳單、電影、錄音帶、漫畫、照片——凡是可能具有政治意義或思想意義的一切文獻書籍都統統適用。每天，每時，每刻，都在不斷地修改過去，使之符合當前情況。這樣，黨的每一個預言都有文獻證明是正確的。凡是與當前需要不符的任何新聞或任何意見，都不許保留在記錄上。全部歷史都像一張不斷刮乾淨重寫的羊皮紙。這一工作完成以後，無論如何都無法證明曾經發生過偽造歷史的事。紀錄司裏最大的一個處裏——比溫斯頓工作的那個處要大得多——工作人員的工作，就是把凡是內容過時而需銷毀的一切書籍、報紙和其他文件統統收回來。由於政治組合的變化，或者老大哥預言的錯誤，有些天的《泰晤士報》可能已經改寫過了十幾次，而仍然以原來日期存檔，不留原來的報紙，也不留其他版本，可證明它不對。書籍也一而再、再而三地收回來重寫，重新發行時也從來不承認作過甚麼修改。甚至溫斯頓收到的書面指示——他處理之後無不立即銷毀的——也從來沒有明言過或暗示過要他幹偽造的勾當，說的總是為了保持正確無誤，必須糾正一些疏忽、錯誤、排印錯誤和引用錯誤。

不過，他一邊改正富裕部的數字一邊想，事實上這連偽造都談不上。這不過是用一個謊話來代替另一個謊話。你所處理的大部份材料與實際世界裏的任何東西都沒有關係，甚至連赤裸裸的謊言中所具備的那種關係也沒有。原來的統計數字固然荒誕不經，改正以後也同樣荒誕不經。很多時候都是要你憑空瞎編出來的。比如，富裕部預測本季度鞋子的產量是一億四千五百萬雙。至於實際產量提出來的數字，是六千二百萬雙。但是溫斯頓在重新改寫預測時把數字減到五千七百萬雙，以便可以像通常那樣聲稱超額完成了計劃。反正，六千二百萬並不比五千七百萬更接近實際情況，也不比一億四千五百萬更接近實際情況。很可能一雙鞋子也沒有生產。更可能的是，沒有人知道究竟生產了多少雙，更沒有人關心這件事。你所知道的只是，每個季度在紙面上都生產了天文數字的鞋子，但是大洋國裏卻有近一半的人口打赤腳。每種事實的記錄都是這樣，不論大小。一切都消隱在一個影子世界裏，最後甚至連今年是哪一年都弄不清了。

溫斯頓朝大廳那一邊望去。在那一邊對稱的一間小辦公室裏，一個名叫鐵洛遜的外表精明、下頰黧黑的小個子在忙個不停地工作着，膝上放着一卷報紙，嘴巴湊近聽寫器的話筒。他的神情彷彿是要除了電幕以外不讓旁人聽到他的話。他抬起頭來，眼鏡朝溫斯頓方向閃了一下敵意的反光。

溫斯頓一點也不了解鐵洛遜，不知道他究竟在做甚麼工作。紀錄司裏的人不大願意談論他們自己的工作。在這個沒有窗戶的長長的大廳裏，兩旁都是一間間小辦公室，紙張的聲和對着聽寫器説話的嗡嗡聲連綿不斷。有十多個人，溫斯頓連姓名也不知道，儘管他每天看到他們忙碌地在走廊裏來來往往，或者在兩分鐘仇恨的時間裏揮手跺腳。他知道，在他隔壁的那個小辦公室中，那個淡茶色頭髮的小女人一天到晚忙個不停，做的只是在報紙上查找已經化為烏有、因而認為從來沒有存在過的人的姓名，然後把這些人的姓名刪去。這事讓她來做可説相當合適，因為她自己的丈夫就在兩年以前化為烏有了。再過去幾間小辦公室，有一個名叫安普爾福思的態度溫和、窩窩囊囊、神情恍惚的人，耳朵上長着很多的毛，玩弄詩詞韻律卻令人意想不到地頗具天才，他所從事的工作就是刪改一些在思想上有害但為了某種原因仍需保留在詩集上的詩歌——他們稱之為定稿本。這個大廳有五十來個工作人員，還只不過是一個科，可説是整個紀錄司這個龐大複雜的有機體中的一個細胞。上下左右還有許許多多的工作人員在從事各種各樣為數之多無法想像的工作。還有很大的印刷車間，裏面有編校排印人員和設備講究的偽造照片的暗房。還有電視節目處，裏面有工程師、製片人、各式各樣的演員，他們的特長就是模擬別人的聲音。還有大批大批的資料員，他們的工作是開列應予收回的書籍和期刊的清單。還有龐大的存檔室存放改正後的文件，隱蔽的鍋爐銷毀原件。還有不知為甚麼匿名的、指導的智囊人員，領導全部工作，決定方針政策——過去的這件事應予保留，那件事應予篡改，另外一件又應抹去痕跡。

不過說到底，紀錄司本身不過是真理部的一個部門，而真理部的主要任務不是改寫過去的歷史，而是為大洋國的公民提供報紙、電影、教科書、電視節目、戲劇、小說——凡是可以想像得到的一切情報、教育或娛樂，從一個塑像到一句口號，從一首抒情詩到一篇生物學論文，從一本學童拼字書到一本新話詞典。真理部不僅要滿足黨的五花八門的需要，而且也要全部另搞一套低級的東西供無產階級享用，因此另設一系列不同的部門，負責無產階級文學、戲劇、音樂和一般的娛樂，出版除了體育運動、兇殺犯罪、天文星象以外沒有任何其他內容的無聊報紙，廉價的刺激小說，色情電影，靡靡之音，後者這種歌曲完全是用一種叫做譜曲器的特殊機器用機械的方法譜寫出來的。甚至有一科——新話叫色科——專門負責生產最低級的色情文學，密封發出，除了有關工作人員外，任何黨員都不得偷看。

在溫斯頓工作的時候又有三條指示從氣力輸送管的口子裏送了出來；不過它們都是一些簡單的事，他在兩分鐘仇恨打斷他的工作之前就把它們處理掉了。仇恨結束後，他又回到他的小辦公室裏，從書架子上取下新話詞典，把聽寫器推開一邊，擦了擦眼鏡，着手做他這天上午主要的工作。

工作是溫斯頓生活中最大的樂趣。他的大部份工作都是單調枯燥的例行公事，但是其中也有一些十分困難複雜的工作，你一鑽進去就會忘掉自己，就好像鑽進一個複雜的數學問題一樣——這是一些細膩微妙的偽造工作，除了你自己對英社原則的理解和你自己對黨要你說些甚麼話的估計以外，沒有甚麼東西可作你的指導。溫斯頓擅長於這樣一類的工作。有一次甚至要他改正《泰晤士報》完全用新話寫的社論。他現在打開他原先放在一邊的那份指示。上面是：

泰晤士 3.12.83 報道老大命令雙加不好提到非人全部重寫存檔前上交。

用老話（或者標準英語）這可以譯為：

一九八三年十二月三日《泰晤士報》報道老大哥命令的消息極為不妥，因為它提到不存在的人。全部重寫，在存檔前將你草稿送上級審查。

溫斯頓讀了一遍這篇有問題的報道。原來老大哥的命令主要是表揚一個叫做FFCC的組織的工作的，該組織的任務是為水上堡壘的水兵供應香煙和其他物品。有個名叫維瑟斯同志的核心黨高級黨員受到了特別表揚，並授予他一枚二級特殊勳章。

三個月以後，FFCC突然解散，原因未加說明。可以斷定，維瑟斯和他的同事們現在已經失寵了，但是在報上或電幕上對此都沒有報道。這是意料中事，因為對政治犯一般並不經常進行公開審判或者甚至公開譴責的。對成千上萬的人進行大清洗，公開審判叛國犯和思想犯，讓他們搖尾乞憐地認罪然後加以處決，這樣專門擺佈出來給大家看，是過一兩年才有一遭的事。比較經常的是，乾脆讓招黨不滿的人就此失蹤，不知下落。誰也一點不知道，他們究竟遭到甚麼下場。有些人可能根本沒有死。溫斯頓相識的人中，先後失蹤的就有大約三十來個人，還不算他們的父母。

溫斯頓用一個紙夾子輕輕地擦着他的鼻子。在對面那個小辦公室中，鐵洛遜同志仍在詭譎地對着聽寫器說話。他抬了一下頭，眼鏡上又閃出一下敵意的反光。溫斯頓心裏在尋思，鐵洛遜在幹的工作是不是同他自己的工作一樣。這是完全可能的。這樣困難的工作是從來不會交給一個人負責的；但另一方面，把這工作交給一個委員會來做，又等於是公開承認要進行偽造。很可能現在有多到十幾個人在分別修改老大哥說過的話，將來由核心黨內一個大智囊選用其中一個版本，重新加以編輯，再讓人進行必要的反覆核對，經過這一複雜工序後，最後那個當選的謊言就載入永久記錄，成為真理。

溫斯頓不知道維瑟斯為甚麼失寵。也許是由於貪污，也許是由於失職。也許老大哥只是為了要除掉一個太得民心的下級。也許維瑟斯或者他親近的某個人有傾向異端之嫌。也許——這是可能性最大的——只是因為清洗和化為烏有已成了政府運轉的一個必要組成部份，所以就發生了這件事。唯一真正的線索在於「提到非人」幾個字，這表明維瑟斯已經死了。並不是凡是有人被捕，你就可以作出這樣的假定。有時他們獲釋出來，可以繼續自由一兩年，然後再被處決。也有很偶然的情況，你以為早已死了的人忽然像鬼魂一樣出現在一次公開審判會上，他的供詞又株連好幾百個人，然後再銷聲匿跡，這次是永遠不再出現了。但是，維瑟斯已是一個非人。他並不存在；他從來沒有存在過。因此溫斯頓決定，僅僅改變老大哥發言的傾向是不夠的。最好是把發言內容改為同原來話題完全不相干的事。

他可以把發言內容改為一般常見的對叛國犯和思想犯的譴責，但這有些太明顯了，而捏造前線的一場勝利，或者第九個三年計劃超額生產的勝利，又會帶來太複雜的修改記錄工作。最好是來個純粹虛構幻想。突然他的腦海裏出現了一個叫做奧吉爾維同志的人的形象，好像是現成的一樣，這個人最近在作戰中英勇犧牲。有的時候老大哥的命令是表揚某個低微的普通黨員的，那是因為他認為這個人的生與死是值得別人仿效的榜樣。今天他應該表揚奧吉爾維同志。不錯，根本沒有奧吉爾維同志這樣一個人，但是只要印上幾行字，偽造幾張照片，就可以馬上使他存在。

溫斯頓想了一會兒，然後把聽寫器拉了過來，開始用大家聽慣了的老大哥腔調口授起來，這個腔調既有軍人味道又有學究口氣，而且，由於使用先提問題又馬上加以回答的手法（「同志們，我們從這個事實中得出甚麼教訓呢？教訓——這也是英社的一個基本原則——是」等等，等等），很容易模仿。

奧吉爾維同志在三歲的時候，除了一面鼓、一挺輕機槍、一架直升機模型以外，其他甚麼玩具都不要。六歲的時候他參加了少年偵察隊，這比一般要提早一年，對他特殊照顧，放寬規定；九歲擔任隊長。十一歲時他在偷聽到他的叔叔講了他覺得有罪的話以後向思想警察作了揭發。十七歲時他擔任了少年反性同盟的區隊長。十九歲時他設計了一種手榴彈，被和平部採用，首次試驗時扔了一枚就炸死了三十一個歐亞國戰俘。二十三歲時他作戰犧牲。當時他攜帶重要文件在印度洋上空飛行，遭到敵人噴氣機追擊，他就身上繫了機槍，跳出直升機，帶着文件沉入海底——這一結局，老大哥說，不能不使人感到羨慕。老大哥還對奧吉爾維同志一生的純潔和忠誠又說了幾句話。他不沾煙酒，除了每天在健身房做操的一小時以外，沒有任何其他文娛活動，立誓過獨身生活，認為結婚和照顧家庭與一天二十四小時全部奉公是不相容的。他除了英社原則以外沒有別的談話題目，除了擊敗歐亞國敵人和搜捕間諜、破壞分子、思想犯、叛國犯以外沒有別的生活目的。

溫斯頓考慮了很久，要不要授予奧吉爾維同志特殊勳章；最後決定還是不給他，因為這會需要進行不必要的反覆核查。

他又看一眼對面小辦公室裏的那個對手。似乎有甚麼東西告訴他，鐵洛遜一定也在幹他同樣的工作。沒有辦法知道究竟誰的版本最後得到採用，但是他深信一定是自己的那個版本。一個小時以前還沒有想到過的奧吉爾維同志，如今已成了事實。他覺得很奇怪，你能夠創造死人，卻不能創造活人。在現實中從來沒有存在過的奧吉爾維同志，如今卻存在於過去之中，一旦偽造工作被遺忘後，他就會像查理曼大王或者愷撒大帝一樣真實地存在，所根據的是同樣的證據。

# 5

在地下深處、天花板低低的食堂裏，午飯的隊伍挪動得很慢。屋子裏已經很滿了，人聲喧嘩。櫃枱上鐵窗裏面燉菜的蒸氣往外直冒，帶有一種鐵腥的酸味，卻蓋不過勝利牌杜松子酒的酒氣。在屋子的那一頭有一個小酒吧，其實只不過是牆上的一個小洞，花一角錢可以在那裏買到一大杯杜松子酒。

「正是我要找的人，」溫斯頓背後有人說。

他轉過身去，原來是他的朋友賽麥，是在研究司工作的。也許確切地說，談不上是「朋友」。如今時世，沒有朋友，只有同志。不過同某一些同志來往，比別的同志愉快一些。賽麥是個語言學家，新話專家。說實在的，他是目前一大批正在編輯新話詞典十一版的專家之一。他個子很小，比溫斯頓還小，一頭黑髮，眼睛突出，帶有既悲傷又嘲弄的神色，在他同你說話的時候，他的大眼睛似乎在仔細地探索着你的臉。

「我想問你一下，你有沒有刀片？」他說。

「一片也沒有！」溫斯頓有些心虛似地急忙說。「我到處都問過了。它們不再存在了。」

人人都問你要刀片。事實上，他攢了兩片沒有用過的刀片。幾個月來刀片一直缺貨。不論甚麼時候，總有一些必需品，黨營商店裏無法供應。有時是扣子，有時是線，有時是鞋帶；現在是刀片。你只有偷偷摸摸地到「自由」市上去掏才能搞到一些。

「我這一片已經用了六個星期了，」他不真實地補充一句。隊伍又往前進了一步。他們停下來時他又回過頭來對着賽麥。他們兩人都從櫃枱邊上一堆鐵盤中取了一隻油膩膩的盤子。

「你昨天沒有去看吊死戰俘嗎？」賽麥問。

「我有工作，」溫斯頓冷淡地說。「我想可以從電影上看到吧。」

「這可太差勁了，」賽麥說。

他的嘲笑的眼光在溫斯頓的臉上轉來轉去。「我知道你，」他的眼睛似乎在說，「我看穿了你，我很明白，你為甚麼不去看吊死戰俘。」以一個知識分子來說，賽麥思想正統，到了惡毒的程度。他常常會幸災樂禍得令人厭惡地談論直升機對敵人村莊的襲擊，思想犯的審訊和招供，友愛部地下室裏的處決。同他談話主要是要設法把他從這種話題引開去，盡可能用有關新話的技術問題來套住他，因為他對此有興趣，也是個權威。溫斯頓把腦袋轉開去一些，避免他黑色大眼睛的探索。

「吊得很乾淨利落，」賽麥回憶說。「不過我覺得他們把他們的腳綁了起來，這是美中不足。我喜歡看他們雙腳亂蹦亂跳。尤其是，到最後，舌頭伸了出來，顏色發青——很青很青。我喜歡看這種小地方。」

「下一個！」穿着白圍裙的無產者手中拿着一個勺子叫道。

溫斯頓和賽麥把他們的盤子放在鐵窗下。那個工人馬上給他們的盤子裏盛了一份中飯——一盒暗紅色的燉菜，一塊麵包，一小塊乾酪，一杯無奶的勝利咖啡，一片糖精。

「那邊有張空桌，在電幕下面，」賽麥說。「我們順道帶杯酒過去。」

盛酒的缸子沒有把。他們穿過人頭湧湧的屋子到那空桌邊。在鐵皮桌面上放下盤子，桌子一角有人撒了一攤燉菜，黏糊糊地像嘔吐出來的一樣。溫斯頓拿起酒杯，頓了一下，硬起頭皮，咕嚕一口吞下了帶油味的酒。他眨着眼睛，等淚水流出來以後，發現肚子已經餓了，就開始一匙一匙地吃起燉菜來，燉菜中除了稀糊糊以外，還有一塊塊軟綿綿發紅的東西，大概是肉做的。他們把小菜盒中的燉菜吃完以前都沒有再說話。溫斯頓左邊桌上，在他背後不遠，有個人在喋喋不休地說話，聲音粗啞，彷彿鴨子叫，在屋子裏的一片喧嘩聲中特別刺耳。

「詞典進行得怎麼樣了？」溫斯頓大聲說，要想蓋過室內的喧嘩。

「很慢，」賽麥說。「我現在在搞形容詞。很有意思。」

一提到新話，他的精神馬上就來了。他把菜盒推開，一隻細長的手拿起那塊麵包，另一隻手拿起乾酪，身子向前俯在桌上，為了不用大聲說話。

「第十一版是最後定稿本，」他說。「我們的工作是決定語言的最後形式——也就是大家都只用這種語言說話的時候的形式。我們的工作完成後，像你這樣的人就得從頭學習。我敢說，你一定以為我們主要的工作是創造新詞兒。一點也不對！

我們是在消滅老詞兒——幾十個，幾百個地消滅，每天在消滅。我們把語言削減到只剩下骨架。十一版中沒有一個詞兒在二零五零年以前會陳舊過時的。」

他狼吞虎嚥地啃着他的麵包，嚥下了幾大口，然後又繼續説，帶着學究式的熱情。他的黝黑瘦削的臉龐開始活躍起來，眼光失去了嘲笑的神情，幾乎有些夢意了。

「消滅詞彙是件很有意思的事。當然，最大的浪費在於動詞和形容詞，但是也有好幾百個名詞也可以不要。不僅是同義詞，也包括反義詞。説真的，如果一個詞不過是另一個詞的反面，那有甚麼理由存在呢？以『好』為例。如果你有一個『好』字，為甚麼還需要『壞』字？『不好』就行了——而且還更好，因為這正好是『好』的反面，而另外一字卻不是。再比如，如果你要一個比『好』更強一些的詞兒，為甚麼要一連串像『精彩』、『出色』等等含混不清、毫無用處的詞兒呢？『加好』就包含這一切意義了，如果還要強一些，就用『雙加好』『倍加好』。當然，這些形式，我們現在已經在採用了，但是在新話的最後版本中，就沒有別的了。最後，整個好和壞的概念就只用六個詞兒來概括——實際上，只用一個詞兒。溫斯頓，你是不是覺得這很妙？當然，這原來是老大哥的主意，」他事後補充説。

一聽到老大哥，溫斯頓的臉上就有一種肅然起敬的神色一閃而過。但是賽麥還是馬上察覺到缺乏一定的熱情。

「溫斯頓，你並沒真正領略到新話的妙處，」他幾乎悲哀地說。「哪怕你用新話寫作，你仍在用老話思索。我讀過幾篇你有時為《泰晤士報》寫的文章。這些文章寫得不錯，但它們是翻譯。你的心裏仍喜歡用老話，儘管它含糊不清，辭義變化細微，但沒有任何用處。你不理解消滅詞彙的妙處。你難道不知道新話是世界上唯一的詞彙量逐年減少的語言？」

當然，溫斯頓不知道。他不敢說話，但願自己臉上露出贊同的笑容。賽麥又咬一口深色的麵包，嚼了幾下，又繼續說：

「你難道不明白，新話的全部目的是要縮小思想的範圍？最後我們要使得大家在實際上不可能犯任何思想罪，因為將來沒有詞彙可以表達。凡是有必要使用的概念，都只有一個詞來表達，意義受到嚴格限制，一切附帶含義都被消除忘掉。在十一版中，我們距離這一目標已經不遠了。但這一過程在你我死後還需要長期繼續下去。詞彙逐年減少，意識的範圍也就越來越小。當然，即使在現在，也沒有理由或藉口可以犯思想罪。這僅僅是個自覺問題，現實控制問題。但最終，甚至這樣的需要也沒有了。語言完善之時，即革命完成之日。新話即英社，英社即新話，」他帶着一種神秘的滿意神情補充説。「溫斯頓，你有沒有想到過，最遲到二零五零年，沒有一個活着的人能聽懂我們現在這樣的談話？」

「除了——」溫斯頓遲疑地説，但又閉上了嘴。

到了他嘴邊的話是「除了無產者」，但是他克制住了自己，不完全有把握這句話是不是有些不正統。但是，賽麥已猜到了他要説的話。

「無產者不是人，」他輕率地説。「到二零五零年，也許還要早些，所有關於老話的實際知識都要消滅。過去的全部文學都要銷毀，喬叟、莎士比亞、彌爾頓、拜倫——他們只存在於新話的版本中，不只改成了不同的東西，而且改成了同他們原來相反的東西。甚至黨的書籍也要改變。甚至口號也要改變。自由的概念也被取消了，你怎麼還能叫『自由即奴役』的口號？屆時整個思想氣氛就要不同了。事實上，將來不會再有像我們今天所了解的那種思想。正統的意思是不想——不需要想。正統即沒有意識。」

溫斯頓突然相信，總有一天，賽麥要化為烏有。他太聰明了。他看得太清楚了，説得太直率了。黨不喜歡這樣的人。有一天他會失蹤。這個結果清清楚楚地寫在他的臉上。

溫斯頓吃完了麵包和乾酪。他坐在椅中略為側過身子去喝他的那杯咖啡。坐在他左邊桌子的那個嗓子刺耳的人仍在喋喋不休地說着話。一個青年女人大概是他的秘書，背對着溫斯頓坐在那裏聽他說話，對他說的一切話似乎都表示很贊成。溫斯頓不時地聽到一兩句這樣的話：「你說得真對，我完全同意你」，這是個年輕但有些愚蠢的女人嗓子。但是另外那個人的聲音卻從來沒有停止過，即使那姑娘插話的時候，也仍在喋喋不休。溫斯頓認識那個人的臉，但是他只知道他在小說司據有一個重要的職位。他年約三十，喉頭發達，嘴皮靈活。他的腦袋向後仰一些，由於他坐着的角度，他的眼鏡有反光，使溫斯頓只看見兩片玻璃，而看不見眼睛。使人感到有些受不了的是，從他嘴裏滔滔不絕地發出來的聲音中，幾乎連一個字也聽不清楚。溫斯頓只聽到過一句話——「完全徹底消滅果爾德施坦因主義」——這話說得很快，好像鑄成一行的鉛字一樣，完整一塊。別的就完全是呱呱呱的噪聲了。但是，你雖然聽不清那個人究竟在說些甚麼，你還是可以毫無疑問地了解他說的話的一般內容。他可能是在譴責果爾德施坦因，要求對思想犯和破壞分子採取更加嚴厲的措施。他也可能是在譴責歐亞國軍隊的暴行，他也可能在歌頌老大哥或者馬拉巴前線的英雄——這都沒有甚麼不同。不論他說的是甚麼，你可以肯定，每一句話都是純粹正統的，純粹英社的。溫斯頓看着那張沒有眼睛的臉上的嘴巴忙個不停在一張一合，心中有一種奇怪的感覺，覺得這不是一個真正的人，而是一種假人。説話的不是那個人的腦子，而是他的喉頭。説出來的東西雖然是用詞兒組成的，但不是真正的話，而是在無意識狀態中發出來的鬧聲，像鴨子呱呱叫一樣。

賽麥這時沉默了一會，他拿着湯匙在桌上一攤稀糊糊中划來划去。另一張桌子上的那個人繼續飛快地在哇哇説着，儘管室內喧嘩，還是可以聽見。

「新話中有一個詞兒，」賽麥説，「我不知道你是不是知道，叫鴨話，就是像鴨子那樣呱呱叫。這種詞兒很有意思，它有兩個相反的含義。用在對方，這是罵人的；用在你同意的人身上，這是稱讚。」

毫無疑問，賽麥是要化為烏有的。溫斯頓又想。他這麼想時心中不免感到有些悲哀，儘管他明知賽麥瞧不起他，有點不喜歡他，而且完全有可能，只要他認為有理由，就會揭發他是個思想犯。反正，賽麥有甚麼不對頭的地方，究竟甚麼地方不對頭，他也説不上來。賽麥有着他所缺少的一些甚麼東西：謹慎、超脱、一種可以免於患難的愚蠢。你不能説他是不正統的。他相信英社的原則，他尊敬老大哥，他歡慶勝利，他憎恨異端，不僅出於真心誠意，而且有着一種按捺不住的熱情，了解最新的情況，而這是普通黨員所得不到的。但是他身上總是有着一種靠不住的樣子。他總是說一些最好不說為妙的話，他讀書太多，又常常光顧栗樹咖啡館，那是畫家和音樂家聚會的地方。並沒有法律，哪怕是不成文的法律，禁止你光顧栗樹咖啡館，但是去那個地方還是有點危險的。一些遭到譴責的黨的創始領導人在最後被清洗之前常去那個地方。據說，果爾德施坦因本人也曾經去過那裏，那是好幾年，好幾十年以前的事了。賽麥的下場是不難預見的。但是可以肯定的是，只要賽麥發覺他的——溫斯頓的——隱藏的思想，哪怕只有三秒鐘，他也會馬上向思想警察告發的。不過，別人也會一樣，但是賽麥尤其會如此。光有熱情還不夠。正統思想就是沒有意識。

賽麥抬起頭來。「派遜斯來了，」他說。

他的話聲中似乎有這樣的意思：「那個可惡的大傻瓜。」派遜斯是溫斯頓在勝利大廈的鄰居，他真的穿過屋子過來了。他是個胖乎乎的中等身材的人，淡黃的頭髮，青蛙一樣的臉。才三十五歲，他脖子上和腰圍上就長出一圈圈的肥肉來了，但是他的動作仍很敏捷、孩子氣。他的整個外表像個發育過早的小男孩，以致他雖然穿着制服，你仍然不由得覺得他像穿着少年偵察隊的藍短褲、灰襯衫、紅領巾一樣。

你一閉起眼睛來想他，腦海裏就出現胖乎乎的膝蓋和捲起袖子的又短又粗的胳膊。事實也的確是這樣，只要一有機會，比如集體遠足或者其他體育活動時，他就總穿上短褲。他愉快地叫着「哈囉，哈囉！」向他們兩人打招呼，在桌邊坐了下來，馬上帶來一股強烈的汗臭。他的紅紅的臉上滿掛着汗珠，他出汗的本領非凡。在鄰里活動中心站，你一看到球拍是濕的，就可以知道剛才他打過乒乓球。賽麥拿出一張紙來，上面有一長列的字，他拿着一支墨水鉛筆在看着。

「你瞧他吃飯的時候也在工作，」派遜斯推一推溫斯頓說。「工作積極，嗳？夥計，你看的是甚麼？對我這樣一個粗人大概太高深了。史密斯，夥計，我告訴你為甚麼到處找你。你忘記向我繳款了。」

「甚麼款？」溫斯頓問，一邊自動地去掏錢。每人的工資約有四分之一得留起來付各種各樣的志願捐獻，名目之多，使你很難記清。

「仇恨週的捐獻。你知道——按住房分片的。我是咱們這一片的會計。咱們正在作出最大的努力——要做出成績來。我告訴你，如果勝利大廈掛出來的旗幟不是咱們那條街上最多的，那可不是我的過錯。你答應給我兩塊錢。」

溫斯頓找到了兩張摺皺油污的鈔票交給派遜斯，派遜斯用文盲的整齊字體記在一個小本子上。

「還有，夥計，」他說，「我聽説我的那個小叫花子昨天用彈弓打了你。我狠狠地教訓了他一頓。我對他說，要是他再那樣我就要把彈弓收起來。」

「我想他大概是因為不能去看吊死人而有點不高興，」溫斯頓說。

「啊，是啊——我要說的就是，這表示他動機是好的，是不是？他們兩個都是淘氣的小叫花子，但是説到態度積極，那就甭提了。整天想的就是少年偵察隊和打仗。你知道上星期六我的小女兒到伯克姆斯坦德去遠足時幹了甚麼嗎？她讓另外兩個女孩子同她一起偷偷地離開了隊伍跟蹤一個可疑的人整整一個下午！她們一直跟着他兩個小時，穿過樹林，到了阿默夏姆後，就把他交給了巡邏隊。」

「她們為甚麼這樣？」溫斯頓有點吃驚地問。派遜斯繼續得意洋洋地說：

「我的孩子肯定他是敵人的特務——比方說，可能是跳傘空降的。但是關鍵在這裏，夥計。你知道是甚麼東西引起她對他的懷疑的嗎？她發現他穿的鞋子很奇怪——她說她從來沒有看見過別人穿這樣的鞋子。因此很可能他是個外國人。七歲孩子，怪聰明的，是不是？」

「那個人後來怎樣了？」溫斯頓問。

「哦，這個，我當然說不上來。不過，我是不會感到奇怪的，要是——」派遜斯做了一個步槍瞄準的姿態，嘴裏咔嚓一聲。

「好啊，」賽麥心不在焉地說，仍在看他那小紙條，頭也不抬。

「當然我們不能麻痹大意，」溫斯頓按照應盡的本份表示同意。

「我的意思是，現在正在打仗呀，」派遜斯說。

好像是為了證實這一點，他們腦袋上方的電幕發出了一陣喇叭聲。不過這次不是宣佈軍事勝利，只是富裕部的一個公告。

「同志們！」一個年輕人的聲音興奮地說。「同志們請注意！我們有個好消息向大家報告。我們贏得了生產戰線上的勝利！到現在為止各類消費品產量的數字說明，在過去一年中，生活水平提高了百分之二十以上。今天上午大洋國全國都舉行了自發的遊行，工人們走出了工廠、辦公室，高舉旗幟，在街頭遊行，對老大哥的英明領導為他們帶來的幸福新生活表示感謝。根據已完成的統計，一部份數字如下。食品——」

「我們的幸福新生活」一詞出現了好幾次。這是富裕部最近愛用的話。派遜斯的注意力被喇叭聲吸引住了以後，臉上就帶着一種一本正經的呆相，一種受到啟迪時的乏味神情，坐在那裏聽着。他跟不上具體數字，不過他明白，這些數字反正是應該使人感到滿意的。他掏出一隻骯髒的大煙斗，裏面已經裝了一半燒黑了的煙草。煙草定量供應一星期只有一百克，要裝滿煙斗很少可能。溫斯頓在吸勝利牌香煙，他小心地橫着拿在手裏。下一份定量供應要到明天才能買，而他只剩下四支煙了。這時他不去聽遠處的鬧聲，專心聽電幕上發出的聲音。看來，甚至有人遊行感謝老大哥把巧克力的定量提高到一星期二十克。他心裏想，昨天還剛剛宣佈定量要減低到一星期二十克。相隔才二十四小時，難道他們就能忘掉了嗎？是啊，他們硬是忘掉了。派遜斯就是很容易忘掉的，因為他像牲口一樣愚蠢。旁邊那張桌子上的那個沒有眼睛的人也狂熱地、熱情地忘掉了，因為他熱切地希望要把膽敢表示上星期定量是三十克的人都揭發出來，化為烏有。賽麥也忘掉了，不過他比較複雜，需要雙重思想。那麼只有他一個人才保持記憶嗎？

電幕上繼續不斷地播送神話般的數字。同去年相比，食物、衣服、房屋、傢具、鐵鍋、燃料、輪船、直升機、書籍、嬰孩的產量都增加了——除了疾病、犯罪、發瘋以外，甚麼都增加了。逐年逐月，每時每刻，不論甚麼人，甚麼東西都在迅速前進。像賽麥原來在做的那樣，溫斯頓拿起湯匙，蘸着桌子上的那一攤灰色的黏糊糊，畫了一道長線，構成一個圖案。他不快地沉思着物質生活的各個方面。一直是這樣的嗎？他的飯一直是這個味道？他環顧食堂四周。一間天花板很低、擠得滿滿的屋子，由於數不清的人體接觸，牆頭發黑；破舊的鐵桌鐵椅挨得很近，你坐下來就碰到別人的手肘；湯匙彎曲，鐵盤凹凸，白缸子都很粗糙；所有東西的表面都油膩膩的，每一條縫道裏都積滿塵垢；到處都瀰漫着一股劣質杜松子酒、劣質咖啡、涮鍋水似的燉菜和髒衣服混合起來的氣味。在你的肚子裏，在你的肌膚裏，總發出一種無聲的抗議，一種你被騙掉了有權利享受的東西的感覺。不錯，他從來記不起還有過甚麼東西與現在大不相同。凡是他能夠確切記得起來的，不論甚麼時候，總是沒有夠吃的東西，襪子和內衣褲總是有破洞的，傢具總是破舊不堪的，房間裏的暖氣總是燒得不暖的，地鐵總是擁擠的，房子總是東倒西歪的，麵包總是深色的，茶總是喝不到，咖啡總是有股髒水味，香煙總是不夠抽——除了人造杜松子酒以外，沒有東西是又便宜又多的。雖然這樣的情況必然隨着你的體格衰老而越來越惡劣，但是，如果你因為生活艱苦、污穢骯髒、物質匱乏而感到不快，為沒完沒了的寒冬、破爛的襪子、停開的電梯、寒冷的自來水、粗糙的肥皂、自己會掉煙絲的香煙、有股奇怪的難吃味道的食物而感到不快，這豈不是說明，這樣的情況不是事物的天然規律？除非你有一種古老的回憶，記得以前事情不是這樣的，否則的話，你為甚麼要覺得這是不可忍受的呢？

他再一次環顧了食堂的四周。幾乎每個人都很醜陋，即使穿的不是藍制服，也仍舊會是醜陋的。在房間的那一頭，有一個個子矮小、奇怪得像個小甲殼蟲一樣的人，獨自坐在一張桌子旁邊喝咖啡，他的小眼睛東張西望，充滿懷疑。溫斯頓想，如果你不看一下周圍，你就會很容易相信，黨所樹立的模範體格——魁梧高大的小夥子和胸脯高聳的姑娘，金黃的頭髮，健康的膚色，生氣勃勃，無憂無慮——是存在的，甚至是佔多數。實際上，從他所了解的來看，一號空降場大多數人是矮小難看的。很難理解，各部竟盡是那種甲殼蟲一樣的人：又矮又小，沒有到年紀就長胖了，四肢短小，忙忙碌碌，動作敏捷，胖胖的沒有表情的臉上，眼睛又細又小。在黨的統治下似乎這一類型的人繁殖得最快。

富裕部的公告結束時又是一陣喇叭聲，接着是很輕聲的音樂。派遜斯在一連串數字的刺激下稀裏糊塗地感到有些興奮，從嘴上拿開煙斗。

「富裕部今年工作做得不壞，」他讚賞地搖一搖頭。「我說，史密斯夥計，你有沒有刀片能給我用一用？」

「一片也沒有，」溫斯頓說。「我自己六個星期以來一直在用這一片。」

「啊，那沒關係——我只是想問一下，夥計。」

「對不起，」溫斯頓說。

隔壁桌上那個呱呱叫的聲音由於富裕部的公告而暫時停了一會兒，如今又恢復了，像剛才一樣大聲。溫斯頓不知怎麼突然想起派遜斯太太來，想到了她的稀疏的頭髮，臉上皺紋裏的塵垢。兩年之內，這些孩子就會向思想警察揭發她。派遜斯太太就會化為烏有。賽麥也會化為烏有。溫斯頓也會化為烏有。奧勃良也會化為烏有。而派遜斯卻永遠不會化為烏有。那個呱呱叫的沒有眼睛的傢伙不會化為烏有。那些在各部迷宮般的走廊裏忙忙碌碌地來來往往的小甲殼蟲似的人也永遠不會化為烏有。那個黑髮姑娘，那個小說司的姑娘——她也永遠不會化為烏有。他覺得他憑本能就能知道，誰能生存，誰會消滅，儘管究竟靠甚麼才能生存，則很難說。

這時他猛地從沉思中醒了過來。原來隔桌的那個姑娘轉過一半身來在看他。就是那個黑頭髮姑娘。她斜眼看着他，不過眼光盯得很緊，令人奇怪。她的眼光一與他相遇，就轉了開去。

溫斯頓的脊樑上開始滲出冷汗。他感到一陣恐慌。這幾乎很快就過去了，不過留下一種不安的感覺，久久不散。她為甚麼看着他？她為甚麼到處跟着他？遺憾的是，他記不得他來食堂的時候她是不是已經坐在那張桌子邊上了，還是在以後才來的。但是不管怎樣，昨天在舉行兩分鐘仇恨的時候，她就坐在他的後面，而這是根本沒有必要的，很可能她的真正目的是要竊聽他，看他的叫喊是否夠起勁。

他以前的念頭又回來了：也許她不一定是思想警察的人員，但是，正是業餘的特務最為危險。他不知道她看着他有多久了，也許有五分鐘，很可能他的面部表情沒有完全控制起來。在任何公共場所，或者在電幕的視野範圍內，讓自己的思想開小差是很危險的。最容易暴露的往往是你不注意的小地方。神經的抽搐，不自覺的發愁臉色，自言自語的習慣——凡是顯得不正常，顯得要想掩飾甚麼事情，都會使你暴露。無論如何，臉上表情不適當（例如在聽到勝利公告時露出不信的表情）本身就是一樁應予懲罰的罪行。新話裏甚至有一個專門的詞，叫做臉罪。

那個姑娘又回過頭來看他。也許她並不是真的在盯他的梢；也許她連續兩天挨着他坐只是偶然巧合。他的香煙已經熄滅了，他小心地把它放在桌子邊上。如果他能使得煙絲不掉出來，他可以在下班後再繼續抽。很可能，隔桌的那個人是思想警察的特務，很可能，他在三天之內要到友愛部的地下室裏去了，但是香煙屁股卻不能浪費。賽麥已經把他的那張紙條疊了起來，放在口袋裏。派遜斯又開始說了起來。

「我沒有告訴過你，夥計，」他一邊說一邊咬着煙斗，「那一次我的兩個小叫花子把一個市場上的老太婆的裙子燒了起來，因為他們看到她用老大哥的畫像包香腸，偷偷地跟在她背後，用一盒火柴放火燒她的裙子。我想把她燒得夠厲害的。那兩個小叫花子，嗳？可是積極得要命。這是他們現在在少年偵察隊受到的第一流訓練，甚至比我小時候還好。你知道他們給他們的最新配備是甚麼？插在鑰匙孔裏偷聽的耳機！我的小姑娘那天晚上帶回來一個，插在我們起居室的門上，說聽到的聲音比直接從鑰匙孔聽到的大一倍。不過，當然囉，這不過是一種玩具。不過，這個主意倒不錯，對不對？」

這時電幕上的哨子一聲尖叫。這是回去上班的信號。三個人都站了起來跟着大家去擠電梯，溫斯頓香煙裏剩下的煙絲都掉了下來。

## 6

溫斯頓在他的日記中寫道：

那是在三年前的一個昏暗的晚上。在一個大火車站附近的一條狹窄的橫街上，她站在一盞暗淡無光的街燈下面，靠牆倚門而立。她的臉很年輕，粉抹得很厚。吸引我的其實是那抹的粉，那麼白，像個面具，還有那鮮紅的嘴唇。黨內女人是從來不塗脂抹粉的。街上沒有旁人，也沒有電幕。她說兩塊錢。

我就——

他一時覺得很難繼續寫下去，就閉上了眼睛，用手指按着眼皮，想把那不斷重現的景象擠掉。他忍不住想拉開嗓門，大聲呼喊，口出髒言，或者用腦袋撞牆，把桌子踢翻，把墨水瓶向玻璃窗扔過去，總而言之，不論甚麼大吵大鬧或者能夠使自己感到疼痛的事情，只要能夠使他忘卻那不斷折磨他的記憶，他都肯幹。

他心裏想，你最大的敵人是你自己的神經系統。你內心的緊張隨時隨地都可能由一個明顯的症狀洩露出來。他想起幾個星期以前在街上碰到一個人，一個外表很平常的人，一個黨員，年約三四十歲，身材瘦高，提着公事皮包。兩人相距只有幾米遠的時候，那個人的左邊臉上忽然抽搐了一下。兩人擦身而過的時候，他又有這樣一個小動作，只不過抽了一下，顫了一下，像照相機快門咔嚓一樣的快，但很明顯地可以看出這是習慣性的。他記得當時自己就想：這個可憐的傢伙完了。可怕的是，這個動作很可能是不自覺的。最致命的危險是說夢話。就他所知，對此無法預防。

他吸了一口氣，又繼續寫下去：

我同她一起進了門，穿過後院，到了地下室的一個廚房裏。靠牆有一張床，桌上一盞燈，燈火捻得低低的。她——

他咬緊了牙齒，感到一陣難受。他真想吐口唾沫。他在地下室廚房裏同那個女人在一起的時候，同時又想起了他的妻子凱薩琳。溫斯頓是結了婚的，反正，是結過婚的；也許他現在還是結了婚的人，因為就他所知，他的妻子還沒有死。他似乎又呼吸到了地下室廚房裏那股悶熱的氣味，一種臭蟲、髒衣服、惡濁的廉價香水混合起來的氣味，但是還是很誘人，因為黨裏的女人都不用香水，甚至不能想像她們會那樣。只有無產者用香水。在他的心中，香水氣味總是不可分解地同私通連在一起的。

他搞這個女人是他約莫兩年以來第一次行為失檢。當然玩妓女是禁止的，但是這種規定你有時是可以鼓起勇氣來違反的。這事是危險的，但不是生死攸關的問題。玩妓女被逮住可能要判處強制勞動五年；如果你沒有其他過錯，就此而已。而且這也很容易避免被當場逮住。貧民區裏盡是願意出賣肉體的女人。有的甚至只要一瓶杜松子酒，因為無產者是不得買這種酒喝的。暗地裏，黨甚至鼓勵賣淫，以此作為發洩不能完全壓制的本能的出路。一時的荒唐並沒有甚麼關係，只要這是偷偷摸摸搞的，沒有甚麼樂趣，而且搞的只是受鄙視的下層階級的女人。黨員之間的亂搞才是不可寬恕的罪行。但是很難想像實際上會發生這樣的事——儘管歷次大清洗中的被告都一律供認犯了這樣的罪行。

黨的目的不僅僅是要防止男女之間結成可能使它無法控制的誓盟關係。黨的真正目的雖然未經宣佈，實際上是要使性行為失去任何樂趣。不論是在婚姻關係以外還是婚姻關係以內，敵人與其說是愛情，不如說是情慾。黨員之間的婚姻都必須得到為此目的而設立的委員會的批准，雖然從來沒有說明過原則到底是甚麼，如果有關雙方給人以他們在肉體上互相吸引的印象，申請總是遭到拒絕的。唯一得到承認的結婚目的是，生兒育女，為黨服務。性交被看成是一種令人噁心的小手術，就像灌腸一樣。不過這也是從來沒有明確地說過，但是用間接的方法從小就灌輸在每一個黨員的心中。甚至有像少年反性同盟這樣的組織提倡兩性完全過獨身生活。所有兒童要用人工授精（新話叫人授）的方法生育，由公家撫養。溫斯頓也很明白，這麼說並不是很認真其事的，但是這反正與黨的意識形態相一致。黨竭力要扼殺性本能，如果不能扼殺的話，就要使它不正常，骯髒化。他不知道為甚麼要這樣，但是覺得這樣是很自然的事。就女人而論，黨在這方面的努力基本上是成功的。

他又想到了凱薩琳。他們分手大概有九年，十年——快十一年了。真奇怪，他很少想到她。他有時能夠一連好幾天忘記掉自己結過婚。他們一起只過了大約十五個月的日子。黨不允許離婚，但是如果沒有子女卻鼓勵分居。

凱薩琳是個頭髮淡黃、身高挺直的女人，動作乾淨利落。她長長的臉，輪廓分明，要是你沒有發現這張臉的背後幾乎是空空洞洞的，你很可能稱這種臉是高尚的。在他們婚後生活的初期，他就很早發現——儘管這也許是因為他對她比對他所認識的大多數人更有親密的了解機會——她毫無例外地是他所遇到過的人中頭腦最愚蠢、庸俗、空虛的人。她的頭腦裏沒有一個思想不是口號，只要是黨告訴她的蠢話，她沒有、絕對沒有不盲目相信的。他心裏給她起了個外號叫人體「錄音帶」。然而，要不是為了那一件事情，他仍是可以勉強同她一起生活的。那件事情就是性生活。

他一碰到她，她就彷彿要往後退縮，全身肌肉緊張起來。摟抱她像摟抱木頭人一樣。奇怪的是，甚至在她主動抱緊他的時候，他也覺得她同時在用全部力氣推開他。她全身肌肉僵硬使他有這個印象。她常常閉着眼睛躺在那裏，既不抗拒，也不合作，就是默默忍受。這使人感到特別尷尬，過了一陣之後，甚至使人感到吃不消。但是即使如此，他也能夠勉強同她一起生活，只要事先説好不同房。但是奇怪的是，凱薩琳居然反對。她説，他們只要能夠做到，就要生個孩子。這樣，一星期一次，相當經常地，只要不是辦不到，這樣的情況就要重演一次。她甚至常常在那一天早晨就提醒他，好像這是那一天晚上必須要完成的任務，可不能忘記的一樣。她提起這件事來有兩個稱呼。一個是「生個孩子」，另一個是「咱們對黨的義務」（真的，她確實是用了這句話）。不久之後，指定的日期一臨近，他就有了一種望而生畏的感覺。幸而沒有孩子出世，最後她同意放棄再試，不久之後，他們倆就分手了。

溫斯頓無聲地嘆口氣。他又提起筆來寫：

她一頭倒在床上，一點也沒有甚麼預備動作，就馬上撩起了裙子，這種粗野、可怕的樣子是你所想像不到的。我——

他又看到了他在昏暗的燈光中站在那裏，鼻尖裏聞到臭蟲和廉價香水的氣味，心中有一種失敗和不甘心的感覺，甚至在這種時候，他的這種感覺還與對凱薩琳的白皙的肉體的想念摻雜在一起，儘管她的肉體已被黨的催眠力量所永遠冰凍了。為甚麼總得這樣呢？為甚麼他不能有一個自己的女人，而不得不隔一兩年去找一次這些爛污貨呢？但是真正的情合，幾乎是不可想像的事情。黨內的女人都是一樣的。清心寡慾的思想像對黨忠誠一樣牢牢地在她們心中扎了根。通過早期的周密的灌輸，通過遊戲和冷水浴，通過在學校裏、少年偵察隊裏和青年團裏不斷向她們灌輸的胡說八道，通過講課、遊行、歌曲、口號、軍樂等等，她們的天性已被扼殺得一乾二淨。他的理智告訴他自己，一定會有例外的，但是他的內心卻不相信。她們都是攻不破的，完全按照黨的要求那樣。他與其說是要有女人愛他，不如說是更想要推倒那道貞節的牆，哪怕畢生只有一次。滿意的性交，本身就是造反。性慾是思想罪。即使是喚起凱薩琳的慾望——如果他能做到的話——也像是誘姦，儘管她是自己的妻子。

不過剩下的故事，他得把它寫下來。他寫道：

我燃亮了燈。我在燈光下看清她時——

在黑暗裏呆久了，煤油燈的微弱亮光也似乎十分明亮。他第一次可以好好地看一看那女人。他已經向前走了一步，這時又停住了，心裏既充滿了慾望又充滿了恐懼。他痛感到他到這裏來所冒的風險。完全有可能，在他出去的時候，巡邏隊會逮住他；而且他們可能這時已在門外等着了。但是如果他沒有達到目的就走——！

這得寫下來，這得老實交代。他在燈光下忽然看清楚的是，那個女人是個老太婆。她的臉上的粉抹得這麼厚，看上去就像會折斷的硬紙板做的面具那樣。她的頭髮裏有幾綹白髮，但真正可怕的地方是，這時她的嘴巴稍稍張開，裏面除了是個漆黑的洞以外沒有別的。她滿口沒牙。

他潦草地急急書寫：

我在燈光下看清了她，她是個很老的老太婆，至少有五十歲。可是我還是上前，照幹不誤。

他又把手指按在眼皮上。他終於把它寫了下來，不過這仍沒有甚麼兩樣。這個方法並不奏效。要提高嗓門大聲叫罵髒話的衝動，比以前更強烈了。

# 7

〔溫斯頓寫道〕如果有希望的話，希望在無產者身上。

如果有希望的話，希望一定在無產者身上，因為只有在那裏，在這些不受重視的蜂擁成堆的群眾中間，在大洋國這百分之八十五的人口中間，摧毀黨的力量才能發動起來。黨是不可能從內部來推翻的。它的敵人，如果說有敵人的話，是沒有辦法糾集在一起，或者甚至互相認出來的。即使傳說中的兄弟團是存在的——很可能是存在的——也無法想像，它的團員能夠超過三三兩兩的人數聚在一起。造反不過是眼光中的一個神色，聲音中的一個變化；最多，偶爾一聲細語而已。但是無產者則不然，只要能夠有辦法使他們意識到自己的力量，就不需要進行暗中活動了。他們只需要起來掙扎一下，就像一匹馬顫動一下身子把蒼蠅趕跑。他們只要願意，第二天早上就可以把黨打得粉碎。可以肯定地說，他們遲早會想到要這麼做的。但是——！

他記得有一次他在一條擁擠的街上走，突然前面一條橫街上有幾百個人的聲音——女人的聲音——在大聲叫喊。這是一種不可輕侮的憤怒和絕望的大聲叫喊，聲音又大又深沉，「噢——噢——噢！」就像鐘聲一樣迴盪很久。他的心怦怦地跳。開始了！他這麼想。發生了騷亂！無產者終於衝破了羈絆！當他到出事的地點時，看到的卻是二三百個婦女擁在街頭市場的貨攤周圍，臉上表情悽慘，好像一條沉船上不能得救的乘客一樣。原來是一片絕望，這時又分散成為許許多多個別的爭吵。原來是有一個貨攤在賣鐵鍋。都是一些一碰就破的蹩腳貨，但是炊事用具不論哪種都一直很難買到。賣到後來，貨源忽然中斷。買到手的婦女在別人推搡擁擠之下要想拿着買到的鍋子趕緊走開，其他許多沒有買到的婦女就圍着貨攤叫嚷，責怪攤販開後門，另外留着鍋子不賣。又有人一陣叫嚷。有兩個面紅耳赤的婦女，其中一個披頭散髮，都搶着一隻鍋子，要想從對方的手中奪下來。她們兩人搶來搶去，鍋把就掉了下來。溫斯頓厭惡地看着她們。可是，就在剛才一剎那，幾百個人的嗓子的叫聲裏卻表現了幾乎令人可怕的力量！為甚麼她們在真正重要的問題上卻總不能這樣喊叫呢？

他們不到覺悟的時候，就永遠不會造反；他們不造反，就不會覺悟。

他想，這句話簡直像從黨的教科書裏抄下來的。當然，黨自稱正把無產者從羈絆下解放出來。在革命前，他們受到資本家的殘酷壓迫，他們挨餓、挨打，婦女被迫到煤礦裏去做工（事實上，如今婦女仍在煤礦裏做工），兒童們六歲就被賣到工廠裏。但同時，真是不失雙重思想的原則，黨又教導說，無產者天生低劣，必須用幾條簡單的規定使他們處於從屬地位，像牲口一樣。事實上，大家很少知道無產者的情況。沒有必要知道得太多。只要他們繼續工作和繁殖，他們的其他活動就沒有甚麼重要意義。由於讓他們去自生自長，像把牛群在阿根廷平原上放出去一樣，他們又恢復到合乎他們天性的一種生活方式。一種自古以來的方式。他們生了下來以後就在街頭長大，十二歲去做工，經過短短一個美麗的情竇初開時期，在二十歲就結了婚，上三十歲就開始衰老，大多數人在六十歲就死掉了。重體力活、照顧家庭子女、同鄰居吵架、電影、足球、啤酒，而尤其是賭博，就是他們心目中的一切。要控制他們並不難。總是有幾個思想警察的特務在他們中間活動，散佈謠言，把可能具有危險性的少數人挑出來消滅掉。但是沒有作任何嘗試要向他們灌輸黨的思想。無產者不宜有強烈的政治見解。對他們的全部要求是最單純的愛國心，凡是需要他們同意加班加點或者降低定量的時候可以加以利用。即使他們有時候也感到不滿，但他們的不滿不會有甚麼結果。因為他們沒有一般抽象思想，他們只能小處着眼，對具體的事情感到不滿。大處的弊端，他們往往放過去而沒有注意到。大多數無產者家中甚至沒有電幕。甚至民警也很少去干涉他們。倫敦犯罪活動很多，是小偷、匪徒、娼妓、毒販、各種各樣的騙子充斥的國中之國；但是由於這都發生在無產者圈子裏，因此並不重要。在一切道德問題上，都允許他們按他們的老規矩辦事。黨在兩性方面的禁慾主義，對他們是不適用的。亂交不受懲罰，離婚很容易。而且，如果無產者有此需要，甚至也允許信仰宗教。他們不值得懷疑。正如黨的口號所說：

「無產者和牲口都是自由的。」

溫斯頓伸下手去，小心地搔搔靜脈曲張潰瘍的地方。這地方又癢了起來。說來說去，問題總歸是，你無法知道革命前的生活究竟是甚麼樣子。他從抽屜中取出一本兒童歷史教科書，這是他從派遜斯太太那裏借來的，他開始把其中一節抄在日記本上：

從前，在偉大的革命以前，倫敦不是像現在這樣一個美麗的城市。當時倫敦是個黑暗、骯髒、可憐的地方，很少有人食能果腹，衣能蔽體，成千上萬的人窮得足無完履，頂無片瓦。還不及你們那麼大的孩子就得為兇殘的老闆一天工作十二小時，如果動作遲緩就要遭到鞭打，每天只給他們吃陳麵包屑和白水。但在那普遍貧困之中卻有幾所有錢人住的華麗的宅第，伺候他們的傭僕多達三十個人。這些有錢人叫做資本家。他們又胖又醜，面容兇惡，就像下頁插圖中的那個人一樣。你可以看到他穿的是叫做大禮服的長長的黑色上衣，戴的是叫做高禮帽的像煙囪一樣的亮晶晶的奇怪帽子。這是資本家們的制服，別人是不許穿的。資本家佔有世上的一切，別人都是他們的奴隸。他們佔有一切土地、房屋、工廠、錢財。誰要是不聽他們的話，他們就可以把他投入獄中，或者剝奪他的工作，把他餓死。老百姓向資本家說話，得誠惶誠恐，鞠躬致敬，稱他做「老爺」。資本家的頭頭叫國王——

餘下的他都心裏有數。下面會提到穿着細麻僧袍的主教、貂皮法袍的法官、手枷腳銬、踏車鞭笞、市長大人的宴會、跪吻教皇腳丫子的規矩。還有拉丁文叫做「初夜權」的，在兒童教科書中大概不會提到。所謂「初夜權」，就是法律規定，任何資本家都有權同在他的廠中做工的女人睡覺。

這裏面有多少是謊言，你怎麼能知道呢？現在一般人的生活比革命前好，這可能是確實的。唯一相反的證據是你自己骨髓裏的無聲的抗議，覺得你的生活條件在無法忍受以前一定有所不同的這種本能感覺。他忽然覺得現代生活中真正典型的一件事情倒不在於它的殘酷無情、沒有保障，而是簡單枯燥、暗淡無光、興致索然。你看看四周，就可以看到現在的生活不僅同電幕上滔滔不絕的謊言毫無共同之處，而且同黨要想達到的理想也無共同之處。甚至對一個黨員來說，生活的許多方面都是中性的，非政治性的，單純地是每天完成單調乏味的工作、在地鐵中搶一個座位、補一雙破襪子、揩油一片糖精、節省一個煙頭。而黨所樹立的理想卻是一種龐大、可怕、閃閃發光的東西，到處是一片鋼筋水泥、龐大機器和可怕武器，個個是驍勇的戰士和狂熱的信徒，團結一致地前進，大家都思想一致、口號一致，始終不懈地在努力工作、戰鬥、取勝、迫害——三億人民都是一張面孔。而現實卻是城市破敗陰暗，人民面有菜色，食不果腹，穿着破鞋在奔波忙碌，住在十九世紀東補西破的房子裏，總有一股爛白菜味和尿臊臭。他彷彿見到了一幅倫敦的圖景，大而無當，到處殘破，一個由一百萬個垃圾桶組成的城市，在這中間又有派遜斯太太的一幅照片，一個面容憔悴、頭髮稀疏的女人，毫無辦法地在拾掇一條堵塞的水管。

他又伸下手去搔一搔腳脖子。電幕日以繼夜地在你的耳邊聒噪着一些統計數字，證明今天人們比五十年前吃得好，穿得暖，住得寬敞，玩得痛快——他們比五十年前活得長壽，工作時間比五十年前短，身體比五十年前高大、健康、強壯，日子比五十年前過得快活，人比五十年前聰明，受到教育比五十年前多。但沒有一句話可以證明是對的或者是不對的。例如，黨聲稱今天無產者成人中有百分之四十識字；而革命前只有百分之十五。黨聲稱現在嬰兒死亡率只有千分之一百六十，而革命前是千分之三百——如此等等。這有點像兩個未知數的簡單等式。很有可能，歷史書中的幾乎每一句話，甚至人們毫無置疑地相信的事情，都完全出之於虛構。

誰知道，也許很有可能，從來沒有像「初夜權」那樣的法律，或者像資本家那樣的人，或者像高禮帽那樣的服飾。

一切都消失在迷霧之中了。過去給抹掉了，而抹掉本身又被遺忘了，謊言便變成了真話。他一生之中只有一次掌握了進行偽造的無可置疑的具體證據，那是在發生事情以後：這一點是很重要的。這個證據在他的手指之間停留了長達三十秒鐘之久。這大概是在一九七三年——反正是大概在他和凱薩琳分居的時候。不過真正重要的日期還要早七八年。

這件事實際開始於六十年代中期，也就是把革命元老徹底消滅掉的大清洗時期。到一九七零年，除了老大哥以外，他們已一個不留了。到那個時候，他們都當作叛徒和反革命被揭發出來。果爾德施坦因逃走了，藏匿起來，沒有人知道是在甚麼地方；至於別人，有少數人就此消失了，大多數人在舉行了轟動一時的公開審判，供認了他們的罪行後被處決。最後一批幸存者中有三個人，他們是瓊斯、阿朗遜、魯瑟福。這三個人被捕大概是在一九六五年。像經常發生的情況那樣，他們銷聲匿跡了一兩年，沒有人知道他們的生死下落，接着又突然給帶了出來，像慣常那樣地招了供。他們供認通敵（那時的敵人也是歐亞國），盜用公款，在革命之前起就已開始陰謀反對老大哥的領導，進行破壞活動造成好幾十萬人的死亡。在供認了這些罪行之後，他們得到了寬大處理，恢復了黨籍，給了聽起來很重要但實際上是掛名的閒差使。三個人都在《泰晤士報》寫了長篇的檢討，檢查他們墮落的原因和保證改過自新。

他們獲釋後，溫斯頓曾在栗樹咖啡館見到過他們三個人。他還記得他當時懷着又驚又怕的心情偷偷地觀察他們。他們比他年紀大得多，是舊世界的遺老，是建黨初期崢嶸歲月中留下來的最後一批大人物。他們身上仍舊隱隱有着地下鬥爭和內戰時代的氣氛。他覺得，雖然當時對於事實和日期已經遺忘了，他很早就知道他們的名字了，甚至比知道老大哥的名字還要早幾年。但是他們也是不法分子、敵人、不可接觸者，絕對肯定要在一兩年內送命的。凡是落在思想警察手中的人，沒有一個人能逃脫這個命運。他們不過是等待送回到墳墓中去的行屍走肉而已。

沒有人坐在同他們挨着的桌邊。在這種人附近出現不是一件聰明人該做的事。他們默默地坐在那裏，前面放着有丁香味的杜松子酒，那是那家咖啡館的特色。這三人中，魯瑟福的外表使溫斯頓最有深刻的印象。魯瑟福以前是有名的漫畫家，他的諷刺漫畫在革命前和革命時期曾經鼓舞過人民的熱情。即使到了現在，他的漫畫偶爾還在《泰晤士報》上發表，不過只是早期風格的模仿，沒有生氣，沒有說服力，使人覺得奇怪。這些漫畫總是老調重彈——貧民窟、飢餓的兒童、巷戰、戴高禮帽的資本家——甚至在街壘中資本家也戴着高禮帽——這是一種沒有希望的努力，不停地要想退回到過去中去。他身材高大，一頭油膩膩的灰髮，面孔肉鬆皮皺，嘴唇突出。他以前身體一定很強壯，可現在卻鬆鬆垮垮，鼓着肚子，彷彿要向四面八方散架一樣。他像一座要倒下來的大山，眼看就要在你面前崩潰。

這是十五點這個寂寞的時間。溫斯頓如今已記不得他怎麼會在這樣一個時候到咖啡館去的。那地方幾乎闃無一人。電幕上在輕輕地播放着音樂。那三個人幾乎動也不動地坐在他們的角落裏，一句話也不說。服務員自動地送上來杜松子酒。他們旁邊桌上有個棋盤。棋子都放好了，但沒有人下棋。這時——大約一共半分鐘——電幕上忽然發生了變化，正在放的音樂換了調子，突如其來，很難形容。這是一種特別的、粗啞的、嘶叫的、嘲弄的調子；溫斯頓心中所要聽的黃色的調子，接着電幕上有人唱道：

在遮蔭的栗樹下，

我出賣了你，你出賣了我；
他們躺在那裏，我們躺在這裏，
在遮蔭的栗樹下。

這三個人聽了紋絲不動。但是溫斯頓再看魯瑟福的疲憊的臉時，發現他的眼眶裏滿盈淚水。他第一次注意到，阿朗遜和魯瑟福的鼻子都給打癟了，他心中不禁打了一陣寒顫，但是卻不知道為甚麼打寒顫。

以後不久，這三個人又都被捕了。原來他們一放出來後就馬上又在搞新的陰謀。在第二次審判時，他們除了新罪行以外，又把以前的罪行招供一遍，新賬老賬一起算。他們被處決後，他們的下場記錄在黨史裏，以儆後代效尤。大約五年以後，即一九七三年，溫斯頓在把氣力輸送管吐在他桌子上的一沓文件打開的時候，發現有一張紙片，那顯然是無意中夾在中間而被遺忘的。他一打開就意識到它的重要意義。這是從十年前的一份《泰晤士報》上撕下來的——是該報的上半頁，因此上面有日期——上面是一幅在紐約舉行的一次黨的集會上代表們的照片，中間地位突出的是瓊斯、阿朗遜、魯瑟福三人。一點也沒有錯，是他們三人；反正照片下面的說明中有他們的名字。

問題是，這三個人在兩次的審判會上都供認，那一天他們都在歐亞國境內。他們在加拿大一個秘密機場上起飛，到西伯利亞某個秘密地點，同歐亞國總參謀部的人員見面，把重要的軍事機密洩漏給他們。溫斯頓的記憶中很清楚地有那個日期的印象，因為那正好是仲夏日；但是在無數的其他地方一定也有這件事的記載。因此只有一個可能的結論：這些供詞都是屈打成招的。

當然，這件事本身並不是甚麼新發現，即使在那個時候，溫斯頓也從來沒有認為，在清洗中被掃除的人確實犯了控告他們的罪行。但是這張報紙卻是具體的證據；這是被抹掉的過去的一個碎片，好像一根骨頭的化石一樣，突然在不該出現的斷層中出現了，推翻了地質學的某一理論。如果有辦法公佈於世，讓大家都知道它的意義，這是可以使黨化為齏粉的。

他原來一直在工作。一看到這張照片是甚麼，有甚麼意義，就馬上用另一張紙把它蓋住。幸好他打開它時，從電幕的角度來看，正好是上下顛倒的。

他把草稿本放在膝上，把椅子往後推一些，盡量躲開電幕。要保持面部沒有表情不難，只要用一番工夫，甚至呼吸都可以控制，但是你無法控制心臟跳動的速度，而電幕卻很靈敏，能夠收聽得到。他等了一會兒估計大約有十分鐘之久，一邊卻擔心會不會發生甚麼意外將自己暴露，例如突然在桌面上吹過一陣風。然後他連那蓋着的紙揭也不揭，就把那張照片和一些其他廢紙一古腦兒丟在忘懷洞裏去。大概再過一分鐘就會化為灰燼了。

這是十年——不，十一年以前的事了，要是在今天，他大概會保留這張照片的。奇怪的是，今天這張照片同它所記錄的事件一樣，已只不過是記憶中的事了，可是在手中遺留片刻這件事，在他看來仍舊似乎有甚麼了不起的關係似的。他心裏尋思，由於一紙不再存在的證據一度存在過，黨對過去的控制是不是不那麼牢固了？

可是到今天，即使這張照片有辦法從死灰中復活，也可能不再成為證據了。因為在他發現照片的時候，大洋國已不再同歐亞國打仗，而這三個死人是向歐亞國的特務出賣祖國的。從那時以後，曾有幾次變化——兩次，三次，他也記不清有多少次了。很可能，供詞已一再重寫，到最後，原來的日期和事實已毫無意義。過去不但遭到了篡改，而且不斷地在被篡改。最使他有噩夢感的是，他從來沒有清楚地理解過為甚麼要從事偽造。偽造過去的眼前利益比較明顯，但最終動機卻使人不解。

他又拿起筆寫道：

我懂得**方法**：我不懂得**原因**。

他心中尋思，他自己是不是個瘋子，這，他已想過好幾次了。也許所謂瘋子就是個人少數派。曾經有一個時候，相信地球繞着太陽轉是發瘋的症狀；而今天，相信過去不能更改也是發瘋的症狀。有這樣的想法，可能只有他一個人，如果如此，他就是個瘋子。不過想到自己是瘋子並不使他感到可怕；可怕的是他自己可能也是錯的。

他揀起兒童歷史教科書，看一看卷首的老大哥相片。那雙富有魅力的眼睛注視着他。好像有一種巨大的力量壓着你——一種能夠刺穿你的頭顱，壓迫你的腦子，嚇破你的膽子，幾乎使你放棄一切信念，不相信自己感官的東西。到最後，黨可以宣佈，二加二等於五，你就不得不相信它。他們遲早會作此宣佈，這是不可避免的：他們所處的地位必然要求這樣做。他們的哲學不僅不言而喻地否認經驗的有效性，而且否認客觀現實的存在。常識成了一切異端中的異端。可怕的不是他們由於你不那麼想而要殺死你，可怕的是他們可能是對的。因為，畢竟，我們怎麼知道二加二等於四呢？怎麼知道地心吸力發生作用呢？怎麼知道過去是不可改變的呢？如果過去和客觀世界只存在於意識中，而意識又是可以控制的——那怎麼辦？

可是不行！他的勇氣似乎突然自發地堅強起來。他的腦海中浮現出奧勃良的臉，這並不是明顯的聯想所引起的。他比以前更加有把握地知道，奧勃良站在他的一邊。他是在為奧勃良——對奧勃良——寫日記，這像一封沒有完的信，沒有人會讀，但是是寫給一個具體的人，因此而有了生氣。

黨叫你不相信你耳聞目睹的東西。這是他們最後的最根本的命令。他一想到他所面對的龐大力量，一想到黨的任何一個知識分子都能輕而易舉地駁倒他，一想到那些巧妙的論點，他不僅不能理解，因此更談不上反駁，心不覺一沉。但是他是正確的！他們錯了，他是對的。必須捍衛顯而易見、簡單真實的東西。不言自明的一些道理是正確的，必須堅持！客觀世界存在，它的規律不變。石頭硬，水濕，懸空的東西掉向地球中心。他覺得他是在向奧勃良說話，也覺得他是在闡明一個重要的原理，於是寫道：

所謂自由就是可以說二加二等於四的自由。承認這一點，其他一切就迎刃而解。

# 8

在一條小巷盡頭的甚麼地方，有一股烘咖啡豆的香味向街上傳來，這是真咖啡，不是勝利牌咖啡。溫斯頓不自覺地停下步來。大約有兩秒鐘之久，他又回到了他那遺忘過半的童年世界。接着是門砰的一響，把這香味給突然切斷了，好像它是聲音一樣。

他在人行便道上已經走了好幾公里，靜脈曲張發生潰瘍的地方又在發癢了。三星期以來，今天晚上是他第二次沒有到鄰里活動中心站去：這是一件很冒失的事，因為可以肯定，你參加中心站活動的次數，都是有人仔細記下來的。原則上，一個黨員沒有空暇的時間，除了在床上睡覺以外，總是有人做伴的。凡是不在工作、吃飯、睡覺的時候，他一定是在參加某種集體的文娛活動；凡是表明有離群索居的愛好的事情，哪怕是獨自去散步，都是有點危險的。新話中對此有個專門的詞，叫孤生，這意味着個人主義和性格孤僻。但是今天晚上他從部裏出來的時候，四月的芬芳空氣引誘了他。藍色的天空是他今年以來第一次看到比較有些暖意，於是突然之間，他覺得在中心站度過這個喧鬧冗長的夜晚，玩那些令人厭倦吃力的遊戲，聽那些報告講話，靠杜松子酒維持勉強的同志關係，都教他無法忍受了。他在一時衝動之下，從公共汽車站走開，漫步走進了倫敦的迷魂陣似的大街小巷，先是往南，然後往東，最後又往北，迷失在一些沒有到過的街道上，也不顧朝甚麼方向走去。

他曾經在日記中寫過，「如果有希望的話，希望在無產者身上。」他不斷地回想起這句話，這說明了一個神秘的真理、明顯的荒謬。他現在是在從前曾經是聖潘克拉斯車站的地方以北和以東的一片褐色貧民窟裏。他走在一條鵝卵石鋪的街上，兩旁是小小的兩層樓房，破落的大門就在人行道旁，有點奇怪地使人感到像耗子洞。在鵝卵石路面上到處有一攤攤髒水。黑黝黝的門洞的裏裏外外，還有兩旁的狹隘的陋巷裏，到處是人，為數之多，令人吃驚——鮮花盛開一般的少女，嘴上塗着鮮艷的唇膏；追逐着她們的少年；走路搖搖擺擺的肥胖的女人，使你看到這些姑娘們十年之後會成為甚麼樣子；邁着八字腳來來往往的駝背彎腰的老頭兒；衣衫襤褸的赤腳玩童，他們在污水潭中嬉戲，一聽到他們母親的怒喝又四散逃開。街上的玻璃窗大約有四分之一是打破的，用木板釘了起來。大多數人根本不理會溫斯頓；有少數人小心翼翼地好奇地看他一眼。有兩個粗壯的女人，兩條像磚頭一般發紅的胳膊交叉抱在胸前，在一個門口站着閒談。溫斯頓走近的時候聽到了她們談話的片言隻語。

「『是啊，』我對她說，『這樣好是好，』我說。『不過，要是你是我，你就也會像我一樣。說別人很容易，』我說，『可是，我要操心的事兒，你可沒有。』」

「啊，」另一個女人說，「你說得對。就是這麼一回事。」

刺耳的說話突然停止了。那兩個女人在他經過的時候懷有敵意地看着他。但是確切地說，這談不上是敵意；只是一種警覺，暫時的僵化，像在看到不熟悉的野獸經過一樣。在這樣的一條街道上，黨員的藍制服不可能是常見的。的確，讓人看到自己出現在這種地方是不明智的，除非你有公務在身。如果碰上巡邏隊，他們一定要查問的。「給我看一看你的證件。好呀，同志？你在這裏幹甚麼？你甚麼時候下班的？這是你平時回家的路嗎？」——如此等等。並不是說有甚麼規定不許走另一條路回家，但是如果思想警察知道了這件事，你就會引起他們的注意。

突然之間，整條街道騷動起來。四面八方都有報警的驚叫聲。大家都像兔子一般竄進了門洞。有個年輕婦女在溫斯頓前面不遠的地方從一個門洞中竄了出來，一把拉起一個在水潭中嬉戲的孩子，用圍裙把他圍住，又竄了回去，這一切動作都是在刹那間發生的。與此同時，有個穿着一套像六角手風琴似的黑衣服的男子從一條小巷出來，他向溫斯頓跑過來，一邊緊張地指着天空：

「蒸汽機！」他嚷道。「小心，首長！頭上有炸彈，快臥倒！」

「蒸汽機」是無產者不知為甚麼叫火箭炸彈的外號。溫斯頓馬上撲倒在地。碰到這種事情，無產者總是對的。他們似乎有一種直覺，在好幾秒鐘之前能預知火箭射來，儘管火箭飛行的速度照說要比聲音還快。溫斯頓雙臂抱住腦袋。這時一聲轟隆，彷彿要把人行道掀起來似的，有甚麼東西像陣雨似的掉在他的背上。他站起來一看，原來是附近窗口飛來的碎玻璃。

他繼續往前走。那顆炸彈把前面兩百米外的一些房子炸掉了。空中高懸着一股黑煙柱，下面一片牆灰騰空而起，大家已經開始團團圍住那堆瓦礫了。在他前面的人行道上也有一堆牆灰，他可以看到中間有一道猩紅色的東西。他走近一看，原來是一隻齊腕炸斷的手。除了近手腕處血污一片，那隻手完全蒼白，沒有血色，像石膏製的一樣。

他把它踢到邊上，然後躲開人群，拐到右手的一條小巷裏，三四分鐘以後他就離開了挨炸的地方，附近街道人來人往，一切如常，好像甚麼事情也沒有發生一樣。這時已快到二十點了，無產者光顧的小酒店裏擠滿了顧客。黑黑的彈簧門不斷地推開又關上，飄出來一陣陣尿臊臭、鋸木屑、陳啤酒的味兒。有一所房子門口凸出的地方，角落裏有三個人緊緊地站在一起，中間一個人手中拿着一份摺疊好的報紙，其他兩個人伸着脖子從他身後瞧那報紙。溫斯頓還沒有走近看清他們臉上的表情，就可以知道他們是多麼全神貫注。他們顯然是在看一條重要的新聞。他走到距他們只有幾步遠的時候，這三個人突然分了開來，其中兩個人發生了激烈爭吵。看上去他們幾乎快要打了起來。

「你他媽的不能好好地聽我說嗎？我告訴你，一年零兩個月以來，末尾是七的號碼沒有中過彩！」

「中過了！」

「不，沒有中過！我家裏全有，兩年多的中彩號碼全都記在一張紙上。我一次不差，一次不漏，都記下來了。我告訴你，末尾是七的號碼沒有——」

「中過了，七字中過了！我可以把他媽的那個號碼告訴你。407，最後一個數目是7。那是在二月裏，二月的第二個星期。」

「操你奶奶的二月！我都記下來了，白紙黑字，一點不差。我告訴你——」

「唉，別吵了！」第三個人說。

他們是在談論彩票。溫斯頓走到三十米開外又回頭看。他們仍在爭論，一臉興奮認真的樣子。彩票每星期開獎一次，獎金不少，這是無產者真正關心的一件大事。可以這麼說，對好幾百萬無產者來說，彩票如果不是他們仍舊活着的唯一理由，也是主要的理由。這是他們的人生樂趣，他們的一時荒唐，他們的止痛藥，他們的腦力刺激劑。一碰到彩票，即使是目不識丁的人也似乎運算嫻熟，記憶驚人。有整整一大幫人就靠介紹押寶方法、預測中獎號碼、兜售吉利信物為生。溫斯頓同經營彩票無關，那是富裕部的事，但是他知道（黨內的人都知道）獎金基本上都是虛構的。實際付的只是一些末獎，頭、二、三等獎的得主都是不存在的人。由於大洋國各地之間沒有相互聯繫，這件事不難安排。

但是如果有希望的話，希望在無產者身上。你得死抱住這一點。你把它用話說出來，聽起來就很有道理。你看一看人行道上走過你身旁的人，這就變成了一種信仰。他拐進去的那條街往下坡走。他覺得他以前曾經來過這一帶，不遠還有一條大街。前面傳來了一陣叫喊的聲音。街道轉了一個彎，盡頭的地方是一個台階，下面是一個低窪的小巷，有幾個擺攤的在賣發蔫的蔬菜。這時溫斯頓記起了他身在甚麼地方了。這條小巷通到大街上，下一個拐角，走不到五分鐘，就是他買那個空白本子當作日記本的舊貨鋪子了。在不遠的一家文具鋪裏，他曾經買過筆桿和墨水。

他在台階上面停了一會兒，小巷的那一頭是一家昏暗的小酒店，窗戶看上去結了霜，其實只不過是積了塵垢。一個年紀很老的人，雖然腰板挺不起來，動作卻很矯捷，白色的髫子向前挺着，好像明蝦的髫子一樣，他推開了彈簧門，走了進去。溫斯頓站在那裏看着，忽然想起這個老頭兒一定至少有八十歲了，革命的時候已入中年。他那樣的少數幾個人現在已成了同消失了的資本主義世界的最後聯繫了。思想在革命前已經定型的人，在黨內已經不多。在五十年代和六十年代的大清洗時期，老一代的人大部份已被消滅掉，少數僥倖活下來的，也早已嚇怕，在思想上完全投降了。活着的人中，能夠把本世紀初期的情況向你作一番如實的介紹的，如果有的話，也只可能是個無產者。突然之間，溫斯頓的腦海裏又浮現了他從歷史教科書上抄在日記中的一段話，他一時衝動，像發瘋一樣：他要到那酒店裏去，同那個老頭兒搭訕，詢問他一個究竟。他要這麼對他說：「請你談談你小時候的事兒。那時候的日子怎麼樣？比現在好，還是比現在壞？」

他急急忙忙地走下台階，穿過狹窄的小巷，唯恐晚了一步，心中害怕起來。當然，這樣做是發瘋。按理，並沒有具體規定，不許同無產者交談，或者光顧他們的酒店，但是這件事太不平常，必然會有人注意到。如果巡邏隊來了，他可以說是因為感到突然頭暈，不過他們多半不會相信他。他推開門，迎面就是一陣走氣啤酒的乾酪一般的惡臭。他一進去，裏面談話的嗡嗡聲就低了下來。他可以覺察到背後人人都在看他的藍制服。屋裏那一頭原來有人在玩的投鏢遊戲，這時也停了大約有三十秒鐘。他跟着進來的那個老頭兒站在櫃枱前，同酒保好像發生了爭吵，那個酒保是個體格魁梧的年輕人，長着鷹鈎鼻，胳膊粗壯。另外幾個人，手中拿着啤酒杯，圍着看他們。

「我不是很客氣地問你嗎？」那個老頭兒説，狠狠地挺起腰板。「你説這個勞什子的鬼地方沒有一品脱裝的杯子？」

「他媽的甚麼叫一品脱？」酒保説，手指尖按着櫃枱，身子向前靠。

「聽他説的！虧他是個當酒保的，卻不知道一品脱有多少！告訴你：一品脱是四分之一夸特，四夸特等於一加侖。再下去就得教你 ABC 了。」

「從來沒有聽説過，」酒保憤憤地説。「一公升，半公升——我們是按這樣計算的。你前面架子上的玻璃杯就是。」

「我要喝一品脱，」那個老頭兒堅持說。「你給我倒一品脱還不容易。我年輕的時候可不用他媽的公升。」

「你年輕的時候我們都住在樹上。」那酒保瞥一眼旁人說。

接着是一陣哄笑，溫斯頓進來時造成的不安之感似乎消失了。那老頭兒盡是白鬍子茬的臉頓時泛起了紅色。他喃喃地自言自語，轉過身去，一頭撞在溫斯頓身上。溫斯頓輕輕地攙住他的胳膊。

「可以請你喝一杯嗎？」他問。

「你是個上等人，」那老頭兒說，又挺起了腰板。他好像沒有注意到溫斯頓的藍制服。「一品脱！」他氣勢洶洶地對酒保說。「一品脱啤酒！」

那酒保在櫃枱下面水桶裏涮了兩個厚玻璃杯，然後各倒了半公升的深褐色啤酒。在無產者酒店裏你只能喝到啤酒。照理，無產者是不許喝杜松子酒的，但是實際上他們很容易搞到。投鏢遊戲又開始了，在櫃枱前面的人又開始談論起彩票來。溫斯頓的出場給暫時忘卻了。在窗戶底下有一張松木板桌子，他和那個老頭兒可以在那裏說話不怕別人聽到。這樣做是極其危險的，但是無論如何，酒店裏沒有電幕，這是他一進來就弄清楚的。

「他滿可以給我倒一品脫的，」那個老頭拿着啤酒杯坐下後還嘟嘟囔囔地說。「半公升不夠。不過癮。一公升又太多。盡撒尿。更甭提錢了。」

「從你年輕時候起，你一定見過不少變化了，」溫斯頓試探地說。

老頭兒的淡藍色眼睛從投鏢板轉到櫃檯，又從櫃枱轉到廁所門，好像他是等待酒店裏發生變化似的。

「那時啤酒可比現在好，」他最後說，「價錢也便宜！我年輕的時候，淡啤酒——我們叫咕嚕——四便士一品脫。那當然是在戰前。」

「哪一次戰前？」溫斯頓問道。

「不管哪一次戰前，」老頭兒含糊地說。他拿起酒杯，又挺起腰板。「祝你健康！」

他咕嚕咕嚕地喝着，瘦瘦的脖子上，喉結上下移動，速度驚人，一會兒後，啤酒就喝光了。溫斯頓到櫃枱那裏又拿回兩杯半公升的啤酒來。老頭兒似乎忘記了自己不願喝足一公升的話。

「你的年齡比我大多了，」溫斯頓說。「我還沒有生下來，你一定已長大了。

你一定記得革命前的日子是怎樣的。像我這般年齡的人，對那時候，真的是一點也不知道。我們只能從書本裏看到，而書本子裏講的不一定對。我很想聽你說說。歷史書上說革命前的生活同現在很不一樣。那時候大家都吃苦受罪，那種日子你想也想像不出。在倫敦這裏，很多的人一輩子沒有吃飽過肚子的時候。有一半的人打赤腳，沒有鞋子穿。他們一天做工十二小時，九歲就離開學校，一間屋子睡十個人。但卻有很少數人，只有少數幾千人——他們叫資本家的——有錢又有勢。甚麼好東西都是他們的。他們住在高樓大廈裏，有三十個僕人伺候他們，出入都坐汽車，或者四駕馬車，喝的是香檳酒，戴的是高禮帽——」

老頭兒突然眼睛一亮。

「高禮帽！」他說道。「說來奇怪，你提到高禮帽。我昨天還想到它。不知為甚麼。我忽然想到，我已有多少年沒有見到高禮帽了。過時了，高禮帽。我最後一次戴高禮帽是參加我小姨子的葬禮。那是多少年以前的事了？可惜我說不好是哪一年了，至少是五十年以前的事了。當然囉，你知道，我只是為了參加葬禮才去租來戴的。」

「倒不是高禮帽有甚麼了不起，」溫斯頓耐心說。「問題是，那些資本家——

他們，還有少數一些靠他們為生的律師、牧師等等的人——是當家作主的。甚麼事情都對他們有好處。你——普通老百姓，工人——是他們的奴隸。他們對你們這種人愛怎麼樣就怎麼樣。他們可以把你們當作牲口一樣運到加拿大去。他們高興的話可以跟你們的閨女睡覺。他們可以叫人用九尾鞭打你們。你們見到他們得脫帽鞠躬。資本家每人都帶着一幫走狗——」

老頭兒又眼睛一亮。

「走狗！」他說道。「這個名稱我可有好久沒有聽到了。走狗！這常常教我想起從前的事來。我想起——唉，不知有多少年以前了——我有時星期天下午常常到海德公園去聽別人在那裏講話。救世軍、天主教、猶太人、印度人——各種各樣的人。有一個傢伙——唉，我已記不起他的名字了，可真會講話。他講話一點也不對他們客氣！『走狗！』他說。『資產階級的走狗！統治階級的狗腿子！』還有一個名稱是寄生蟲。還叫鬣狗——他真的叫他們鬣狗。當然，你知道，他說的是工黨。」

溫斯頓知道他們說的不是一碼事。

「我要想知道，」他說。「你是不是覺得你現在比那時候更自由？他們待你更像人？在從前，有錢人，上層的人——」

「貴族院，」老頭兒緬懷往事地說。

「好吧，就說貴族院吧。我要問的是，那些人就是因為他們有錢而你沒有錢，可以把你看作低人一等？比如說，你碰到他們的時候，你得叫他們『老爺』，脱帽鞠躬，是不是這樣？」

老頭兒似乎在苦苦思索。他喝了一大口啤酒才作答。

「是啊，」他說。「他們喜歡你見到他們脱帽。這表示尊敬。我本人是不贊成那樣做的，不過我還是常常這樣做。你不得不這樣，可以這麼說。」

「那些人和他們的人是不是常常把你從人行道上推到馬路中間去？這只不過是從歷史書上看到的。」

「有一個人曾經推過我一次，」老頭兒說。「我還記得很清楚，彷彿是昨天一般。那是舉行划艇賽的晚上——在划艇賽的晚上，他們常常喝得醉醺醺的——我在沙夫茨伯雷街上遇到了一個年輕人。他是個上等人——穿着白襯衫，戴着高禮帽，外面一件黑大衣。他有點歪歪斜斜地在人行道上走，我一不小心撞到了他的懷裏。他說，『你走路不長眼睛嗎？』我說，『這人行道又不是你的。』他說，『你在頂嘴，我宰了你。』我說，『你喝醉了。我給你半分鐘時間，快滾開。』說來不信，他舉起手來，朝我當胸一推，幾乎把我推到一輛公共汽車的軲轆下面。那時候我還年輕，我氣上心來正想還手，這時——」

溫斯頓感到無可奈何。這個老頭兒的記憶裏只有一堆細枝末節的垃圾。你問他一天，也問不出甚麼名堂來的。從某種意義上來說，黨的歷史書可能仍是正確的；也許甚至是完全正確的。他作了最後一次嘗試。

「可能我沒有把話說清楚，」他說。「我要說的是：你年紀很大，有一半是在革命前經過的。比方說，在一九二五年的時候，你已幾乎是個大人了。從你所記得的來說，你是不是可以說，一九二五年的生活比現在好，還是壞？要是可以任你挑選的話，你願意過當時的生活還是過現在的生活？」

老頭兒沉思不語，看着那投鏢板。他喝完啤酒，不過喝得比原來要慢。等他說話的時候，他有一種大度安詳的神情，好像啤酒使他心平氣和起來一樣。

「我知道你要我說的是甚麼，」他說。「你要我說想返老還童。大多數人如果你去問他，都會說想返老還童。年輕的時候，身體健康，勁兒又大。到了我這般年紀，身體就從來沒有好的時候。我的腿有毛病，膀胱又不好。每天晚上要起床六七次。但是年老有年老的好處。有的事情你就不用擔心發愁了。同女人沒有來往，這是件了不起的事情。我有快三十年沒有同女人睡覺了，你信不信？而且，我也不想找女人睡覺。」

溫斯頓向窗台一靠。再繼續下去沒有甚麼用處。他正想要再去買杯啤酒，那老頭兒忽然站了起來，趔趔趄趄地快步向屋子邊上那間發出尿臊臭的廁所走去。多喝的半公升已在他身上發生了作用。溫斯頓坐了一兩分鐘，發呆地看着他的空酒杯，後來也沒有注意到自己的雙腿已把他送到了外面的街上。他心裏想，最多再過二十年，「革命前的生活是不是比現在好」這個簡單的大問題就會不再需要答覆了。事實上，即使現在，這個問題也是無法答覆的，因為從那「古代世界」過來的零零星星少數幾個幸存者沒有能力比較兩個不同的時代。他們只記得許許多多沒有用處的小事情，比如說，同夥伴吵架、尋找丟失的自行車打氣筒、早已死掉的妹妹臉上的表情，七十年前一天早晨颳風時捲起的塵土；但是所有重要有關的事實卻不在他們的視野範圍以內。他們就像螞蟻一樣，可以看到小東西，卻看不到大的。在記憶不到而書面記錄又經篡改偽造的這樣的情況下，黨聲稱它已改善了人民的生活，你就得相信，因為不存在，也永遠不會存在任何可以測定的比較標準。

這時他的思路忽然中斷。他停下步來抬頭一看，發現自己是在一條狹窄的街道上，兩旁的住房之間，零零星星有幾家黑黝黝的小舖子。他的頭頂上面掛着三個褪了色的鐵球，看上去以前曾經是鍍過金的。他覺得認識這個地方。不錯！他又站在買那本日記本的舊貨舖門口了。

他心中感到一陣恐慌。當初買那本日記本，本來是件夠冒失的事，他心中曾經發誓再也不到這個地方來。可是他一走神，就不知不覺地走到這個地方來了。他開始記日記，原來就是希望以此來提防自己發生這種自殺性的衝動。他同時注意到，雖然時間已經快到二十一點了，這家舖子還開着門。他覺得還是到舖子裏面去好，這比在外面人行道上徘徊，可以少引起一些人的注意，他就進了門去。如果有人問他，他滿可以回答他想買刮鬍子的刀片。

店主人剛剛點了一盞煤油掛燈，發出一陣不乾淨的然而友好的氣味。他年約六十，體弱背駝，鼻子很長，眼光溫和，戴着一副厚玻璃眼鏡。他的頭髮幾乎全已發白，但是眉毛仍舊濃黑。他的眼鏡，他的輕輕的、忙碌的動作，還有他穿的那件敝舊的黑平絨衣服，使他隱隱有一種知識分子的氣味，好像他是一個文人，或者音樂家。他講話的聲音很輕，好像倒了嗓子似的，他的口音不像普通無產者那麼傖。

「你在外面人行道上的時候，我就認出了你，」他馬上說。「你就是那位買了那本年輕太太的紀念本子的先生。那本子真不錯，紙張很美。以前叫做奶油紙。唉，我敢說，五十多年來，這種紙張早已不再生產了。」他的眼光從鏡架上面透過來看溫斯頓。「你要買甚麼東西嗎？還是隨便瞧瞧？」

「我路過這裏，」溫斯頓含糊地說。「我只是進來隨便瞧瞧。我沒有甚麼東西一定要買。」

「那麼也好，」他說，「因為我想我也滿足不了你的要求。」他的軟軟的手做了一個道歉的姿態。「你也清楚；舖子全都空了。我跟你說句老實話，舊貨買賣快要完了，沒有人再有這個需要，也沒有貨。傢具、瓷器、玻璃器皿——全都慢慢破了。還有金屬的東西也都回爐燒掉。我已多年沒有看到黃銅燭台了。」

實際上，這家小小的舖子裏到處塞滿了東西，但是幾乎沒有一件東西是有甚麼價值的。舖子裏陳列的面積有限，四面牆根都靠着許多積滿塵土的相框畫架。櫥窗裏放着一盤盤螺母螺釘、舊鑿子、破杆刀，一眼望去就知道已經停了不走的舊手錶，還有許許多多沒用的廢品。只有在牆角的一個小桌子上放着一些零零星星的東西——漆器鼻煙匣、瑪瑙飾針等等——看上去好像還有甚麼引人發生興趣的東西在裏面。溫斯頓在向桌子漫步過去時，他的眼光給一個圓形光滑的東西吸引住了，那東西在燈光下面發出淡淡的光輝，他把它揀了起來。

那是一塊很厚的玻璃，一面成弧形，一面平滑，幾乎像個半球形。不論在顏色或者質地上來說，這塊玻璃都顯得特別柔和，好像雨水一般。在中央，由於弧形的緣故，看上去像放大了一樣，有一個奇怪的粉紅色的蟠曲的東西，使人覺得像朵玫瑰花，又像海葵。

「這是甚麼？」溫斯頓很有興趣地問。

「那是珊瑚，」老頭兒說。「這大概是從印度洋來的。他們往往把它嵌在玻璃裏。這至少有一百年了。看上去還要更久一些。」

「很漂亮的東西，」溫斯頓說。

「確是很漂亮的東西，」對方欣賞地說。「不過現在很少有人識貨了。」他咳嗽着。「如果你要，就算四元錢吧。我還記得那樣的東西以前可以賣八鎊，而八鎊——唉，我也算不出來，但總是不少錢。可是現在碰到真正的古董，哪怕剩下不多了，有誰能識貨？」

溫斯頓馬上付了四元錢，把這心愛的東西揣在口袋裏。吸引他的倒不是那東西的美麗，而是因為它似乎有着一種不屬於這一個時代，而屬於另一個時代的氣息。

這種柔和的、雨水般的玻璃，不像他見過的任何玻璃。這件東西尤其可貴的是在於它看上去似乎沒有甚麼用處，儘管他可以猜得出來，以前一定是把它當作鎮紙來用的。放在口袋裏很沉，不過幸而還好，體積不大，沒有顯得鼓鼓囊囊的。一個黨員手中有這樣一件東西，可以說是很古怪的，甚至容易招罪的。任何東西，只要是古舊的東西，尤其是美麗的東西，總容易招疑。那個老頭兒收下了四元錢後顯得很高興。溫斯頓意識到，要是給他三元，甚至兩元錢，他也會收下的。

「樓上還有一間屋子你也許願意瞧一瞧，」他說。「東西不多。只有幾件。如果上樓，我就去掌一盞燈。」

他另外點了一盞燈，彎着腰，慢慢地走在前面，上了一道陡陡的磨光了的扶梯，走過一條狹窄的過道，到了一間屋子裏，那屋子不臨街，窗口外面是個鋪鵝卵石的院子和許許多多房頂的煙囱。溫斯頓注意到，屋子裏的陳設仍是要住人似的。地上有一條地毯，牆上有一兩張畫，壁爐前面有一把深陷的邋遢的安樂椅。爐架上面有一隻老式的玻璃鐘在滴答走着，鐘面的數字還是按十二個小時分的。窗戶下面是一張大床，幾乎佔了屋子四分之一的面積，上面仍舊放着一條床墊。

「我老伴死去以前，我們一直住在這裏，」老頭兒有點歉然說。「我把傢具一點兒一點兒賣掉了。這是一張很好的紅木床，如果你能把臭蟲搞掉的話。不過我想你也許會覺得它太笨重。」

他把燈舉得高高的，好照清整個屋子，在溫暖的昏暗的燈光下，說來奇怪，這地方是很招人喜歡的。溫斯頓心中不由得想，如果他敢冒險的話，大概很容易用幾塊錢一星期就把這屋子租下來。可是這念頭完全是胡思亂想，一出現就馬上得放棄。不過這屋子在他心裏引起了一種懷舊的心情，一種古老的記憶。他覺得他完全知道坐在這樣一間屋子裏有甚麼滋味：在熊熊的爐火旁邊坐在安樂椅中，雙腳擱在爐架上，爐子上吊着一個水壺，孑然一身，安全無恙，沒有人看着你、沒有聲音在你耳邊聒噪，除了壺裏的吱吱水聲和時鐘的滴答以外，沒有任何別的聲音。

「沒有電幕！」他不由得喃喃自語道。

「啊，」老頭兒說。「這種東西我從來沒有置過。太貴了。反正，我也從來沒有覺得有這種需要。那邊角落裏有一張很好的摺疊桌。不過，你如要支起來，你得安上新鉸鏈。」

另一角落裏有一隻小書架，溫斯頓已經給吸引着向那邊走去。架子上除了廢物以外甚麼也沒有。在無產者區，像在別的地方一樣，搜書燒書也搞得一樣徹底。大洋國不論甚麼地方都不可能有一本在一九六零年以前印的書。老頭兒仍舉着燈，站在壁爐旁邊對着床的牆上掛着的用花梨木鏡框鑲的一幅畫前面。

「要是你對以前的老畫片有興趣，」他開始委婉地說。

溫斯頓過來看那幅畫。這是一幅蝕刻版畫，畫的是個橢圓形的建築，上面有長方形的窗戶，前面有個小塔。建築物周圍有鐵欄杆圍着，後方似乎是個塑像。溫斯頓凝視了片刻，那個建築物看上去似曾相識，只是他記不起那個塑像了。

「畫框是嵌鑲在牆上的，」老頭兒說。「不過，我可以把它卸下來。」

「我認識這所房子，」溫斯頓終於說。「現在已經敗落了。這是在正義宮外面的一條街上。」

「不錯。就在法院外面。給炸掉了——唉，那是很多年以前的事了。原來曾經是個教堂，名字叫做聖克利門特的丹麥人教堂。」他帶着歉意地微笑道，好像自己覺得說的話有點可笑，又補充說：「聖克利門特教堂的鐘聲說，橘子和檸檬！」

「那是甚麼？」溫斯頓問。

「哦——聖克利門特教堂的鐘聲說，橘子和檸檬。那是我小時候唱的一個歌謠。歌謠裏說些甚麼，我已記不得了，不過我還記得最後一句是，這裏有支蠟燭照你上床，這裏有把斧子砍你腦袋。一邊唱，一邊跳舞。大家伸出胳膊，讓你在下面鑽過去，一唱到這裏有把斧子砍你的腦袋，就突然放下手來，把你逮住。這支歌裏盡是一些教堂的名字。倫敦的許多教堂都在裏面——我是說主要的大教堂。」

溫斯頓胡亂地想着，不知這個教堂屬於哪一個世紀。要斷定倫敦一所建築的年代，總是很困難。凡是雄偉的大建築，只要外表還新，就總是說是革命後修建的，看上去顯然比這早的，就歸於稱為中世紀的那個黑暗時期。資本主義的幾個世紀一般都認為沒有產生甚麼有價值的東西。你從書本上固然學不到歷史，從建築上也學不到歷史。雕塑、銘文、紀念碑、街道的名字——凡是可以說明過去情況的任何東西都統統改掉了。

「我從來不知道那是個教堂，」他說。

「其實，留下來的還不少，」老頭兒說，「不過都派了別的用場。噢，我記起來了，那支歌謠是怎麼唱的！

聖克利門特教堂的鐘聲說，橘子和檸檬，聖克利門特教堂的鐘聲說，你欠我三個銅板！

可惜我只記得這兩句了。一個銅板是最小的輔幣，外表同一分錢差不多。」

「聖馬丁教堂在哪裏？」溫斯頓問。

「聖馬丁教堂？那還在。在勝利廣場，畫廊旁邊。是座門廊呈三角形，前面有圓柱和很高的台階的房子。」

溫斯頓對那地方很熟悉。那是一所博物館，用來陳列各種宣傳品的——火箭彈和水上堡壘的模型、反映敵人暴行的蠟像等等。

「以前叫做田野裏的聖馬丁教堂，」老頭兒補充說，「不過我已記不得那個地方曾經有過甚麼田野了。」

溫斯頓沒有把那幅畫買下來。有這東西，比那玻璃紙鎮還不合適，而且無法帶回家，除非從畫框上卸下來。不過他還是逗留了一些時候，同那個老頭兒說着話，那個老頭兒的名字不是叫維克斯——從店鋪門前的招牌來看，你很可能認為他就是叫這個名字——卻叫卻林頓。卻林頓先生年六十三歲，是個鰥夫，住在這家舖子裏已有三十年了。他一直想把櫥窗上的鋪名改掉，可是總沒有動手改。他們一邊說着話，溫斯頓的腦海裏一邊在哼着那忘了一半的歌謠：聖克利門特教堂的鐘聲說，橘子和檸檬，聖克利門特教堂的鐘聲說，你欠我三個銅板！很奇怪，你一邊哼，一邊就真的覺得聽到了鐘聲，那是一個仍舊在甚麼地方存在着、但是有了偽裝和被人遺忘的、失去了的倫敦的鐘聲。他似乎從一個個陰沉的尖塔中聽到了鐘聲的傳來。但是從他能記事的時候起，他在實際生活中可從來沒有聽到過教堂的鐘聲。

他離開卻林頓先生，獨自下了樓，免得那個老頭兒看到他在出門之前偷偷地看一眼街上有沒有旁人。他已經打定了主意，隔開適當的時間——比如說，一個月——以後，他要冒險到這家舖子再來一次。可能這並不比逃避鄰里活動中心站更危險。真正嚴重的危險還是，在買了那個日記本以後，也不知道那個舖子老闆是不是可靠，竟然又到這家舖子來。但是——！

他又想，是啊，他是要再來的。他要再買一些美麗而沒有實用的小東西。他要買那幅聖克利門特的丹麥人教堂蝕刻版畫，把它從畫框上卸下來，塞在藍制服的上衣裏面帶回家去。他要從卻林頓先生的記憶中把那首歌謠全部都挖出來。甚至把樓上房間租下來這個瘋狂的念頭，也一度又在他腦海中閃過。大概有五秒鐘之久，他興高采烈得忘乎所以，他事先也沒有從玻璃窗裏看一眼外面街上，就走了出去。他甚至臨時編了一個小調哼了起來——

聖克利門特教堂的鐘聲說，橘子和檸檬，
聖克利門特教堂的鐘聲說，你欠我三個銅板！

他忽然心裏一沉，嚇得屁滾尿流。前面人行道上，不到十公尺的地方，來了一個身穿藍制服的人。那是小說司的那個黑頭髮姑娘。路燈很暗，但是不難看出是她。她抬頭看了他一眼，就裝得好像沒有見到他一樣很快地走開了。

溫斯頓一時嚇得動彈不得，好像癱了一樣。然後他向右轉彎，拖着沉重的腳步往前走，也不知道走錯了方向。無論如何，有一個問題已經解決了。不再有甚麼疑問，那個姑娘是在偵察他。她一定跟着他到了這裏，因為她完全不可能是偶然正好在同一個晚上到這同一條不知名的小街上來散步的，這條街距離黨員住的任何地方都有好幾公里遠。這不可能是巧合。她究竟是不是思想警察的特務，還是過分熱心的業餘偵探，那沒有關係。光是她在監視他這一點就已經夠了。她大概也看到了他進那家小酒店。

現在走路也很費勁。他口袋裏那塊玻璃，在他每走一步的時候就碰一下他的大腿，他簡直要想把它掏出來扔掉。最糟糕的是他肚子痛。他好幾分鐘都覺得，如果不趕緊找個廁所他就憋不住了。可是在這樣的地方是找不到公共廁所的。接着肚痛過去了，只留下一陣麻木的感覺。

這條街道是條死胡同。溫斯頓停下步來，站了幾秒鐘，不知怎麼才好，然後又轉過身來往回走。他轉身的時候想起那姑娘碰到他還只有三分鐘，他跑上去可能還趕得上她。他可以跟着她到一個僻靜的地方，然後用一塊石頭猛擊她的腦袋。他口袋裏的那塊玻璃也夠沉的，可以幹這個事兒。但是他馬上放棄了這個念頭，因為即使這樣的念頭也教他受不了。他不能跑，他不能動手打人。何況，她年紀輕、力氣大，一定會自衛。他又想到趕緊到活動中心站去，一直呆到關門，這樣可以有人作旁證，證明他那天晚上在那裏，但是這也辦不到。他全身痠軟無力。他一心只想快些回家，安安靜靜地坐下來。

他回家已二十二點了。到二十三點三十分電門總閘就要關掉。他到廚房去，喝了足足一茶匙的杜松子酒。然後到壁龕前的桌邊坐下來，從抽屜裏拿出日記。但是他沒有馬上打開來。電幕上一個低沉的女人聲音在唱一支愛國歌曲。他呆呆地坐在那裏，看着日記本的雲石紙封面，徒勞無功地要想把那歌聲從他的意識中排除出去。

他們是在夜裏來逮你的，總是在夜裏。應該在他們逮到你之前就自殺。沒有疑問，有人這樣做。許多失蹤的人實際上是自殺了。但是在一個完全弄不到槍械、或者隨便哪種能夠迅速致命的毒物的世界裏，自殺需要極大的勇氣。他奇怪地發現，痛楚和恐懼在生物學上完全無用，人體不可捉摸，因為總是在需要它作特別的努力的時候，它卻僵化不動了。他當初要是動作迅速，本來是可以把那黑髮姑娘滅口的；但是正是由於他處於極端危險的狀態，卻使他失去了採取行動的毅力。他想到碰到危急狀態，你要對付的從來不是那個外部的敵人，而是自己的身體。即使到現在，儘管喝了杜松子酒，肚子裏的隱痛也使他不可能有條理地思索。他想，在所有從外表看來似乎是英雄或悲劇的場合，情況也是這樣的。在戰場上，在刑房裏，在沉船上，你要為之奮鬥的原則，往往被忘掉了，因為身體膨脹起來，充滿了宇宙，即使你沒有嚇得癱瘓不動或者痛得大聲號叫，生命也不過是對飢餓、寒冷、失眠，對肚子痛或牙齒痛的一場暫時的鬥爭。

他打開日記本。必須寫下幾句話來。電幕上那個女人開始唱一首新歌。她的聲音好像碎玻璃片一樣刺進他的腦海。他努力想奧勃良，這本日記就是為他，或者對他寫的，但是他開始想到的卻是思想警察把他帶走以後會發生甚麼事。他們要是馬上殺你，那倒沒有關係。被殺，是你預料到的。但是在死前（沒有人說這種事情，但是人人都知道）卻有例行的逼供要過場；趴在地上求饒，折斷骨頭，打掉牙齒，頭髮結成血塊。既然下場總是一樣的，你為甚麼要吃這苦呢？為甚麼不可能早幾天，早幾個星期送命呢？從來沒有人能逃脫偵察，也從來沒有人不招供的。你一旦犯了思想罪，可以肯定到一定日子你就得死。既然這種恐怖反正改變不了甚麼，為甚麼還要放在前面等着你呢？

他要想起奧勃良的形象來，現在比剛才略為有些成功。奧勃良對他說，「我們將在一個沒有黑暗的地方見面。」他知道這話是甚麼意思，或者自以為知道這話是甚麼意思。沒有黑暗的地方是想像中的未來，你永遠看不到，只是由於預知先見而神秘地能夠分享。但是由於電幕上的聲音在他耳旁聒噪不休，他無法再照這個思路想下去。他把一支香煙放在嘴裏，一半煙絲就掉在舌上，這是一種發苦的粉末，很難吐乾淨。他的腦海裏浮現出老大哥的臉，代替了奧勃良的臉。正如他幾天前所做的那樣，他從口袋裏掏出一塊輔幣來瞧。輔幣上的臉也看着他，線條粗獷，神色鎮定，令人寬心，但是藏在那黑鬍子背後的是甚麼樣的一種笑容？像沉悶的鐘聲一樣，那幾句話又在他耳邊響起：

戰爭即和平
自由即奴役
無知即力量

# 第二部

# 1

近晌午時候，溫斯頓離開他的小辦公室，到廁所裏去。

從燈光明亮的狹長走廊的那一頭，向他走來了一個孤單的人影。那是那個黑髮姑娘。自從那天晚上他在那家舊貨鋪門口碰到她以來已有四天了。她走近的時候，他看到她的右臂掛着繃帶，遠處不大看得清，因為顏色與她穿的制服相同，大概是她在轉那「構想」小說情節的大萬花筒時壓傷了手。那是小說司常見的事故。

他們相距四米的時候，那個姑娘絆了一跤，幾乎撲倒在地上。她發出一聲呼痛的尖叫。她一定又跌在那條受傷的手臂上了。溫斯頓馬上停步。那姑娘已經跪了起來。她的臉色一片蠟黃，嘴唇顯得更紅了。她的眼睛緊緊地盯住他，求援的神色與其說是出於痛楚不如說是出於害怕。

溫斯頓心中的感情很是奇特。在他前面的是一個要想殺害他的敵人，然而也是一個受傷的，也許骨折的人。他出於本能已經走上前去要援助她。他一看到她跌着的地方就在那條紮着繃帶的手臂上，就感到好像痛在自己身上一樣。

「你摔痛了沒有？」他問道。

「沒甚麼，摔痛了胳膊，一會兒就好了。」

她說話時好像心在怦怦地亂跳。她的臉色可真是蒼白得很。

「你沒有摔斷甚麼嗎？」

「沒有，沒事兒。痛一會兒就會好的。」

她把沒事的手伸給他，他把她攙了起來。她的臉色恢復了一點，看上去好多了。

「沒事兒，」她又簡短地說。「我只是把手腕摔痛了一些。謝謝你，同志！」

她說完就朝原來的方向走去，動作輕快，好像真的沒事兒一樣。整個事情不會超過半分鐘。不讓自己的臉上現出內心的感情已成為一種本能，而且在剛才這件事發生的時候，他們正好站在一個電幕的前面。儘管如此，他還是很難不露出一時的驚異，因為就在他攙她起身時，那姑娘把一件不知甚麼東西塞在他的手裏。她是有心這樣做的，這已毫無疑問。那是一個扁平的小東西。他進廁所門時，把它揣在口袋裏，用手指摸摸它。原來是摺成小方塊的一張紙條。

他一邊站着小便，一邊設法就在口袋裏用手指把它打了開來。顯然，裏面一定寫着要同他說的甚麼話。他一時衝動之下，想到單間的馬桶間裏去馬上打開它。但是這樣做太愚蠢。這他也知道。沒有任何別的地方使你更有把握，因為電幕在連續不斷地監視着人們。

他回到了他的小辦公室，坐了下來，把那紙片隨便放在桌上的一堆紙裏，戴上了眼鏡，把聽寫器拉了過來。他對自己說，「五分鐘，至少至少要等五分鐘！」他的心怦怦地在胸口跳着，聲音大得令人吃驚。幸而他在做的那件工作不過是一件例行公事，糾正一長列的數字，不需要太多的注意力。

不論那紙片上寫的是甚麼，那一定是有些政治意義的。他能夠估計到的，只有兩種可能性。一種可能性的可能較大，即那個姑娘是思想警察的特務，就像他所擔心的那樣。他不明白，為甚麼思想警察要用那種方式送信，不過他們也許有他們的理由。紙片上寫的也許是一個威脅，也許是一張傳票，也許是一個要他自殺的命令，也許是一個不知甚麼的圈套。但是還有一種比較荒誕不經的可能性不斷地抬頭，他怎麼也壓不下去。那就是，這根本不是思想警察那裏來的而是某個地下組織送來的信息。也許，兄弟團真的是確有其事的！也許那姑娘是其中的一員！沒有疑問，這個念頭很荒謬，但是那張紙片一接觸到他的手，他的心中就馬上出現了這個念頭。過了一兩分鐘以後，他才想到另外一個比較可能的解釋。即使現在，他的理智告訴他，這個信息可能就是死亡，但是，他仍舊不信，那個不合理的希望仍舊不散，他的心臟仍在怦怦地跳着，他好不容易才克制住自己。在對着聽寫器低聲說一些數字時，使自己的聲音不致發顫。

他把做完的工作捲了起來，放在輸送管裏。時間已經過去了八分鐘。他端正了鼻樑上的眼鏡，嘆了一口氣，把下一批的工作拉到前面，上面就有那張紙片，他把它攤平了。上面寫的是幾個歪歪斜斜的大字：

我愛你

他吃驚之餘，一時忘了把這容易招罪的東西丟進忘懷洞裏。等到他這麼做時，他儘管很明白，表露出太多的興趣是多麼危險，還是禁不住要再看一遍，哪怕只是為了弄清楚上面確實寫着這幾個字。

這天上午他就無心工作了。要集中精力做那些瑣細的工作固然很難，更難的是要掩藏他的激動情緒，不讓電幕察覺。他感到好像肚子裏有一把火在燒一樣。在那人聲嘈雜、又擠又熱的食堂裏吃飯成了一件苦事。他原來希望在吃中飯的時候能清靜一會兒，但是不巧的是，那個笨蛋派遜斯又一屁股坐在他旁邊，他的汗臭把一點點菜香都壓過了，嘴裏還沒完沒了地在說着仇恨週的準備情況。他對他女兒的偵察隊為仇恨週做的一個硬紙板老大哥頭部模型特別說得起勁，那模型足有兩公尺寬。討厭的是，在嗡嗡的人聲中，溫斯頓一點也聽不清派遜斯在說些甚麼，他得不斷地請他把那些蠢話再說一遍。只有一次，他看到了那個姑娘，她同兩個姑娘坐在食堂的那一頭。她好像沒有瞧見他，他也就沒有再向那邊望一眼。

下午比較好過一些。午飯以後送來的一件工作比較複雜困難，要好幾個小時才能完成，必須把別的事情都暫時撇在一邊。這項工作是要篡改兩年前的一批產量報告，目的是要損害核心黨內一個重要黨員的威信，這個人現在已經蒙上了陰影。這是溫斯頓最拿手的事情，兩個多小時裏他居然把那個姑娘完全置諸腦後了。但是接着，他的記憶中又出現了她的臉容，引起了不可克制的要找個清靜地方的熾烈慾望。他不找到個清靜的地方，是無法把這樁新發生的事理出一個頭緒來的。今晚又是他該去參加鄰里活動中心站的晚上，他又馬馬虎虎地在食堂裏吃了一頓無味的晚飯，匆匆到中心站去，參加「討論群組」的討論，這是一種一本正經的蠢事，打兩局乒乓球，喝幾杯杜松子酒，聽半小時題叫《英社與象棋的關係》的報告。他內心裏厭煩透了，可是他第一次沒有要逃避中心站活動的衝動。看到了我愛你三字以後，他要活下去的慾望猛然高漲，為一些小事擔風險太不划算了。一直到了二十三點，他回家上床以後，在黑暗中他才能連貫地思考問題。在黑暗中，只要你保持靜默，你是能夠躲開電幕的監視而安然無事的。

要解決的問題是個實際問題：怎樣同那姑娘聯繫，安排一次約會？他不再認為她可能是在對他佈置圈套了。他知道不會是這樣，因為她把紙片遞給他時，毫無疑問顯得很激動。顯然她嚇得要命，誰都要嚇壞的。他的心裏也從來沒有想到過拒絕她的垂青。五天以前的晚上，他還想用一塊鋪路的鵝卵石擊破她的腦袋；不過這沒有關係。他想到她的赤裸的年輕的肉體，像在夢中見到的那樣。他原來以為她像她們別人一樣也是個傻瓜，頭腦裏盡是些謊言和仇恨，肚子裏盡是些冰塊。一想到他可能會失掉她，她的年輕白嫩的肉體可能從他手中滑掉，他就感到一陣恐慌。他最擔心的是，如果他不同她馬上聯繫上，她可能就此改變主意。但是要同她見面，具體的困難很大。這就像在下棋的時候，你已經給將死了卻還想走一步。你不論朝甚麼方向，都有電幕對着你。實際上，從他看到那字條起，五分鐘之內，他就想遍了所有同她聯繫的方法。現在有了考慮的時間，他就逐個逐個地再檢查一遍，好像在桌上擺開一排工具一樣。

顯然，今天上午那樣的相遇是無法依樣畫葫蘆地再來一遍的了。要是她在紀錄司工作，那就簡單得多，但是小說司在大樓裏的坐落情況，他只有個極為模糊的概念，他也沒有甚麼藉口可到那裏去。要是他知道她住在哪裏和甚麼時候下班，他就可以想法在她回家的路上去見她。但是要跟在她後面回家並不安全，因為這需要在真理部外面蕩來蕩去，這一定會被人家注意到的。至於通過郵局寫信給她，那根本辦不到。因為所有的信件在郵遞的過程中都要受到檢查，這樣一種必須的手續已不是甚麼秘密了。實際上，很少人寫信。有時萬不得已要傳遞信息，就用印好的明信片，上面印有一長串現成的字句，只要把不適用的話劃掉就行了。反正，他也不知道那個姑娘的姓名，更不用說地址了。最後他決定，最安全的地方是食堂。要是他能夠在她單獨坐在一張桌子旁時接近她，地點又是在食堂中央，距離電幕不要太近，周圍人聲嘈雜，只要這樣的條件持續有那麼三十秒鐘，也許就可以交談幾句了。

在這以後的一個星期裏，生活就像在做輾轉反側的夢一樣。第二天，在他要離開食堂時她才到來，那時已吹哨了。她大概換了夜班。他們兩人擦肩而過時連看也不看一眼。接着那一天，她在平時到食堂的時候在食堂中出現，可是有三個姑娘在一起，而且就坐在電幕下面。接着三天，她都沒有出現。這使他身心緊張，特別敏感脆弱，好像一碰即破似的；他的任何一舉一動，不管是接觸還是聲音，不管是他自己說話還是聽人家說話，都成了無法忍受的痛苦。即使在睡夢中，他也無法完全逃避她的形象。他在這幾天裏沒有去碰日記。如果說有甚麼事情能使他忘懷的話，那就是他的工作，有時可以一口氣十分鐘忘掉他自己。她究竟發生了甚麼，他一無所知，也不能去打聽。她可能已經化為烏有了，也可能自殺了，也可能調到大洋國的另外一頭去了——最糟糕，也是最可能的是，她可能改變了主意，決定避開他了。

第二天她又出現了，胳膊已去了懸吊的繃帶，不過手腕上貼着橡皮膏。看到她，使他高興得禁不住直挺挺地盯着她看了幾秒鐘。下一天，他差一點同她說成了話。那是當他進食堂的時候，她坐在一張距牆很遠的桌子旁，周圍沒有旁人。時間很早，食堂裏的人不怎麼多。隊伍慢慢前進，溫斯頓快到櫃枱邊的時候，忽然由於前面有人說他沒有領到一片糖精而又停頓了兩分鐘。但是溫斯頓領到他的一盤飯菜，開始朝那姑娘的桌子走去時，她還是一個人坐在那裏。他若無其事地朝她走去，眼光卻在她後面的一張桌子那邊探索。當時距離她大概有三公尺遠。再過兩秒鐘就可到她身旁了。這時他的背後忽然有人叫他「史密斯」，他假裝沒有聽見。那人又喊了一聲「史密斯」，聲音比剛才大一些。再假裝沒有聽見已沒有用了。他轉過頭去一看，是個頭髮金黃、面容愚蠢的年輕人，名叫維爾希，此人他並不熟，可是面露笑容，邀他到他桌邊的一個空位子上坐下來。拒絕他是不安全的。在別人認出他以後，他不能再到一個孤身的姑娘的桌邊坐下。這樣做太會引起注意了。於是他面露笑容，坐了下來。那張愚蠢的臉也向他笑容相迎。溫斯頓恨不得提起一把斧子把它砍成兩半。幾分鐘之後，那姑娘的桌子也就坐滿了。

但是她一定看到了他向她走去，也許她領會了這個暗示。第二天，他很早就去了。果然，她又坐在那個老地方附近的一張桌邊，又是一個人。隊伍裏站在他前面的那個人個子矮小，動作敏捷，像個甲殼蟲一般，他的臉形平板，眼睛很小，目光多疑。溫斯頓端起盤子離開櫃枱時，他看到那個小個子向那個姑娘的桌子走去。他的希望又落空了。再過去一張桌子有個空位子，但那小個子的神色表露出他很會照顧自己，一定會挑選一張最空的桌子。溫斯頓心裏一陣發涼，只好跟在他後邊，走過去再說。除非他能單獨與那姑娘在一起，否則是沒有用的，就在這個時候，忽然呼啦一聲。那小個子四腳朝天，跌在地上，盤子不知飛到哪裏去了，湯水和咖啡流滿一地。他爬了起來，不高興地看了溫斯頓一眼，顯然懷疑是他故意絆他跌跤的。不過不要緊。五秒鐘以後，溫斯頓心怦怦地跳着，他坐在姑娘的桌旁了。

他沒有看她，他放好盤子就很快吃起來。應該趁還沒有人到來以前馬上說話，但是他忽然一陣疑懼襲心。打從上次她向他有所表示以來，已有一個星期了。她很可能已經改變了主意，她一定已經改變了主意！這件事要搞成功是不可能的；實際生活裏是不會發生這種事情的。要不是他看到那個長髮詩人安普爾福思端着一盤飯菜到處逡巡要想找個座位坐下，他很可能根本不想開口的。安普爾福思對溫斯頓好像有種說不出的感情，如果看到溫斯頓，肯定是會到他這裏就座的。現在大約只有一分鐘的時間，要行動就得迅速。這時溫斯頓和那姑娘都在吃飯。他們吃的東西是用菜豆做的燉菜，實際上同湯一樣。溫斯頓這時就低聲說起來。他們兩人都沒有抬起頭來看，一邊把稀溜溜的東西送到嘴裏，一邊輕聲地交換幾句必要的話，聲色不露。

「你甚麼時候下班？」

「十八點三十分。」

「咱們在甚麼地方可以見面？」

「勝利廣場，紀念碑附近。」

「那裏盡是電幕。」

「人多就不要緊。」

「有甚麼暗號嗎？」

「沒有。看到我混在人群中的時候才可以過來。眼睛別看我。跟在身邊就行了。」

「甚麼時間？」

「十九點。」

「好吧。」

安普爾福思沒有見到溫斯頓，在另外一張桌子邊坐了下來。那姑娘很快地吃完了飯就走了，溫斯頓留了下來抽了一支煙。他們沒有再說話，而且也沒有相互看一眼，兩個人面對面坐在一張桌子旁，這可不容易做到。

溫斯頓在約定時間之前就到了勝利廣場。他在那個大笛子般的圓柱底座周圍徘徊，圓柱頂上老大哥的塑像向南方天際凝視着，他在那邊曾經在「一號空降場戰役」中殲滅了歐亞國的飛機（而在幾年之前則是東亞國的飛機）。紀念碑前的街上，有個騎馬人的塑像，據說是奧立佛．克倫威爾。在約定時間五分鐘以後，那個姑娘還沒有出現。溫斯頓心中又是一陣疑懼。她沒有來，她改變了主意！他慢慢地走到廣場北面，認出了聖馬丁教堂，不由得感到有點高興，那個教堂的鐘聲——當它還有鐘的時候——曾經敲出過「你欠我三個銅板」的歌聲。這時他忽然看到那姑娘站在紀念碑底座前面在看——或者說裝着在看——上面貼着的一張招貼。在沒有更多的人聚在她周圍之前上去走近她，不太安全。紀念碑四周盡是電幕。但是這時忽然發生一陣喧嘩，左邊甚麼地方傳來了一陣重型車輛的聲音。突然人人都奔過廣場。那個姑娘輕捷地在底座的雕獅旁邊跳過去，混在人群中去了。溫斯頓跟了上去。他跑去的時候，從叫喊聲中聽出來，原來是有幾車歐亞國的俘虜經過。

這時密密麻麻的人群已經堵塞了廣場的南邊。溫斯頓平時碰到這種人頭湧湧的場合，總是往邊上靠的，這次卻又推又搡，向人群中央擠去。他不久就到了離那姑娘伸手可及的地方，但中間夾了一個魁梧的無產者和一個同樣肥大的女人，大概是無產者的妻子，他們形成了一道無法越過的肉牆。溫斯頓把身子側過來，猛的一擠，把肩膀插在他們兩人的中間，打開了一個缺口，可是五臟六腑好像被那兩個壯實的軀體擠成肉醬一樣。但他出了一身大汗，終於擠了過去。他現在就在那姑娘身旁了。他們肩挨着肩，但眼睛都呆呆地直視着前方。

這時有一長隊的卡車慢慢地開過街道，車上每個角落都直挺挺地站着手持輕機槍、面無表情的警衛。車上蹲着許多身穿草綠色破舊軍服的人，臉色發黃，互相擠在一起。他們的悲哀的蒙古種的臉木然望着卡車的外面，一點也沒有感到好奇的樣子。有時卡車稍有顛簸，車上就發出幾聲鐵鏈叮噹的聲音；所有的俘虜都戴着腳鐐。一車一車的愁容滿面的俘虜開了過去。溫斯頓知道他們不斷地在經過，但是他只是時斷時續地看到他們。那姑娘的肩膀和她手肘以上的胳臂都碰到了他。她的臉頰挨得這麼近，使他幾乎可以感到她的溫暖。這時她馬上掌握了局面，就像在食堂那次一樣。她又口也不張，用不露聲色的聲音開始說話，這樣細聲低語在人聲喧雜和卡車隆隆中是很容易掩蓋過去的。

「你能聽到我說話嗎？」

「能。」

「星期天下午你能調休嗎？」

「能。」

「那麼聽好了。你得記清楚。到巴丁頓車站去——」

她逐一說明了他要走的路線，清楚明確，猶如軍事計劃一樣，使他感到驚異。坐半小時火車，然後出車站往左拐，沿公路走兩公里，到了一扇頂上沒有橫樑的大門，穿過了田野中的一條小徑，到了一條長滿野草的路上，灌木叢中又有一條小路，上面橫着一根長了青苔的枯木。好像她頭腦裏有一張地圖一樣。她最後低聲說，「這些你都能記得嗎？」

「能。」

「你先左拐，然後右拐，最後又左拐。那扇大門頂上沒有橫樑。」

「知道。甚麼時間？」

「大約十五點。你可能要等。我從另外一條路到那裏。你都記清了？」

「記清了。」

「那麼馬上離開我吧。」

這，不需要她告訴他。但是他們在人群中一時還脫不開身。卡車還在經過，人們還都永不知足地呆看着。開始有幾聲噓叫，但這只是從人群中間的黨員那裏發出來的，很快就停止了。現在大家的情緒完全是好奇。不論是從歐亞國或東亞國來的外國人都是一種奇怪陌生的動物。除了俘虜，很少看到他們，即使是俘虜，也只是匆匆一瞥。而且你也不知道他們的下場如何，只知其中有少數人要作為戰犯吊死。別的就無影無蹤了，大概送到了強迫勞動營。圓圓的蒙古種的臉過去之後，出現了比較像歐洲人的臉，骯髒憔悴，滿面鬍鬚。從毛茸茸的臉頰上露出的目光射到了溫斯頓的臉上，有時緊緊地盯着，但馬上就一閃而過了。車隊終於走完。他在最後一輛卡車上看到一個上了年紀的人，滿臉毛茸茸的鬍鬚，直挺挺地站在那裏，雙手叉在胸前，好像久已習慣於把他的雙手銬在一起了。溫斯頓和那姑娘該到了分手的時候了。但就在這最後一刹那，趁四周人群還是很擠的時候，她伸過手來，很快地捏了一把他的手。

這一捏不可能超過十秒鐘，但是兩隻手好像握了很長時間。他有充裕的時間摸熟了她的手的每一個細部。他摸到了纖長的手指，橢圓的指甲，由於操勞而磨出了老繭的掌心，手腕上光滑的皮膚。這樣一摸，他不看也能認得出來。這時他又想到，他連她的眼睛是甚麼顏色也不知道。可能是棕色，但是黑頭髮的人的眼睛往往是藍色的。現在再回過頭來看她，未免太愚蠢了。他們兩人的手握在一起，在擁擠的人群中是不易發覺的，他們不敢相互看一眼，只是直挺挺地看着前面，而看着溫斯頓的不是那姑娘，而是那個上了年紀的俘虜，他的眼光悲哀地從毛髮叢中向他凝視着。

# 2

溫斯頓從稀疏的樹蔭中穿過那條小路，在樹枝分開的地方，就映入了金黃色的陽光。在左邊的樹下，地面白茫茫地長着風信子。空氣潤濕，好像在輕輕地吻着皮膚。這是五月的第二天。從樹林深處傳來了斑鳩的嚶鳴。

他來得稍為早了一些。一路上沒有遇到甚麼困難，那個姑娘顯然很有經驗，使他不像平時那麼害怕了。大概可以信賴她能找到一個安全的地方。一般的來說，你不能想當然地以為在鄉下一定比在倫敦更加安全。不錯，在鄉下沒有電幕，但是總有碰上竊聽器的危險，把你的說話聲錄下來；此外，一個人出門要不引起注意不是一件容易的事。一百公里之內，不需要拿你的通行證去申請許可，但是有時火車站附近有巡邏隊，要檢查在那裏碰到的黨員的身份證，詢問一些使人為難的問題。但是那天沒有碰到巡邏隊，在出車站以後，他一路上不時回頭看，確信沒有人盯他的梢。火車上盡是無產者，因為天氣和暖，個個都高高興興的。他搭的硬座車廂坐滿了一個大家庭，從老掉了牙的老奶奶到才滿月的嬰孩，他們是到鄉下親戚家中去串門，弄一些黑市黃油，他們很坦率地這麼告訴溫斯頓。

這條路慢慢地開闊起來，不久他就到了她告訴他的那條小徑上了，那是牛群在灌木叢中踩踏出來的。他沒有戴錶，但是知道還不到十五點。腳下到處是風信子，要不踩在上面是辦不到的。他蹲了下來，摘了一些，一半是消遣時間，但是也模模糊糊地想到要在同那姑娘見面時獻給她一束花。他摘了很大的一束，正在嗅着它的一股不好聞的淡淡的香味時，忽然聽到背後有人踩踏枯枝的腳步聲，不禁嚇得動彈不得。他沒有別的辦法，只好繼續摘花。很可能就是那姑娘，但也可能還是有人盯上了他。回過頭去看就是做賊心虛。他一朵又一朵地摘着。這時有一隻手輕輕地落到了他的肩上。

他抬頭一看，原來是那姑娘。她搖搖頭，顯然是警告他不要出聲，然後撥開樹枝，沿着那條狹狹的小徑，很快地引着路走到樹林深處去。顯然她以前去過那裏，因為她躲閃坑坑窪窪非常熟練，好像出於習慣一樣。溫斯頓跟在後面，手中仍緊握着那束花。他的第一個感覺是感到放心，但是他看着前面那個苗條健康的身子，上面束着那條猩紅的腰帶，寬緊適當，露出了她的臀部的曲線，他就沉重地感到了自慚形穢。即使事到如今，她回頭一看，仍很可能就此打退堂鼓。甜美的空氣和蔥翠的樹葉使他感到氣餒。在從車站出來的路上，五月的陽光已經使他感到了全身骯髒，臉色蒼白，完全是個過慣室內生活的人，皮膚上的每一個毛孔裏都嵌滿了倫敦的煤煙塵土。他想到至今為止她大概從來還沒有在光天化日之下見到過他。他們到了她說到過的那根枯木的旁邊，她一躍過去，在一片密密麻麻的灌木叢中撥開樹枝，溫斯頓跟着她走到一個天然的小空地，那塊小小的多草的土墩周圍都是高高的幼樹，把它嚴密地遮了起來。那姑娘停了步，回過身來說：

「咱們到了。」

他面對着她，相距只有幾步遠。但是他仍不敢向她靠近。

「我在路上不想說甚麼話，」她繼續說，「萬一甚麼地方藏着話筒。我想不至於，但仍有可能性。他們那些畜生總可能有一個認出你的聲音來。這裏就沒事了。」

他仍沒有勇氣靠近她。「這裏就沒事了？」他愚蠢地重複說。

「是的。你瞧這些樹。」這些樹都是小榛樹，從前給砍伐過，後來又長了新苗，都是細長的杆兒，沒有一棵比手腕還粗。「沒有一棵大得可以藏話筒。再說，我以前來過這裏。」

他們只是在沒話找話說。他已經想法走近了她一些。她挺着腰站在他前面，臉上的笑容隱隱有股嘲笑的味道，好像在問他為甚麼遲緩地不動手。風信子掉到了地上，好像是自己掉下來似的。他握住她的手。

「你能相信嗎，」他說，「到現在為止我還不知道你眼睛的顏色？」他注意到它們是棕色的，一種比較淡的棕色，睫毛卻很濃。

「現在你既然已經看清了我，你還能多看一眼嗎？」

「能，很容易。」他又說，「我三十九歲，有個擺脱不了的妻子。我患靜脈曲張，有五個假牙。」

「我都不在乎，」那姑娘説。

接着，也很難説究竟是誰主動，她已在他的懷裏了。起初，他除了感到完全不可相信之外，沒有任何感覺。那個年輕的身軀靠在他的身上有些緊張，一頭黑髮貼在他的臉上，說真的，她真的抬起了臉，他開始吻她紅潤的寬闊的嘴。她的雙臂摟緊了他的脖子，輕輕地叫他親愛的，寶貝，心肝兒。他把她拉到地上，她一點也不抗拒，聽任他的擺佈，他要怎麼樣就怎麼樣。但是實際情況卻是，肌膚的相親，並沒有使他感到肉體上的刺激。他所感到的僅僅是不可相信和驕傲。他很高興，終於發生了這件事情，但是他沒有肉體上的慾望。事情來得太快了，她的年輕，她的美麗，使他害怕，他已習慣過沒有女人的生活——他也不知道甚麼緣故。那個姑娘坐了起來，從頭髮裏撿出一朵風信子。她靠着他坐着，伸手摟住他的腰。

「沒有關係，親愛的，不用急。整個下午都是咱們的。這地方很隱蔽，是不是？有一次集體遠足我迷了路才發現的。要是有人過來，一百米以外就可以聽到。」

「你叫甚麼名字？」溫斯頓問。

「裘莉亞。我知道你叫甚麼。溫斯頓——溫斯頓．史密斯。」

「你怎麼打聽到的？」

「我想打聽這種事情我比你有能耐，親愛的。告訴我，在那天我遞給你條子以前，你對我有甚麼看法？」

他沒有想到要對她說謊話。一開始就把最壞的想法告訴她，這甚至也是愛的表示。

「我一見你就恨你，」他說。「我想強姦你，然後再殺死你。兩個星期以前，我真的想在地上撿起一塊石頭打破你的腦袋。要是你真的想知道，我以為你同思想警察有聯繫。」

那姑娘高興地大笑起來，顯然認為這是對她偽裝巧妙的恭維。

「思想警察！你真的那麼想嗎？」

「噯，也許不完全是這麼想。但是從你的外表來看，你知道，就只是因為你又年輕，又肉感，又健康，我想，也許——」

「你想我是個好黨員。言行純潔。旗幟、遊行、口號、比賽、集體郊遊——老是搞這樣的事情。你想我一有機會就會揭發你是思想犯，把你幹掉？」

「是的，幾乎是那樣。好多好多年輕的姑娘都是那樣，這個你也知道。」

「全賴這勞什子，」她一邊說，一邊把少年反性同盟的猩紅色腰帶扯了下來，扔在一根樹枝上。接着，她想起了一件事情，從外衣口袋裏掏出一小塊巧克力來，一掰成兩塊，給了溫斯頓一塊。他沒有吃就從香味中知道這是一種很不常見的巧克力，顏色很深，晶晶發亮，用銀紙包着。一般的巧克力都是暗棕色的，吃起來像垃圾堆燒出來的煙味，這是最相近的形容。但是有的時候，他也吃到過像她給他的那種巧克力。第一陣聞到的香味勾起了他的模糊記憶，但是記不清是甚麼了，儘管這感覺很強烈，久久不去。

「你從哪兒搞到這玩藝兒的？」他問。

「黑市，」她毫不在乎地說。「你瞧，我實際上就是那種女人。我擅長玩把戲。我在少年偵察隊裏我做過隊長。每星期三個晚上給少年反性同盟做義務活動。我沒完沒了地在倫敦到處張貼他們的胡說八道的宣傳品。遊行的時候我總是舉大旗。我總是面帶笑容，做事從來不退縮。總是跟着大夥兒一起喊。這是保護自己的唯一辦法。」

溫斯頓舌尖上的第一口巧克力已經融化，味道很好。但是那個模糊的記憶仍在他的意識的邊緣上徘徊，一種你很明顯地感覺到，但是卻又確定不了是甚麼具體形狀的東西，好像你從眼角上看到的東西。他把它撇開在一旁，只知道這是使他很後悔而又無法挽救的一件事的記憶。

「你很年輕，」他說。「你比我小十幾歲。像我這樣一個人，你看中甚麼？」

「那是你臉上有甚麼東西吸引了我。我決定冒一下險。我很能發現誰是不屬於他們的人。我一看到你，我就知道你反對他們。」

他們，看來是指黨，尤其是指核心黨，她說起來用公開的譏嘲的口氣，這種仇恨的情緒使溫斯頓感到不安，儘管他知道如果有甚麼地方是安全的話，他們現在呆的地方肯定是安全的。她身上有一件事使他感到很驚訝，那就是她滿嘴粗話。黨員照說不能說罵人的話，溫斯頓自己很少說罵人的話，至少不是高聲說。但是裘莉亞卻似乎一提到黨，特別是核心黨，就非得用小胡同裏牆上粉筆塗抹的那種話不可。

他並不是不喜歡。這不過是她反對黨和黨的一切做法的一種表現而已，而且似乎有點自然健康，像一頭馬嗅到了爛草打噴嚏一樣。他們已經離開了那個空地，又在稀疏的樹蔭下走回去，只要小徑夠寬可以並肩走，就互相摟着腰。他覺得去了腰帶以後，她的腰身現在柔軟多了。他們說話很低聲。裘莉亞說，出了那塊小空地，最好不出聲。他們不久就到了小樹林的邊上。她叫他停了步。

「別出去。外面可能有人看着。我們躲在樹枝背後就沒事。」

他們站在榛樹蔭裏。陽光透過無數的樹葉照在他們的臉上，仍是熱的。溫斯頓向遠處田野望去，發現這個地方是他認識的，不禁覺得十分驚異。他看一眼就知道了。這是一個古老的牧場，草給啃得低低的，中間彎彎曲曲的有一條小徑，到處有鼴鼠洞。在對面高高矮矮的灌木叢裏，可以看到榆樹枝在微風中搖擺，樹葉像女人的頭髮一樣細細地飄動。儘管看不到，肯定在附近甚麼地方，有一條溪流，綠水潭中有鯉魚在游泳。

「這裏附近是不是有條小溪？」他輕輕問道。

「是啊，有一條小溪。在那邊那塊田野的邊上。裏面有魚，很大的魚。你可以看到牠們在柳樹下面的水潭裏浮沉，擺動着尾巴。」

「那是黃金鄉——就是黃金鄉，」他喃喃地說。

「黃金鄉？」

「沒甚麼，親愛的。那是我有時在夢中見到的景色。」

「瞧！」裘莉亞輕聲叫道。

一隻畫眉停在不到五米遠的一根高度幾乎同他們的臉一般齊的樹枝上。也許牠沒有看到他們。牠是在陽光中，他們是在樹蔭裏。牠展開翅膀，又小心地收了起來，把頭低了一會兒，好像向太陽致敬，接着就開始唱起來，嚶鳴不絕。在下午的寂靜中，它的音量是很驚人的。溫斯頓和裘莉亞緊緊地挨在一起，聽得入了迷。這樣一分鐘接着一分鐘，那隻畫眉鳴叫不已，變化多端，從來沒有前後重複的時候，好像是有心表現它的精湛技藝。有時候它也暫停片刻，舒展一下翅翼，然後又收斂起來，挺起色斑點點的胸脯，又放懷高唱。溫斯頓懷着一種崇敬的心情看着。那隻鳥是在為誰，為甚麼歌唱？並沒有配偶或者情敵在聽牠。牠為甚麼要棲身在這個孤寂的樹林的邊上兀自放懷歌唱？他心裏想，不知附近有沒有安裝着竊聽器。他和裘莉亞說話很低聲，竊聽器是收不到他們的聲音的，但是卻可以收到畫眉的聲音。也許在竊聽器的另一頭，有個甲殼蟲般的小個子在留心竊聽——聽到的卻是鳥鳴。可是畫眉鳴叫不止，逐漸把他的一些猜測和懷疑驅除得一乾二淨。這好像醍醐灌頂，同樹葉縫中漏下來的陽光合在一起。他停止了思想，只有感覺在起作用。他懷裏的姑娘的腰肢柔軟溫暖。他把她的身子挪轉一下從而使他倆面對着面；她的肉體似乎融化在自己的肉體裏了。他的手摸到哪裏，哪裏就像水一樣不加抗拒。他們的嘴唇貼在一起；同剛才的硬邦邦的親吻大不一樣。他們再挪開臉的時候，兩個人都深深地嘆口氣。那隻鳥也吃了一驚，撲翅飛走了。

溫斯頓的嘴唇貼在她的耳邊輕輕說，「馬上。」

「可不能在這裏，」她輕輕回答。「回到那塊空地去。那裏安全些。」

他們很快地回到那塊空地，一路上折斷了一些樹枝。一回到小樹叢中之後，她就轉過身來對着他。兩個人都呼吸急促，但是她的嘴角上又現出了笑容。她站着看了他一會兒，就伸手拉她制服的拉鏈。啊，是的！這幾乎同他夢中所見的一樣。幾乎同他想像中的一樣快，她脫掉了衣服，扔在一旁，也是用那種美妙的姿態，似乎把全部文明都拋置腦後了。她的肉體在陽光下顯得十分白皙。但他一時沒有去看她的肉體，他的眼光被那露出大膽微笑的雀斑臉龐給吸引住了。他在她前面跪了下來，把她的手握在自己的手中。

「你以前幹過嗎？」

「當然幹過。幾百次了——噯，至少幾十次了。」

「同黨員一起？」

「是的，總是同黨員一起。」

「同核心黨的黨員一起？」

「那可沒有，從來沒有同那些畜生一起。不過他們如果有機會，有不少人會願意的。他們並不像他們裝的那樣道貌岸然。」

他的心跳了起來。她已經幹了幾十次了；他真希望是幾百次，幾千次。任何腐化墮落的事都使他感到充滿希望。誰知道？也許在表面的底下，黨是腐朽的，它提倡艱苦樸素只不過是一種掩飾罪惡的偽裝。如果他能使他們都傳染上麻風和梅毒，他一定十分樂意這麼做！凡是能夠腐化、削弱、破壞的事情，他都樂意做！他把她拉下身來，兩人面對着面。

「你聽好了，你有過的男人越多，我越愛你。你明白嗎？」

「完全明白。」

「我恨純潔，我恨善良。我都不希望哪裏有甚麼美德。我希望大家都腐化透頂。」

「那麼，親愛的，我應該很配你。我腐化透頂。」

「你喜歡這玩藝兒嗎？我不是只指我；我指這件事本身。」

「我熱愛這件事。」

這就是他最想聽的話。不僅是一個人的愛，而是動物的本能，簡單的不加區別的慾望：這就是能夠把黨搞垮的力量。他把她壓倒在草地上，在掉落的風信子的中間。這次沒有甚麼困難。不久他們的胸脯的起伏恢復到正常的速度，興盡後分開躺在地上了。陽光似乎更加暖和了。兩人都有了睡意。他伸手把制服拉了過來，蓋在她身上。接着兩人就馬上睡着了，大約睡了半個小時。

溫斯頓先醒。他坐起身來，看着那張仍舊睡着，枕在她的手掌上的雀斑臉。除了她的嘴唇以外，你不能說她美麗。如果你細看，眼角有一兩條皺紋。短短的黑髮特別濃密柔軟。他忽然想到他還不知道她姓甚麼，住在哪裏。

睡着的無依無靠的年輕健康的肉體引起了他一種憐憫的、保護的心情。但是卻不完全是剛才站在榛樹下聽那畫眉鳴叫時所感到的那種盲目的柔情。他把制服拉開，看她的潔白如脂的肉體。他想，要是在從前，一個男人看一個女人的肉體，就動了慾念，事情就是那麼單純。可是如今已沒有純真的愛或純真的慾念了。沒有一種感情是純真的，因為一切都夾雜着恐懼和仇恨。他們的擁抱是一場戰鬥，高潮就是一次勝利。這是對黨的打擊。這是一件政治行為。

## 3

「這裏我們可以再來一次。」裘莉亞說。「隨便哪個地方只用兩次還是安全的。不過當然，在一兩個月之內卻不能用。」

她一醒來，神情就不同了。她又變得動作乾淨利落起來。她穿上了衣服，腰上繫起了猩紅的腰帶，開始安排回去的行程。把這種事情交她去辦，似乎很自然。她顯然在實際生活方面很有辦法，而這正是溫斯頓所欠缺的。而且她對倫敦周圍的鄉間十分熟悉，瞭若指掌，這是她從無數次集體郊遊中積累起來的知識。她給他安排的路線與他來的路線大不相同，要他到另外一個車站回倫敦。她說，「千萬不要走同一條路線回家，」好像是闡明一條重要的原理似的。她先走，溫斯頓等半小時以後才在她後面走。

她還說了一個地方，他們可以在四天以後下班時在那裏相會。那是一條比較窮苦住宅區的街道，那裏有一個露天市場，一般都很擁擠喧鬧。她將在那裏的貨攤之間徘徊，假裝是尋找鞋帶或者線團。如果她認為平安無事，她見他走近就擤鼻子；否則他就得裝着不認識走過去。但是如果運氣好，他們就可以在人群中間太平無事地說上一刻鐘的話，安排下一次的約會。

「現在我得走了，」一等到他記住了她的吩咐，她就說道。「我得在十九點三十分回去。我要為少年反性同盟盡兩小時的義務，發傳單等等的事情。你說可惡不可惡？給我梳一下頭髮好不好？頭髮裏有樹葉嗎？肯定沒有？那麼再見，親愛的，再見！」

她投在他懷裏，狠狠地吻他，一會兒後她就推開幼樹，無聲無息地消失在樹林中了。到現在他還不知道她姓甚麼，住在哪裏。不過，沒有關係，因為他們不可能在室內相會，或者交換甚麼信件。

後來他們一直沒有再到樹林中那塊空地裏去過。五月份他們只有一次機會真的作了愛。那是在裘莉亞告訴他的另外一個隱蔽的地方，在三十年前曾經有顆原子彈掉在那裏的幾乎成了一片荒野的所在，有一個炸毀的教堂，那地方就在教堂的鐘樓裏。只要你能走到那裏，那個地方很不錯，但是要到那裏卻很危險。其餘的時間，他們只能在街上相會，每次都換地方，每次都從來沒有超過半小時。在街上，一般是能夠說些話的。他們在人頭湧湧的人行道上慢慢走，一前一後，從來不互相看一眼，卻能奇怪地進行時斷時續的談話，就像燈塔一亮一滅一樣，如果看到有穿黨員制服的人走近或者附近出現一個電幕，就突然啞聲不言，幾分鐘以後又把剛才說的半句話繼續說下去，但是到了約定分手的地方又突然中斷，到了第二天晚上又沒頭沒腦地繼續下去。裘莉亞似乎很習慣於這種談話方式，她稱為「分期談話」。她說話不動嘴皮，技巧嫺熟，令人驚奇。他們每天晚上見面，幾乎快有一個月，在這過程中，他們只有一次做到了親個吻。那是他們在一條橫街上不言不語地走着的時候（裘莉亞一離開大街就從來不說話），突然響起一聲震耳的轟鳴，地面震動，空中一片烏黑，溫斯頓跌倒在地，又痛又怕。一定是附近掉了一個火箭。突然之間他發現裘莉亞的臉就近在幾厘米旁邊，面無血色，像白粉一樣。甚至她的嘴唇也發白。她已經死了！他把她摟過來，卻發現自己吻的是個活人的溫暖的臉。但是他的嘴唇接觸到一種粉末狀的東西。原來兩人的臉上盡是厚厚的一層灰泥。

也有一些晚上，他們到了約好的地方，卻不得不連招呼也不打就走開了，因為正好街角有個巡邏隊過來，或者頭頂上有直升機巡邏。即使不那麼危險，要找時間相會也很困難。因為溫斯頓一週工作六十小時，裘莉亞的工作時間更長，他們倒休的日子因工作忙閒而異，並不經常吻合，反正裘莉亞從來沒有一個晚上是完全有空的。她花了不少時間參加聽報告和遊行，為少年反性同盟散發傳單，為仇恨週做旗幟，為節約運動募捐，以及諸如此類的活動。她說這樣做有好處：這是一種偽裝。小地方你如果守規矩，大地方你就能打破規矩。她甚至說服溫斯頓參加那些熱心的黨員都盡義務參加的加班軍火生產，這樣又犧牲了他的一個晚上的時間。因此每星期有一個晚上，溫斯頓就得花四個小時幹令人厭倦的工作，在一個燈光暗淡的透風的車間裏，在電幕音樂和錘子敲打的單調聲中，把小零件旋在一起，這大概是炸彈的導管。

他們在教堂的鐘樓相會時，若斷若續的談話所遺留的空隙就填滿了。那是個炎熱的下午。鐘樓上那間四方的小房子裏空氣悶熱停滯，有股強烈的鴿糞味。他們坐在塵土很厚、嫩枝遍地的地板上談了好幾小時的話，過一會兒兩人之中就有一個人站了起來到窗縫裏去瞭望一眼，看有沒有人走近。

裘莉亞二十六歲，同其他三十個姑娘一起住在一個宿舍裏（「總是生活在女人堆裏！我真恨女人！」她補充說）。不出他的所料，她在小說司管小說寫作器。她很喜歡她的工作，這主要是管理維修一台功率很大但很不易伺候的電機。她並不「聰明」，但是喜歡動手，搞機器就感到自在。她能夠介紹給你怎樣創作一部小說的全部過程，從計劃委員會發出的總指示到改寫小組的最後潤飾。但是她對成品沒有興趣。她說，她「不怎麼喜歡讀書」。書本只不過是要生產的商品，就像果醬或鞋帶一樣。

她對六十年代早期以前的事都記不得甚麼了，她所認識的人中，唯一經常談到革命前日子的人是她八歲時不再見到的爺爺。她上學時是曲棍球隊隊長，連續兩年獲得體操獎杯，當過少年偵察隊的小隊長，青年團支部書記，最後參加了少年反性同盟。她得到的鑒定一直很出色。她甚至被送到小說司裏的色情文學處工作，這是某人名聲可靠的毫無置疑的標誌，因為該處的工作就是為無產者生產廉價的色情文學。據她說，在裏面的工作人員稱它為垃圾場。她在那裏工作了一年，協助生產像《最佳故事選》或《女學校的一夜》等密封寄發的書籍，無產者青少年偷偷摸摸地買去消遣，像買禁書一樣。

「這些書寫些甚麼？」溫斯頓好奇地問。

「哦，完全是胡說八道。實際上都很無聊。它們一共只有六種情節，互相抄來抄去。當然我只是在管萬花筒。我從來沒有參加過改寫組。要我動筆可不行，親愛的——水平不夠。」

他驚異地獲悉，除了頭頭以外，色情文學處的工作人員全是姑娘。他們所根據的理論是，男人的性本能比女人不易控制，因此更有可能遭到他們自己所製造的淫穢作品的腐蝕。

「他們甚至不要已婚的女人到那裏去工作，」她還說。「一般總認為姑娘都很純潔，這裏卻有一個不是那樣。」

她第一次同男人發生關係是在十六歲的時候，對象是個六十歲的黨員，他後來怕遭到逮捕便自殺了。「他幹得很乾淨，」裘莉亞說。「否則，他一招供，他們就會知道我的名字。」從此以後，她又有過好幾起。在她看來，生活很簡單。你想快快活活過日子，「他們」——指的是黨——都不讓你快活，你就盡量打破它的規矩。她似乎認為，「他們」要剝奪你的快活，就像你要避免被逮住一樣，是很自然的事。她憎恨黨，而且用很粗的話這麼說，但是她對黨卻沒有一般的批評。對於黨的理論，除非觸及她的生活，她一概沒有興趣。他注意到，她從來不用新話，只有一兩句在日常生活中已經流行的除外。她從來沒有聽到過兄弟會，不相信有這個組織的存在。任何有組織的反叛黨的嘗試都注定要失敗的，因此她認為都是愚蠢之極。聰明人該做的事是打破它的規矩而不危及你的生命。他隱隱地想，在年輕一代中間不知有多少像她那樣的人。這一代人是在革命後的世界中長大的，不知有別的世界，把黨視為萬世不易的東西，就像頭上的天空一樣，對它的權威絕不反抗，只是千方百計加以迴避，就像兔子躲開獵狗一樣。

他們沒有談到結婚的可能性。這事太渺茫了，連想也不值一想。即使能有辦法除掉溫斯頓的妻子凱薩琳，也沒有一個委員會會批准這樣一樁婚事。即使做白日夢，也是沒有希望的。

「她是怎麼樣的一個人，你的妻子？」裘莉亞問。

「她是——你知道新話中有個詞兒叫『思想好』的嗎？那是說天生的正統派，根本不可能有壞思想的念頭。」

「我不知道這個詞兒，不過我知道那號人，太知道了。」

他就把他婚後生活情況告訴她，奇怪的是，她似乎早已知道了其中的主要環節。她好像親眼看到過或者親身經歷過的一樣，向他一一描述他一碰到凱薩琳，凱薩琳的身體就僵硬起來，即使她的胳膊緊緊地摟住了他，她似乎仍在使勁推開他。同裘莉亞在一起，他覺得談到這種事情一點也不感到困難，反正凱薩琳早已不再是一種痛苦的記憶，而成了一種可厭的記憶了。

「要不是為了這一點，我還是可以忍受的，」他說。接着他把凱薩琳每星期一次在同一天的晚上迫着他像辦例行公事似地幹那件事的情況告訴她。「她不願幹這件事，但又沒有甚麼東西能使她不這麼幹。她曾經把它叫做——你猜也猜不到。」

「咱們對黨的義務，」裘莉亞脫口而出。

「你怎麼知道的？」

「親愛的，我也上過學。在學校裏對十六歲以上的姑娘每個月有一次性教育講座。在青年團裏也有。他們長年累月地這樣向你灌輸。在許多人身上大概生了效。但是，當然，誰也說不準；人人都是偽君子。」

她開始在這個題目上發揮起來。在裘莉亞身上，一切的事情都要追溯到她自己在性方面的強烈意識。不論在甚麼情況下，一觸及到這個問題，她就顯得特別敏銳。不像溫斯頓，她了解黨在性方面搞禁慾主義的內在原因。這只是因為性本能創造了它自己的天地，非黨所能控制，因此必須盡可能加以摧毀。尤其重要的是，性生活的剝奪能夠造成歇斯底里，而這是一件很好的事，因為可以把它轉化為戰爭狂熱和領袖崇拜。她是這麼說的：

「你做愛的時候，你就用去了你的精力；事後你感到愉快，天塌下來也不顧。他們不能讓你感到這樣。他們要你永遠充滿精力。甚麼遊行，歡呼，揮舞旗幟，都只不過是變了質、發了酸的性慾。要是你內心感到快活，那麼你有甚麼必要為老大哥、三年計劃、兩分鐘仇恨等等他們這一套名堂感到興奮？」

他想，這話說得有理，在禁慾和政治上的正統性之間，確有一種直接的緊密的關係。因為，除了抑制某種強烈的本能，把它用來作為推動力以外，還有甚麼別的辦法能夠把黨在黨員身上所要求的恐懼、仇恨、盲目信仰保持在一定的水平呢？性的衝動，對黨是危險的，黨就加以利用。他們對人們要想做父母的本能，也要弄了同樣的手段。要廢除家庭實際是做不到的，相反，還鼓勵大家要鍾愛自己的子女，這種愛護幾乎是一種極其老式的方式。另外一方面，卻有計劃地教子女反對父母，教他們偵察他們的言行，密告他們的偏離正統的傾向。家庭實際上成了思想警察的擴大，用這種方法可以用同你十分接近的人做告密者，日日夜夜地監視着你。

他又突然想到了凱薩琳。凱薩琳太愚蠢，沒有識破他的見解的不合正統，要不然的話，早就會向思想警察揭發他了。但在這當兒使他想起它來的還是由於下午空氣的悶熱，使他額上冒了汗。他就開始向裘莉亞說到十一年前也是在一個炎熱的夏日下午所發生的事，或者不如說所沒有能夠發生的事。

那是在他們婚後三四個月的時候。他們到肯特去集體遠足迷了路。他們掉在大隊的後面只不過幾分鐘，不過拐錯了一個彎，到了一個以前的白堊土礦場的邊緣上，懸崖有十米到二十米深，底下盡是大石塊。附近沒有人可以問路。凱薩琳一發現迷了路就十分不安起來。離開吵吵嚷嚷的遠足夥伴哪怕只有一會兒，也使她感到做了錯事。她要順着原路走回去，朝別的方向去尋找別人。但是這時溫斯頓看到他們腳下懸崖的石縫裏長着幾簇黃蓮花。其中一簇有品紅和橘紅兩種顏色，顯然出於同根。他從來沒有見過這樣的事，因此他把凱薩琳叫過來看。

「瞧，凱薩琳！瞧這幾朵花。靠近礦底的那一簇。你瞧清楚了沒有，是兩種顏色？」

她本來已經轉了身要走了，這時勉強回來看了一眼。她甚至在懸崖上伸出脖子去看他指的地方。他站在她後面不遠，把手扶着她的腰。這時他忽然想到附近沒有一個人影，只有他們兩個，連樹葉也紋絲不動，更沒有一聲鳥語。在這樣一個地方，裝有竊聽器的可能性是極小的，即使有，也只能錄到聲音。這時是下午最熱最困的時候。陽光向他們直曬，他的臉上流下了汗珠。他突然想到了這個念頭……

「你為甚麼不推她一把？」裘莉亞說。「換了我就會推的。」

「是的，你會推的。要是換了現在的我，我也會推的。也許——不過我說不好。」

「你後悔沒有推嗎？」

「是的，可以說我後悔沒有推。」

他們並排坐在塵土厚積的地板上。他把她拉得近一些。她的腦袋偎在他的肩上，她頭髮上的香氣蓋過了鴿子糞臭。他想，她很年輕，對生活仍有企望，她不懂得，把一個礙事的人推下懸崖去不能解決任何問題。

「實際上不會有甚麼不同，」他說。

「那麼你為甚麼後悔沒有推呢？」

「那只是因為我贊成積極的事情，不贊成消極的事情。在我們參加的這場比賽裏，我們是無法取勝的。只不過有幾種失敗比別幾種失敗好一些，僅此而已。」

他感到她的肩膀因為不同意而動了一下。他說這種話時，她總是不同意的。她不能接受個人總要失敗乃是自然規律的看法。她在一定程度上也認識到，她本人命運已經注定，思想警察遲早就要逮住她，殺死她，但是她的心裏又認為，仍有可能構築一個秘密的天地，按你的意願生活。你所需要的不過是運氣、狡猾、大膽。她不懂得，世界上沒有幸福這回事兒，唯一的勝利在於你死了很久以後的遙遠的將來，而從你向黨宣戰開始，最好把自己當作一具屍體。

「我們是死者，」他說。

「我們還沒有死，」裘莉亞具體地說。

「肉體上還沒有死。六個月，一年——五年。這是可以想像的。我害怕死。你年輕，所以大概比我還害怕死。顯然，我們要盡量把死推遲。但是沒有甚麼不同。只要人仍保持人性，死與生是一回事。」

「哦，胡說八道！你願意同誰睡覺，同我還是同一具骷髏？你不喜歡活着嗎？你不喜歡這種感覺嗎：這是我，這是我的手，這是我的腿，我是真實的，實在的，活着的！你不喜歡嗎？」

她轉過身來用胸脯壓着他。隔着制服，他感到她的乳房，豐滿而結實。她的身體好像把青春和活力灌注到了他的身上。

「是啊，我喜歡這個，」他說。

「那麼不要再說死了。現在聽我說，親愛的，我們得安排下次的約會。我們也可以回到樹林中的那個地方去，因為我們已經長久沒有去那裏了。但是這次你一定得走另外一條路。我已經計劃好了。你搭火車——你瞧，我給你畫出來。」

她以她特有的實際作風，把一些塵土掃在一起，用鴿子窩裏的一根小樹枝，開始在地上畫出一張地圖來。

## 4

溫斯頓看一看卻林頓先生的店舖樓上的那簡陋的小屋。窗戶旁邊的那張大床已經用粗毛毯鋪好，枕頭上沒有蓋的。壁爐架上那口標着十二個小時的老式座鐘在滴答地走着。角落裏，在那摺疊桌子上，上次買的玻璃紙鎮在半暗半明中發出柔和的光芒。

壁爐圍欄裏放着一隻破舊的鐵皮煤油爐，一隻鍋子，兩隻杯子，這都是卻林頓先生準備的。溫斯頓點了火，放一鍋水在上面燒開。他帶來了一個信封，裏面裝了勝利牌咖啡和一些糖精片。鐘上的指針是七點二十分;應該說是十九點二十分。她說好十九點三十分來。

蠢事啊，蠢事！他的心裏不斷地這麼說：自覺的、無緣無故的、自招滅亡的蠢事！黨員可能犯的罪中，數這罪是最不容易隱藏的。實際上，這一念頭當初浮現在他的腦海裏是由於摺疊桌光滑的桌面所反映的玻璃紙鎮在他的心目中所造成的形象。不出所料，卻林頓先生毫不留難地出租了這間屋子。他顯然很高興能到手幾塊錢。當他知道溫斯頓要這間屋子是為了幽會，他也不覺得吃驚或者反感。相反，他裝作視而不見，說話泛泛而談，神情非常微妙，使人覺得他好像有一半已經隱了身一樣。他還說，清靜獨處是非常難得的事情。人人都想要找個地方可以偶爾圖個清靜。他們只要能夠找到這樣一個地方，別人知道了也最好不要聲張，這是起碼的禮貌。他甚至還說，這所房子有兩個入口，一個經過後院，通向一條小巷。這麼說時他好像幾乎已經銷聲匿跡了一樣。

窗戶底下有人在唱歌。溫斯頓躲在薄紗窗簾後面偷偷看出去。六月的太陽還很高，在下面充滿陽光的院子裏有一個又肥又大的女人，像諾曼圓柱一樣壯實，胳膊通紅，腰部繫着一條粗布圍裙，邁着笨重的腳步在洗衣桶和晾衣繩之間來回走着，晾出一批方形的白布，原來是嬰兒的尿布。她的嘴裏還咬着晾衣服的夾子時，就用很大嗓門的女低音歌唱：

這只不過是沒有希望的癡想，
消失起來像春天一樣快，
可是一句話，一個眼色
卻教我胡思亂想，失魂落魄！

這支歌在倫敦已經流行了好幾個星期了。這是音樂司下面的一個科為無產者出版的許多這種類似歌曲中的一首。這種歌曲的歌詞是由一種名叫寫詩器的裝置編寫出來的，不需要一點點人力。但是那女人唱得那麼動聽，使得這些胡說八道的廢話聽起來幾乎非常悅耳。他可以聽到那個女人一邊唱着歌，一邊鞋子在石板上摩來擦去，街頭孩子們的叫喊，遠遠甚麼地方隱隱約約的市聲，但是屋子裏仍異樣地靜寂，那是由於沒有電幕。

蠢事，蠢事，蠢事！他又想了起來。不可想像他們能夠幾個星期來此幽會一次而不被發覺。但是要想在室內而且在近在咫尺的地方，有一個自己的秘密的地方，這個誘惑對他們兩人來說都是太大了。在他們去了教堂鐘樓那次以後，在很長的一段時間裏都沒有辦法安排一個相會的地方。為了迎接仇恨週，工作時間大大延長了。到仇恨週還有一個月，但是繁雜的準備工作使大家都要加班加點。最後他們兩人終於弄到在同一個下午休息。他們原來商量好再到樹林中那塊空地去。在那天的前一個晚上，他們在街頭見了一面。當他們兩人混在人群中相遇時，溫斯頓像平時一樣很少看裘莉亞，但匆匆一瞥，使他覺得她的臉色似乎比平時蒼白。

「吹了，」她看到情況比較安全時馬上低聲說。「我是說明天的事。」

「甚麼？」

「明天下午。我不能來。」

「為甚麼不能來？」

「又是那個。這次開始得早。」

他猛一下感到很生氣。在認識她一個月之內，他對她的慾望的性質已經有了變化。開始時很少真實的感情。他們第一次的做愛只不過是意志行為。但第二次以後情況就不同了。她頭髮的氣味、嘴唇的味道、皮膚的感覺都似乎鑽到了他的體內，瀰漫到周圍的空氣中。她成了一種生理上的必需，成了一種他不僅需要而且感到有權享有的東西。她一說她不能來，他就覺得她在欺騙他。正當這個時候，人群把他們一擠，他們的手無意中碰了一下。她把他的手指尖很快捏了一把，引起的似乎不是慾望，而是情愛。他想到，你如果同一個女人生活在一起，這種失望大概是不斷發生的正常的事，因此突然對她感到了一種深厚的柔情，這是他從來沒有感到過的。他真希望他們是一對結婚已有十年歷史的夫婦。他真希望他們兩人像現在那樣在街上走着，不過是公開的，不帶恐懼，談着瑣碎的事兒，買着家用的雜物。他尤其希望他們能有一個地方可以單獨在一起，而不必感到每次相會非做愛不可。他想到租卻林頓先生的屋子的念頭倒並不是在這個時候產生的，而是在第二天。他向裘莉亞提出後，她出乎意料地馬上同意了。他們兩人都明白，這樣做是發瘋。好像是兩人都有意向墳墓跨近一步。他一邊在床邊坐着等待她，一邊又想起了友愛部的地下室。命中注定的恐怖在你的意識中時現時隱，真是奇怪的事。在未來的某個時間裏，這種恐怖必然會在死前發生，就像九十九必然是在一百之前一樣。你無法躲避，不過也許能夠稍加推遲，但是你卻經常有意識地、有意志地採取行動，縮短它未發生前的一段間隙時間。

就在這個當兒，樓梯上響起了一陣急促的腳步聲。裘莉亞衝了進來。她提着一個棕色帆布工具包，這是他經常看到她在上下班時帶着的。他走向前去摟她，但是她急忙掙脱開去，一半是因為她手中還提着工具包。

「等一會兒，」她説。「我給你看我帶來了一些甚麼。你帶了那噁心的勝利牌咖啡沒有？我知道你會帶來的。不過你可以把它扔掉了，我們不需要它。瞧這裏。」

她跪了下來，打開工具包，掏出面上的一些扳子，旋鑿。下面是幾個乾淨的紙包。她遞給溫斯頓的第一個紙包給他一種奇怪而有點熟悉的感覺。裏面是種沉甸甸的細沙一樣的東西，你一捏，它就陷了進去。

「不是糖吧？」他問。

「真正的糖。不是糖精，是糖。這裏還有塊麵包——正規的白麵包，不是我們吃的那種次貨——還有一小罐果醬。這裏是一罐牛奶——不過瞧！這才是我感到得意的東西。我得用粗布把它包上，因為——」

但是她不用告訴他為甚麼要把它包起來。因為香味已瀰漫全室，這股濃烈的香味好像是從他孩提時代發出的一樣，不過即使到了現在有時也偶爾聞到，在一扇門還沒有關上的時候飄過過道，或者在一條擁擠的街道上神秘地飄來，你聞了一下就又聞不到了。

「這是咖啡，」他喃喃地說，「真正的咖啡。」

「這是核心黨的咖啡。這裏有整整一公斤，」她說。

「這些東西你怎麼弄到的？」

「這都是核心黨的東西。這些混蛋沒有弄不到的東西，沒有。但是當然，服務員、勤務員都能揩一些油——瞧，我還有一小包茶葉。」

溫斯頓在她身旁蹲了下來。他把那個紙包撕開一角。

「這是真正的茶葉。不是黑莓葉。」

「最近茶葉不少。他們攻佔了印度之類的地方，」她含含糊糊地說。「但是我告訴你，親愛的。我要你轉過背去，只要三分鐘。走到床那邊去坐着，別到窗口太近的地方。我說行了才轉過來。」

溫斯頓心不在焉地看着薄紗窗簾的外面。院子裏那個胳膊通紅的女人仍在洗衣桶和晾衣繩之間來回地忙碌着。她從嘴裏又取出兩隻夾子，深情地唱着：

他們說時間能治癒一切創傷，

他們說你總能把它忘得精光；
但是這些年來的笑容和淚痕
卻仍使我心痛像刀割一樣！

看來這個女人把這支廢話連篇的歌背得滾瓜爛熟。她的歌聲隨着夏天的甜美空氣飄了上來，非常悅耳動聽，充滿了一種愉快的悲哀之感。你好像覺得，如果六月的傍晚無休無止，要洗的衣服沒完沒了，她就會十分滿足地在那裏呆上一千年，一邊晾尿布，一邊唱情歌。他想到他從來沒有聽到過一個黨員獨自地自發地在唱歌，真有點奇怪。這樣做就會顯得有些不正統，古怪得有些危險，就像一個人自言自語。也許只有當你吃不飽肚子的時候才會感到要唱歌。

「你現在可以轉過身來了，」裘莉亞說。

他轉過身去，一時幾乎認不出是她了。他原來以為會看到她脫光了衣服。但是她沒有裸出身子來。她的變化比赤身裸體還使他驚奇。她的臉上塗了胭脂，抹了粉。

她一定是到了無產者區小舖子裏買了一套化妝用品。她的嘴唇塗得紅紅的，臉頰上抹了胭脂，鼻子上撲了粉，甚至眼皮下也塗了甚麼東西使得眼睛顯得更加明亮了。她的化妝並不熟練巧妙，但溫斯頓在這方面的要求並不高。他以前從來沒有見過或者想過一個黨內的女人臉上塗脂抹粉。她的面容的美化十分驚人。這裏抹些紅，那裏塗些白，她不僅好看多了，而且更加女性化了。她的短髮和男孩子氣的制服只增加了這種效果。他把她摟在懷裏時，鼻孔裏充滿了一陣陣人造紫羅蘭香氣。他想起了在地下室廚房裏的半明半暗中那個老掉牙的女人的嘴。她用的也是這種香水，但是現在這一點卻似乎無關緊要。

「還用了香水！」他說。

「是的，親愛的，還用了香水。你知道下一步我要做甚麼嗎？我要去弄一件真正的女人衣裙，不穿這勞什子的褲子了。我要穿絲襪，高跟鞋！在這間屋子裏我要做一個女人，不做黨員同志。」

他們脱掉了衣服，爬到紅木大床上。這是他第一次在她面前脱光了衣服。在此以前，他一直對自己蒼白瘦削的身體感到自慚形穢，還有小腿上的突出的青筋，膝蓋上變色的創疤。床上沒有床單，但是他們身下的毛毯已沒有毛，很光滑，他們兩人都沒有想到這床又大又有彈性。「一定盡是臭蟲，但是誰在乎？」裘莉亞説。除了在無產者家中以外，你已很少看到雙人大床了。溫斯頓幼時曾經睡過雙人大床，裘莉亞根據記憶所及，從來沒有睡過。

接着他們就睡着了一會兒，溫斯頓醒來時，時鐘的指標已悄悄地移到快九點鐘了。他沒有動，因為裘莉亞的頭枕在他的手臂上。她的胭脂和粉大部份已經擦到他的臉上或枕頭上了，但淡淡的一層胭脂仍顯出了她臉頰的美。夕陽的淡黃的光線映在床角上，照亮了壁爐，鍋裏的水開得正歡。下面院子裏的那個女人已不再唱了，但自遠方街頭傳來了孩子們的叫喊聲。他隱隱約約地想到，在那被抹掉了的過去，在一個夏日的晚上，一男一女一絲不掛，躺在這樣的一張床上，願意做愛就做愛，願意説甚麼就説甚麼，沒有覺得非起來不可，就是那樣躺在那裏，靜靜地聽着外面市廛的鬧聲，這樣的事情是不是正常。肯定可以説，從來沒有一個這種事情是正常的時候。裘莉亞醒了過來，揉一揉眼睛，撐着手肘抬起身子來看一眼煤油爐。

「水燒乾了一半，」她説。「我馬上起來做咖啡。我們還有一個小時。你家裏甚麼時候斷電熄燈？」

「二十三點三十分。」

「宿舍裏是二十三點。不過你得早些進門，因為——嗨，去你的，你這個髒東西！」

她突然扭過身去到床下地板上拾起一隻鞋子，像男孩子似的舉起胳膊向屋子角落扔去，動作同他看到她在那天早上兩分鐘仇恨時間向果爾德施坦因扔字典完全一樣。

「那是甚麼？」他吃驚地問。

「一隻老鼠。我瞧見它從板壁下面鑽出鼻子來。那邊有個洞。我把它嚇跑了。」

「老鼠！」溫斯頓喃喃自語。「在這間屋子裏！」

「到處都有老鼠，」裘莉亞又躺了下來，滿不在乎地說。「我們宿舍裏甚至廚房裏也有。倫敦有些地方盡是老鼠。你知道嗎？它們還咬小孩。真的，它們咬小孩。在這種街道裏，做媽媽的連兩分鐘也不敢離開孩子。那是那種褐色的大老鼠，可惡的是這種害人的東西——」

「別説下去了！」溫斯頓説，緊閉着雙眼。

「親愛的！你的臉色都發白了。怎麼回事？你覺得不好過嗎？」

「世界上所有可怕的東西中——最可怕的是老鼠！」

她挨着他，雙臂雙腿都鈎住他，好像要用她的體熱來撫慰他。他沒有馬上睜開眼睛。有好幾分鐘之久，他覺得好像又回到了他這一輩子中不斷做過的噩夢之中，夢中的情況總是一樣。他站在一道黑暗的牆前，牆的那一邊是一種不可忍受的、可怕得使你不敢正視的東西。他在這種夢中總是深感到一種自欺欺人的感覺，因為事實上他知道黑暗的牆後是甚麼。他只要拼命努力一下，就可以把這東西拉到光天化日之下來，就像從自己的腦子裏掏出一塊東西來一樣。他總是還沒有弄清這東西到底是甚麼就醒來了，不過這東西有些同剛才他打斷裘莉亞的時候她正在說的東西有關。

「對不起，」他說，「沒有甚麼。我只是不喜歡老鼠而已。」

「別擔心，親愛的，咱們不讓它們呆在這裏。咱們等一會兒走以前，用破布把洞口塞上。下次來時，我帶些石灰來，把洞好好地堵上。」

這時莫名的恐懼已經忘掉了一半。他感到有些難為情，靠着床頭坐起來。裘莉亞下了床，穿好了衣服，做了咖啡。鍋子裏飄出來的香味濃郁而帶刺激性，他們把窗戶關上，深怕外面有人聞到，打聽是誰在做咖啡。加了糖以後，咖啡有了一種光澤，味道更好了，這是溫斯頓吃了多年糖精以後幾乎忘記了的東西。裘莉亞一手插在口袋裏，一手拿着一片抹了果醬的麵包，在屋子裏走來走去，隨便看一眼書架，指出最好怎麼修理摺疊桌，一屁股坐在破沙發裏，看看是不是舒服，有點好玩地仔細觀察一下座鐘的十二小時鐘面。她把玻璃紙鎮拿到床上來湊着光線看。他把它從她手中取回來，又給它的柔和的、雨水般的色澤吸引住了。

「你認為這是甚麼東西？」裘莉亞問。

「我認為這不是甚麼東西——我是說，我認為從來沒有人把它派過用處。我就是喜歡這一點。這是他們忘掉篡改的一小塊歷史。這是從一百年以前傳來的信息，只是你不知道怎麼辨認。」

「還有那邊的畫片——」她朝着對面牆上的蝕刻畫點一點頭。「那也有一百年的歷史了嗎？」

「還要更久。大概有兩百年了。我說不好。如今甚麼東西你都無法知道有多久的歷史了。」

她走過去瞧。「那隻老鼠就是在這裏伸出鼻子來的，」她踢一踢畫下的板壁說。「這是甚麼地方？我以前在甚麼地方見過它。」

「這是一個教堂，至少以前是個教堂。名字叫做聖克利門特的丹麥人。」卻林頓先生教他的那支歌有幾句又浮現在他的腦際，他有點留戀地唱道：「聖克利門特教堂的鐘聲說，橘子和檸檬。」

使他感到驚奇的是，她把這句歌詞唱完了：

聖馬丁教堂的鐘聲說，你欠我三個銅板，
老巴萊教堂的鐘聲說，你甚麼時候歸還？——

「這下面怎麼唱，我已忘了。不過反正我記得最後一句是，『這裏有支蠟燭照你上床，這裏有把斧子砍你腦袋！』」

這好像是一個分成兩半的暗號。不過在「老巴萊教堂的鐘聲」下面一定還有一句。也許恰當地提示一下，可以從卻林頓先生的記憶中挖掘出來。

「是誰教給你的？」他問。

「我爺爺。我很小的時候他常常教我唱。我八歲那年，他氣死了——反正，他不見了。我不知道檸檬是甚麼，」她隨便又說一句。「我見過橘子。那是一種皮很厚的圓形黃色的水果。」

「我還記得檸檬，」溫斯頓說。「在五十年代很普通。很酸，聞一下也教你的牙齒發軟。」

「那幅畫片後面一定有個老鼠窩，」裘莉亞說。「哪一天我把它取下來好好打掃一下。咱們現在該走了。我得把粉擦掉。真討厭！等會我再擦掉你臉上的唇膏。」

溫斯頓在床上又懶了一會兒。屋子裏慢慢地黑了下來。他轉身對着光線，懶洋洋地看着玻璃鎮紙。使人感到無限興趣的不是那塊珊瑚，而是玻璃內部本身。這麼深，可是又像是空氣一般透明。玻璃的弧形表面彷彿就是蒼穹，下面包藏着一個小小的世界，連大氣層都一併齊全。他感到他可以進入這個世界中去，事實上他已經在裏面了，還有那紅木大床、摺疊桌、座鐘、銅板蝕刻畫，還有那鎮紙本身。那鎮紙就是他所在的那間屋子，珊瑚是裘莉亞和他自己的生命，有點永恆地嵌在這個水晶球的中心。

## 5

賽麥消失了。一天早上，他沒有來上班；有幾個沒頭腦的人談到了他的曠工。第二天就沒有人提到他了。第三天，溫斯頓到紀錄司的前廳去看佈告板，上面有一張佈告開列着象棋委員會委員的名單。賽麥過去是委員。這張名單看上去幾乎同以前一模一樣，上面並沒有誰的名字給劃掉，但是名單上少了一個人。這就夠了。賽麥已不再存在；他從來也沒有存在過。

天氣十分酷熱。在迷宮般的部裏，沒有窗戶，裝有空調的房間保持着正常的溫度，但是在外面，人行道熱得燙腳，上下班時間，地鐵裏臭氣熏人。仇恨週的準備工作正進行得如火如荼，各部工作人員都加班加點。遊行、集會、軍事檢閱、演講報告、蠟像陳列、電影放映、電幕節目都得組織起來，類比人像趕製出來，口號起草出來，歌曲編寫出來，謠言傳播出去，照片偽造出來。小說司裏裘莉亞所在的那個單位已不在製造小說，而在趕製許多暴行小冊子。溫斯頓除了經常工作以外，每天還要花很多時間檢查《泰晤士報》過期的舊報存檔，把要在演講和報告中引用的新聞篡改修飾。深夜裏喧鬧的無產者群眾在街頭閒逛，整個城市奇怪地有一種狂熱的氣氛。火箭掉下的次數更多了，有時候遠處有大聲爆炸，誰也不知甚麼緣故，謠言卻很紛紜。

仇恨週主題歌（叫做「仇恨歌」）的新曲已經譜出，電幕上正在沒完沒了地播放。歌曲的旋律像野獸的吼叫，很難叫做音樂，而有點像擊鼓。配着進軍的步伐，由幾百個男聲大聲合唱，聽起來怪怕人的。無產者很喜歡它，在夜半的街頭，同仍舊流行的《這只不過是沒有希望的癡想》競相媲美。派遜斯家的孩子用一隻蜂窩和一張大便紙白天黑夜地吹奏着，使人無法忍受。溫斯頓每天晚上都比以前排得更滿了。派遜斯組織的志願人員在為這條街道準備仇恨週，縫旗子、畫招貼、在屋頂上豎旗杆、在街上架鐵絲準備掛橫幅。派遜斯吹噓說，單單勝利大廈掛出的旗加起來就有四百米。他興高采烈，得其所哉。天氣熱，再加上幹體力活，使他有了藉口，在晚上也穿着短褲和敞領襯衫。他同時出現在幾個地方，忙碌不堪，推啊拉的，縫啊敲的，出主意想辦法，用同志間勸告的口吻鼓動每個人，身上無處不散發出似乎無窮無盡的惡濁的汗臭。

倫敦到處突然出現了一幅新的招貼，沒有文字說明，畫的只是一個歐亞國士兵的龐大身軀，有三四米高，蒙古種的臉毫無表情，跨着大軍靴向前邁步行進，腰上一挺輕機槍。你不論從哪個角度看那招貼，機槍的槍口總是對準着你，由於透視的原理，槍口很大很大。這張招貼畫貼在每道牆上的每個空位上，甚至比老大哥畫像的數目還要多。無產者一般不關心戰爭，這時卻被鼓動起來，迸發出他們一時的愛國熱情。好像是為了要配合流行的情緒，火箭炸死的人比平時更多了。有一枚落在斯坦普奈一家滿座的電影院裏，把好幾百人埋在廢墟下面。附近的居民都出來送殯，行列之長，數小時不斷，實際上成了抗議示威。還有一枚炸彈落在一個當作遊戲場的閒置空地上，有好幾十個兒童被炸得血肉橫飛。於是又舉行了憤怒的示威，把果爾德施坦因的模擬像當眾焚毀，好幾百張歐亞國士兵的招貼給撕了下來一起燒掉，在一片混亂之中有一些店舖遭到洗劫；接着有謠言說，有間諜在用無線電指揮火箭的投扔，有一對老年夫婦只因為有外國血統之嫌，家屋就被縱火焚毀，兩位老人活活燒死。

在卻林頓先生舖子的樓上，裘莉亞和溫斯頓只要有機會去，就在窗戶底下的空床上並排躺着，為了圖涼快，身上脫得光光的。老鼠沒有再來，但在炎熱中臭蟲卻猛增。這似乎並沒有甚麼關係。不論是髒還是乾淨，這間屋子無疑是天堂。他們一到，就到處撒上黑市上買來的胡椒，脫光衣服，流着汗做愛，完了就睡一覺，醒來時臭蟲又開始猖獗，聚集起來進行反攻。

在六月份裏，他們一共幽會了四次，五次，六次——七次。溫斯頓已沒有一天到晚喝杜松子酒的習慣。他似乎已經不再有此需要。他長胖了，靜脈曲張潰瘍消退，只是在腳踝上方的皮膚上留下一塊棕斑，他早起的咳嗽也好了。生活上的一些瑣事也不再使他覺得難以忍受了，他已不再有甚麼衝動要向電幕做鬼臉表示厭惡，或者拉開嗓門大罵。現在他們有了一個固定的幽會地點，幾乎像是自己的家，因此即使只能偶一相會，時間也才只一兩個小時，但這也無所謂了。重要的是居然有舊貨舖樓上那一間屋子。知道有它安然存在，也就跟到了裏面差不多。這間屋子本身就自成一個天地，過去世界的一塊飛地，現已絕跡的動物可以在其中邁步。溫斯頓覺得，卻林頓先生也是一個現已絕跡的動物。他有時在上樓的時候停下步來同卻林頓先生聊一會兒。那個老頭兒似乎很少外出，甚至根本不外出，此外，他也幾乎沒有甚麼顧客。他在黑暗的小店堂與甚至更小的後廚房之間，過着幽靈一般的生活，他在那間廚房裏自己做飯，廚房裏還有一台老掉了牙的唱機，上面安着一個大喇叭，能有機會與人說話，他似乎很高興。他的鼻子又尖又長，戴着一副鏡片很厚的眼鏡，穿着一件平絨上衣，彎着背在那些不值一錢的貨物之間踱來踱去，神情活像一個收藏家，不像一個舊貨商。他有時會略帶熱情地摸摸這件破爛或者那件破爛——瓷器做的瓶塞、破鼻煙壺的釉漆蓋、鍍金胸針盒，裏面裝着幾根早已夭折的嬰孩的頭髮——從來不要求溫斯頓買東西，只是請他欣賞欣賞。聽他說話就像聽一架老掉牙的音樂盒一樣。他從他的記憶中又挖掘出來一些早已為人所遺忘的歌謠片段。有一支歌是關於二十四隻烏鴉的，還有一支歌是關於一頭折了角的母牛的，還有一支歌是關於柯克·羅賓的慘死的。「我想你也許會覺得有興趣，」他每次想起一個片段，就會有點不以為然地笑道。但是不管哪一支歌謠，他記得的只有一兩句。

他們兩個人都知道——也可以說，這個念頭一直盤桓在他們的心中——現在這樣的情況是不可能長久的。有時候，死亡的臨近似乎比他們睡在上面的那張大床還要現實，他們就只好緊緊地摟在一起，這是一種絕望的肉慾，就像一個快死的人在臨死前五分鐘享受他最後一點的快感一樣。但也有一些時候，他們卻有不僅感到安全而且感到長遠的幻覺。他們兩人都感到，只要他們實際處身於那間屋子，就不會有災難臨頭。要到那裏去，倒是又困難又危險，但是那間屋子卻是個避難所。當溫斯頓凝視着那紙鎮的中央的時候，他感到，要到那水晶世界裏面去是辦得到的，一旦到了裏面，時間就能停止了。他們常常耽溺於逃避現實的白日夢。他們的運氣會永遠好下去，他們可以在這一輩子永遠這樣偷偷摸摸搞下去而不會被發覺。或者凱薩琳會死掉，溫斯頓和裘莉亞就可以想個巧妙的方法結婚。或者他們一起自殺。或者他們躲了開去，改頭換面，學會無產者說話的腔調，到一家工廠去做工，在一條後街小巷裏過一輩子，而不被人發覺。他們兩人都知道，這都是癡人說夢。實際生活中是沒有出路的。甚至那唯一切實可行的辦法，即自殺，他們也無意實行。過一天算一天，過一星期算一星期，雖然沒有前途，卻還是盡量拖長現在的時間，這似乎是一種無法壓制的本能，就像只要有空氣，人肺就總要呼吸一樣。

有時候他們也談到搞實際活動來反黨，但是卻不知道怎樣採取第一步。即使傳說中的兄弟會確有其事，要參加進去還有困難。他告訴她在他和奧勃良之間存在着，或者說似乎存在着一種奇怪的親切感。他有時就感到有這樣的衝動，要到奧勃良面前去對他說自己是黨的敵人，要求他的幫助。很奇怪，她並不覺得這樣做太冒失。她善於從相貌上看人，溫斯頓只根據眼光一閃就認為奧勃良是個可靠的人。她似乎覺得是很自然的事。此外，她也想當然地認為，大家，幾乎每個人，內心裏都是仇恨黨的，只要安全無失，都會打破規矩的。但是她不相信有普遍的、有組織的反對派存在，或者有可能存在。她說，關於果爾德施坦因及其地下軍的傳說只不過是黨為了它自己的目的而捏造出來的胡說八道，你不得不假裝相信。在黨的集會和自發的示威中，她還無數次拉開嗓門高喊要把那些她從來沒有聽到過而且她也一點也不相信他們犯了甚麼罪行的人處以死刑。在公審大會上，她參加青年團的隊伍，在法庭外面從早到晚高喊「打倒賣國賊！」在兩分鐘仇恨中，她咒駡果爾德施坦因總搶在別人之先。但是果爾德施坦因是誰，他的主張是甚麼，她卻一無所知。她是革命後成長的，年紀太輕，不知五十年代和六十年代的思想戰線上的鬥爭。像獨立的政治運動這樣的事，她是無法理解的；而且不論怎麼說，黨是不可戰勝的。它將永遠存在，永遠是那個樣子。你的反抗只能是暗中不服從，或者至多是孤立的暴力行為，例如殺掉某個人或者炸掉某個地方。

在某些方面她比溫斯頓還精，還不易相信黨的宣傳。有一次談到同歐亞國打仗時，她隨口說，她認為根本沒有在打仗，這叫他大吃一驚。她說，每天落在倫敦的火箭可能是大洋國政府自己發射的，「目的只是為了要嚇唬人民」。這個念頭他可從來沒有想到過。她也使他感到有些妒意，因為她說在兩分鐘仇恨中她最大的困難還是要忍住不致大聲笑出來。但是她對黨的教導有懷疑只是在這些教導觸及她自己的生活的時候。她經常是容易相信官方的無稽之談的，那只是因為在她看來真假之間的區別關係不大。例如，她相信飛機是黨發明的，這是她在上小學的時候學到的。（溫斯頓記得，在他上小學的時候，那是在五十年代後期，黨自稱由它發明的還只有直升機；十多年以後，裘莉亞上小學時，就是飛機了；再隔一代，就會說蒸汽機也是它發明的了。）當他告訴她，在他出生之前，早在革命發生之前，就已有了飛機的存在時，她對這一事實一點也不發生興趣。說到底，飛機究竟是誰發明的有甚麼關係呢？但是比較使他吃驚的卻是有一次隨便聊天時他發現，她不記得四年之前大洋國在同東亞國打仗，同歐亞國和平相處。不錯，她認為整個戰爭都是假的；但顯然她甚至沒有注意到已經換了敵人的名字。她含糊地說，「我以為我們一直在同歐亞國打仗。」這使他感到有點吃驚。飛機的發明是在她出生以前很久的事，而戰爭對象的轉換卻才只有四年，是她早已長大成人以後的事。他同她辯論了大約有半小時，最後他終於使她記起來說，她隱約記得有一陣子敵人是東亞國而不是歐亞國。但是她認為這一問題無所謂。她不耐煩地說，「誰管它？總是不斷地打仗，一個接着一個，反正你知道所有的消息都是謊話。」

有時他同她說到紀錄司和他在那裏幹的大膽偽造的工作。她對這種事情似乎並不感到奇怪。她並沒有因為一想到謊話變成了真理而感覺到腳下打開了深淵。他告訴她關於瓊斯、阿朗遜、魯瑟福的事和有一次那張意義重大的紙條滑過他的手指尖的事。但她對此並沒有甚麼反應。說真的，一開始的時候她還無法領會這件事的意義。

「他們是你的朋友嗎？」她問。

「不是，我不認識他們。他們是核心黨員。而且他們的年紀比我大多了。他們是老一輩的人，革命以前的時代的人。我只認得他們的臉。」

「既然這樣，那有甚麼可以發愁的呢？一直不斷有人被殺掉，是不是？」

他要想使她明白。「這個問題不同一般。這不是誰被殺死的問題。你知道不知道，從昨天開始往回推算，所有的過去都給抹掉了？如果說有甚麼地方還存在過去的話，也只存在於少數幾樣實在的東西裏，但沒有文字說明，就像那塊玻璃一樣。關於革命和革命前的事，我們已經幾乎一無所知了。每一項記錄都已銷毀或篡改掉了，每一本書都已改寫過了，每一幅畫都已重畫過了，每一個塑像、街道大樓都已改了名字，每一個日期都已改動過了。而且這個過程還天天、隨時隨刻地在進行。歷史已經停止。除了黨永遠是正確的無休無止的現在，任何東西都不存在。當然，過去遭到篡改，我是知道的，但我永遠無法加以證明，哪怕在我進行篡改偽造的時候。這種事情做了以後，甚麼證據都不遺留。唯一證據存在於我的腦中，但是我一點也沒有把握有任何另外一個人也有我的同樣記憶。在我一輩子中就只有那一次，在事件發生了多年以後，我居然的確掌握了實際的具體證據。」

「那又有甚麼用？」

「那沒有甚麼用，因為我幾分鐘以後就把它扔了。要是今天再發生這樣的事，我就要把它留下來。」

「我可不！」裘莉亞說。「我敢冒險，但只為值得冒險的事冒險，決不會為幾張舊報紙冒險。即使你留了下來，你又能拿它怎麼樣？」

「也許沒有多大用處。但這畢竟是證據，可能在這裏或者那裏撒佈一些懷疑的種子，那是假定我敢拿去給別人看。我認為在我們這一輩子要改變任何現狀是不可能的了。但是可以想像，有時在某個地方會出現反抗的小集團，一小批人集合在一起，人數慢慢增加，甚至還留下一些痕跡，下一代的人可以接着幹下去。」

「我對下一代沒有興趣，親愛的。我只對我們自己有興趣。」

「你只是一個腰部以下的叛逆，」他對她說。

她覺得這句話十分風趣，高興得伸開胳膊摟住他。

她對黨的理論和細枝末節毫無興趣。他一開始談到英社的原則、雙重思想、過去的默默無聲和客觀現實的抹殺，或者一開始用新話的詞兒，她就感到厭倦，混亂，說她從來沒有注意過這種事情。大家都知道這都是廢話，因此操這個心幹甚麼？她只知道甚麼該高興，甚麼該不高興，這樣就夠了。如果他老是談這種事情，她往往就睡着了，這個習慣真叫他沒有辦法。她是那樣的一種人，隨時隨地都可以睡覺。

在同她說話中，他發現假裝正統而又不知正統為何意是件十分容易的事。可以說，在沒有理解能力的人身上，黨把它的世界觀灌輸給他們最為成功。最明顯不過的違反現實的東西，都可以使他們相信，因為他們從來不理解，對他們的要求是何等荒唐，因為他們對社會大事不發生興趣，從來不去注意發生了甚麼事情。正是由於缺乏理解，他們沒有發瘋。他們甚麼都一口吞下，吞下的東西對他們並無害處，因為沒有殘渣遺留，就像一顆玉米粒不加消化地通過一隻鳥的體內一樣。

# 6

這件事終於發生了。期待中的信息傳了過來。他覺得他這一輩子都在等待這件事的發生。

他正走在部裏大樓的長長的走廊裏，快到裘莉亞上次把那紙條塞到他手中的地方，他才意識到身後跟着一個個子比他高的人。那個人，不知是誰，輕輕地咳了一聲，顯然是表示要說話。溫斯頓猛然站住，轉過身去。那人是奧勃良。

他們終於面對着面，他的唯一衝動似乎是要逃走。他的心猛跳着，說不出話來。

但是奧勃良仍繼續走着，一隻友好的手按了一下溫斯頓的胳膊，這樣他們兩人就並肩向前走了。他開始用他特別彬彬有禮的口氣説話，這是他與大多數核心黨員不同的地方。

「我一直想找個機會同你談談，」他說。「前不久我讀到你在《泰晤士報》發表的一篇用新話寫的文章。我想你對新話頗有學術上的興趣吧？」

溫斯頓已恢復了他的一部份自信。他說，「談不上甚麼學術上的興趣。我是個外行，這不是我的專業。我從來沒有參加過這一語言的實際創作工作。」

「但是你的文章寫得很漂亮，」奧勃良說。「這不僅是我個人的意見。我最近同你的一位朋友談過，他肯定是個專家。我一時記不起他的名字來了。」

溫斯頓的心裏又是一陣難過。不可想像這不是提到賽麥。但是賽麥不僅死了，而且是給抹掉了，是個非人。提到他會有喪命的危險。奧勃良的話顯然一定是個信號，一個暗號。由於兩人共同參與了這個小小的思想罪行，他使他們成了同謀犯。他們原來是在走廊裏慢慢地繼續走着，這時奧勃良止了步。他整了一整鼻樑上的眼鏡，這個姿態總使人有一種奇怪的親切之感。接着他說：

「我其實想要説的是，我在你的文章中注意到你用了兩個現在已經過時了的詞兒。不過這兩個詞兒是最近才過時的。你有沒有看過第十版的新話詞典？」

「沒有，」溫斯頓說。「我想這還沒有出版吧。我們紀錄司仍在用第九版。」

「是啊，第十版要過幾個月才發行。但是他們已發了幾本樣書。我自己就有一本。也許你有興趣看一看？」

「很有興趣，」溫斯頓說，馬上領會了這個意思。

「有些新發展是極其聰明的。減少動詞數目，我想你對這點是會有興趣的。讓我想，派個通訊員把詞典送給你？不過這種事情我老是容易忘了。還是你有空到我住的地方來取吧，不知你方便不方便？請等一等。我把地址寫給你。」

他們正好站在一個電幕的前面。奧勃良有些心不在焉地摸一摸他的兩隻口袋，摸出了一本皮面的小筆記本和一支金色的墨水筆。他就在電幕下面寫了地址，撕下來，交給了溫斯頓，這個地位使得在電幕另一邊的人可以看到他寫的是甚麼。

「我一般晚上都在家。」他說。「如果正好不在，我的勤務員會把詞典給你的。」

說完他就走了，留下溫斯頓站在那兒，手中拿着那張紙片，這次他沒有必要把它藏起來了。但是他還是仔細地把上面寫的地址背熟了，幾個小時以後就把它同其他一大堆廢紙一起扔進了忘懷洞。

他們在一起頂多只講了兩分鐘的話。這件事只可能有一個含義。這樣做是為了讓溫斯頓知道奧勃良的地址。所以有此必要是因為除了直接詢問以外要知道誰住在哪裏是不可能的。甚麼電話簿、地址錄都是沒有的。奧勃良對他說的就是「你如果要看我，可以到這個地方來找我。」也許那本詞典裏夾着一封信，藏着一句話。反正，有一點是肯定的。他所夢想的密謀確實存在，他已經碰到了它外層的邊緣了。

他知道他遲早要應奧勃良的召喚而去找他。可能是明天，也可能要隔很久——他也說不定。剛才發生的事只不過是多年前已經開始的一個過程的實現而已。第一步是個秘密的不自覺的念頭；第二步是開始寫日記，他已經從思想進入到了語言，現在又從語言進入到了行動。最後一步則是將在友愛部裏發生事情了。他已經決定接受這個結局。始即是終，終寓於始。但是這有點使人害怕；或者確切地說，這有點像預先嘗一下死亡的滋味，有點像少活幾天。甚至在他同奧勃良說話的時候，當所說的話的含義慢慢明顯以後，他全身感到一陣發冷，打了個寒戰。他有了一種踏進潮濕寒冷的墳墓的感覺，並不因為他早已一直知道墳墓就在前面等候他而感到好過些。

# 7

溫斯頓醒來時眼裏充滿了淚水。裘莉亞睡意很濃地挨近他，嘴裏喃喃地說着大概是「怎麼回事」之類的話。

「我夢見——」他開始說道，馬上又停住了。這夢境太複雜了，說不清楚。除了夢本身之外，還有與夢有關的記憶，那是在醒來以後幾秒鐘之內浮現在他心中的。

他閉上眼睛躺着，仍沉浸在夢境中的氣氛裏。這是一場光亮奪目、場面很大的夢，他的整個一生，好像夏日傍晚雨後的景色一樣，展現在他的面前。這都是在那玻璃紙鎮裏面發生的，玻璃的表面成了蒼穹，蒼穹之下，甚麼東西都充滿了柔和的清澈的光芒，一望無際。這場夢也可以由他母親的手臂的一個動作所概括，實際上，也可以說是他母親的手臂的一個動作所構成的。這個動作在三十年後他又在新聞片中看到了，那就是那個猶太婦女為了保護她的小孩不受子彈的掃射而做的一個動作，但是仍不能防止直升機把她們母子倆炸得粉碎。

「你知道嗎，」他說，「以前我一直以為我母親是我害死的。」

「你為甚麼要害死你的母親？」裘莉亞問道，仍舊在睡夢之中。

「我沒有害死她。沒有在肉體上害死她。」

在夢中，他記起了他對他母親的最後一瞥，醒來以後，圍繞着這夢境的一切細微末節都湧上了心頭。這個記憶他在許多年來是一直有意從他的意識中排除出去的。他已記不得確切日期了，不過這件事發生的時候他大概至少已有十歲了，也可能是十二歲。

他父親在這以前消失了；在這以前究竟多久，他已記不得了。他只記得當時生活很不安定，朝不保夕：經常發生空襲，在地下鐵道車站中躲避空襲，到處都是瓦礫，街頭貼着他所看不懂的公告，穿着同樣顏色襯衫的成群少年，麵包房前長長的隊伍，遠處不斷響起的機槍聲，尤其是，總是吃不飽。他記得每天下午要花許多時間同其他一些孩子在垃圾桶、廢物堆裏撿破爛，甚麼菜幫子，菜葉子，土豆皮，有時甚至還有陳麵包片，撿到這些，他們就小心翼翼地把爐渣扒掉；有時還在馬路上等卡車開過，他們知道這些卡車有固定路線，裝的是餵牛的飼料，在駛過坑坑窪窪的路面時，就會灑出一些豆餅來。

他父親失蹤的時候，他母親並沒有表示奇怪或者劇烈的悲痛，但是一下子就變了一個人。她好像精神上完全垮掉了一樣。甚至連溫斯頓也感到她是在等待一件必然會發生的事。一切該做的事她都照樣在做——燒飯、洗衣、縫補、鋪床、掃地、擇土——但是總是動作遲緩，一點多餘的動作也沒有，好像藝術家的人體模型自己在走動一樣，這使人覺得奇怪。她的體態動人的高大身子似乎自然而然地陷於靜止了。她常常一連好幾小時一動不動地坐在床邊，給他的小妹妹餵奶，他的小妹妹是個體弱多病、非常安靜的嬰兒，只有二三歲，臉上瘦得像隻猴子。她偶然會把溫斯頓緊緊地摟在懷裏，很久很久不說話。他儘管年幼無知，只管自己，但也明白這同要發生的、但是從來沒有提到的事情有關。

他記得他們住的那間屋子，黑暗湫隘，一張白床單鋪蓋的床佔了一半的面積。屋子裏有個煤氣灶，一個食物櫃，外面的台階上有個棕色的陶瓷水池，是幾家合用的。他記得他母親高大的身子彎在煤氣灶上攪動着鍋裏的甚麼東西。他尤其記得他老是肚子餓，吃飯的時候總要吵個不休。他常常一次又一次哼哼唧唧地問他母親，為甚麼沒有更多吃的，他常常向她大喊大鬧（他甚至還記得他自己的嗓門，由於大喊大叫過早地變了音，有時候洪亮得有些奇怪），他也常常為了要分到他一些吃的而偽裝可憐相。他母親是很樂意多分給他一些的。她認為他是個「男孩」，分得最多是當然之理；但是不論她分給他多少，他總是嫌不夠。每次吃飯時她總求他不要自私，不要忘了小妹妹有病，也需要吃的，但是沒有用。她如果不給他多盛一些，他就氣得大喊大叫，把鍋子和勺子從她手中奪過來，或者把他妹妹盆中的東西搶過來。他也明白這麼做，他母親和妹妹得挨餓，但是他沒有辦法；他甚至覺得自己有權這麼做。他肚中的轆轆飢腸似乎就是他的理由。兩餐之間，如果他母親防衛不嚴，他還常常偷吃食物櫃上一點點可憐的貯藏。

有一天發了巧克力的定量供應。過去已經有好幾個星期、好幾個月沒有發了。他還十分清楚地記得那珍貴的一點點巧克力，二両重的一塊（那時候仍用磅秤），三人分。應該分成等量的三塊。但是突然之間，彷彿有人在指使他似的，溫斯頓聽到自己聲如洪鐘的要求，把整塊巧克力都給他。他母親叫他別貪心。接着就是沒完沒了的哼哼唧唧，又是叫，又是哭，眼淚鼻涕，勸誡責罵，討價還價。他的小妹妹雙手緊抱着他母親，活像一隻小猴子，坐在那裏，從他母親的肩後望過來，眨着大眼睛悲傷地看着他。最後他母親把那塊巧克力掰了四分之三，給了溫斯頓，把剩下的四分之一給了他妹妹。那小姑娘拿着巧克力，呆呆地看着，好像不知它是甚麼東西。溫斯頓站着看了一會兒。接着他突然躍身一跳，從他妹妹手中把那塊巧克力一把搶走就跑到門外去了。

「溫斯頓，溫斯頓！」他母親在後面叫他。「快回來！把你妹妹的那塊巧克力還給她！」

他停了下來，但沒有回來。他母親的焦慮眼光盯着他的臉。就是在這個時候，她也在想那就要發生的事，即使他不知道究竟是甚麼。他妹妹這時意識到有東西給搶走了，軟弱地哭了幾聲。他母親摟緊了她，把她的臉貼在自己的胸口上。這個姿勢使溫斯頓意識到他妹妹快要死了。他轉過身去，逃下了樓梯，巧克力捏在手中快要化了，有點黏糊糊的。

他以後沒有再見到他母親。他吃了巧克力以後，覺得有點慚愧，在街頭閒蕩了幾個小時，飢火中燒才驅使他回家。他一回去就發現母親不在了。那個時候，這已成了正常的現象。屋子裏除了他母親和妹妹以外，甚麼都不缺。他們沒有拿走衣服，甚至也沒有拿走他母親的大衣。到今天他還沒有把握，他母親是不是已經死了。完全有可能，她只是給送到強迫勞動營去了。至於他妹妹，很可能像他自己一樣，給送到一個孤兒院裏去了，他們把它叫做保育院，這是在內戰後像雨後春筍似地出現的。她也很可能跟他母親一起去了勞動營，也很可能給丟在甚麼地方，無人過問就這麼死了。

這個夢在他心中仍栩栩如生，特別是那個胳膊一摟的保護姿態，似乎包含了這個夢的全部意義。他又回想到兩個月前的另外一個夢。他的母親同坐在鋪着白床單的床邊抱着孩子一樣，這次是坐在一條沉船裏，掉在他的下面，逐漸往下沉，但仍從越來越發黑的海水中抬頭朝他看。

他把他母親失蹤的事告訴了裘莉亞。她眼也不睜開就翻過身來，蜷縮在他懷裏，睡得更舒服一些。

「你在那時候大概真是頭畜生，」她含糊地說。「孩子們全是畜生。」

「是的。但是這件事的真正意義是——」

從她呼吸聲聽來，顯然她又睡着了。他很想繼續談談他的母親。從他所記得的關於她的情況來看，他想她並不是個不平常的女人，更談不上聰明。但是她有一種高貴的氣派，一種純潔的素質，這只是因為她有自己的行為標準。她有自己的愛憎，不受外界的影響。她從來沒有想到過，沒有效用的事就沒有意義。如果你愛一個人，你就愛他，當你沒有別的東西可以給他時，你仍把你的愛給他。最後一塊巧克力給搶走時，他母親懷裏抱着孩子。這沒有用，改變不了任何東西，並不能變出一塊巧克力來，並不能使那孩子或她自己逃脫死亡；但是她仍抱着她，似乎這是很自然的事。那條沉船上的那個逃難的女人也用她的胳膊護着她的孩子，這像一張紙一樣單薄，抵禦不了槍彈。可怕的是黨所做的事卻是使你相信，僅僅衝動，僅僅愛憎並無任何意義，但同時卻又從你身上剝奪掉一切能夠控制物質世界的力量。你一旦處在黨的掌握之中，不論你有感覺還是沒有感覺，不論你做一件事還是不做一件事，都無關重要。不論怎麼樣，你還是要消失的，不論是你或你的行動，都不會再有人提到。歷史的潮流裏已沒有你的蹤影。但是在兩代之間的人們看來，這似乎並不是那麼重要，因為他們並不想篡改歷史。他們有自己的不加置疑的愛憎作為行為的準則。他們重視個人的關係。一個完全沒有用處的姿態，一個擁抱，一滴眼淚，對將死的人說一句話，都有本身的價值。他突然想到，無產者仍舊是這樣。他們並不忠於一個政黨，或者一個國家，或者一個思想，他們卻相互忠於對方。他有生以來第一次不再輕視無產者，或者只把他們看成是一種有朝一日會爆發出生命來振興全世界的蟄伏的力量。無產者仍有人性。他們沒有麻木不仁。他們仍保有原始的感情，而他自己卻是需要作出有意識的努力才能重新學會這種感情。他這麼想時卻毫不相干地記起了幾星期前他看到人行道上的一隻斷手，他把它踢在馬路邊，好像這是個白菜頭一樣。

「無產者是人，」他大聲說。「我們不是人。」

「為甚麼不是？」裘莉亞說，又醒了過來。

他想了一會兒。「你有沒有想到過，」他說，「我們最好是趁早從這裏出去，以後不再見面？」

「想到過，親愛的，我想到過好幾次了。但是我還是不想那麼做。」

「我們很幸運，」他說，「但是運氣不會很長久。你還年輕。你的外表正常純潔。如果你避開我這種人，你還可以活上五十年。」

「不，我已經想過了。不論你做甚麼，我都要跟着做。別灰心喪氣。我要活命很有辦法。」

「我們可能還可以在一起呆六個月——一年——誰知道。最後我們還是要分手的。你沒有想到我們將來完全是孤獨無援的？他們一旦逮住了我們，我們兩個人是沒有辦法，真的一點也沒有辦法給對方幫甚麼忙的。如果我招供，他們就會槍斃你，如果我拒絕招供，他們也會槍斃你。不管我做甚麼，說甚麼，或者不說甚麼，都不會推遲你的死亡五分鐘。我們不會知道對方是死是活。我們將完全束手無策。有一點是重要的，那就是我們不要出賣對方，儘管這一點也不會造成任何不同。」

「如果你說的是招供，」她說，「那我們還是要招供的。人人都總是招供的。你沒有辦法。他們拷打你。」

「我不是說招供。招供不是出賣。無論你說的或做的是甚麼都無所謂。有所謂的是感情。如果他們能使我不再愛你——那才是真正的出賣。」

她想了一會兒。「這他們做不到，」她最後說。「這是他們唯一做不到的事。不論他們可以使你說些甚麼話，但是他們不能使你相信這些話。他們不能鑽到你肚子裏去。」

「不能，」他比較有點希望地說，「不能；這話不錯。他們不能鑽到你肚子裏去。如果你感到保持人性是值得的，即使這不能有任何結果，你也已經打敗了他們。」

他想到通宵不眠進行竊聽的電幕。他們可以日以繼夜地偵察你，但是如果你能保持頭腦清醒，你仍能勝過他們。他們儘管聰明，但仍無法掌握怎樣探知別人腦袋裏怎樣在想的辦法。但當你落在他們手中時也許不是這樣。友愛部裏的情況究竟如何，誰也不知道，但不妨可以猜一猜：拷打、麻醉藥、測量你神經反應的精密儀器。不給你睡覺和關單獨禁閉造成你精神崩潰、不斷的訊問。無論如何，事實是保不了密的。他們可以通過訊問，可以通過拷打弄清楚。但是如果目標不是活命而是保持人性，那最終有甚麼不同呢？他們不能改變你的愛憎，而且即使你要改變，你自己也無法改變。他們可以把你所做的，或者說的，或者想的都事無巨細地暴露無遺，但是你的內心仍是攻不破的，你的內心的活動甚至對你自己來說也是神秘的。

## 8

他們來了，他們終於來了！

他們站着的那間屋子是長方形的，燈光柔和。電幕的聲音放得很低，只是一陣低聲細語。厚厚的深藍色地毯，踩上去使你覺得好像是踩在天鵝絨上。在屋子的那一頭，奧勃良坐在一張桌邊，桌上有一盞綠燈罩的枱燈，他的兩邊都有一大堆文件。僕人把裘莉亞和溫斯頓帶進來的時候，他連頭也不抬。

溫斯頓的心房跳得厲害，使他擔心說不出話來。他心裏想的只有一句話：他們來了，他們終於來了。到這裏來，本身就是一件冒失的事，兩人一起來就更是純粹的胡鬧。不錯，他們是走不同的路線來的，只是到了奧勃良家的門口才碰頭。但是，光是走進這樣一個地方就需要鼓起勇氣。只有在極偶然的情況下，你才有機會見到核心黨員住宅裏面是甚麼樣子，或者有機會走進到他們的住宅區來。甚麼東西都令人望而生畏——公寓大樓的整個氣氛就不一樣，甚麼東西都十分華麗，甚麼地方都十分寬敞，講究的食品和優質的煙草發出沒有聞慣的香味，電梯升降悄然無聲，快得令人難以置信，穿着白上衣的僕人來回忙碌着。他到這裏來雖然有很好的藉口，但是每走一步總是擔心半路上會突然殺出一個穿黑制服的警衛來，要查看他的證件，把他攆走。但是，奧勃良的僕人二話不說，讓他們兩人進來。他是個小個子，長着黑頭髮，穿着一件白上衣，臉形像塊鑽石，完全沒有表情，很可能是個中國人的臉。他帶他們走過一條過道，地上鋪着柔軟的地毯，牆上糊着奶油色的牆紙，嵌壁漆成白色，一切都是一塵不染，十分清潔。這也使人望而生畏。溫斯頓還記不起曾經在甚麼地方看到過有一條過道的牆上不是由於人體的接觸而弄得污黑的。

奧勃良手裏捏着一張紙條，似乎在專心閱讀。他的粗眉大眼的臉低俯着，使你可以看清他的鼻子的輪廓，樣子可怕，又很聰明。他坐在那裏一動也不動，大約有二十秒鐘。然後他拉過聽寫器來，用各部常用的混合行話，發了一個通知：

「一逗號五逗號七等項完全批准句點六項所含建議加倍荒謬接近罪想取消句點

取得機器行政費用充分估計前不進行建築句點通知完。」

他慢吞吞地從椅子上欠身站了起來，走過無聲的地毯，向他們這邊過來。說完了那些新話，他的官架子似乎放下了一點，但是他的神情比平時嚴肅，好像因為有人來打擾他而很不高興。溫斯頓本來已經感到恐懼，這時卻突然又摻雜了一般的不好意思的心情。他覺得很有可能，自己犯了一個愚蠢的錯誤。他真的有甚麼證據可以確定奧勃良是個政治密謀家呢？只不過是眼光一閃，一句模棱兩可的話，除此之外，只有他自己秘密幻想，那是完全建築在睡夢上的。他甚至不能退而依靠他是來借那本詞典的那個藉口了，因為在那種情況下就無法解釋裘莉亞的在場。奧勃良走過電幕旁邊，臨時想到了一個念頭，就停了下來，轉過身去，在牆上按了一下按鈕。啪的一聲，電幕上的說話聲中斷了。

裘莉亞輕輕驚叫了一聲，即使在心情慌亂中，溫斯頓也驚異得忍不住要說：

「原來你可以把它關掉！」

「是的，」奧勃良說，「我們可以把它關掉。我們有這個特權。」

他這時站在他們前面。他的魁梧的身材在他們兩人面前居高臨下，他臉上的表情仍舊使人捉摸不透。他有點嚴峻地等待着溫斯頓開腔，可是等他說甚麼？就是現在也可以想像，他是個忙人，有人來打擾他，心裏感到很惱火。沒有人說話。電幕關掉後，屋子裏像死一般的靜寂。時間滴答地過去，壓力很大。溫斯頓仍舊凝視着奧勃良的眼睛，但是感到很困難。接着那張嚴峻的臉突然露出了可以說是一絲笑容。奧勃良用他習慣的動作，端正一下他鼻樑上的眼鏡。

「我來說，還是你來說？」他問道。

「我來說吧，」溫斯頓馬上說。「那玩意兒真的關掉了？」

「是的，甚麼都關掉了。這裏就只有我們自己。」

「我們到這裏來，因為——」

他停了下來，第一次發現自己的動機不明。由於他實際上並不知道他能從奧勃良那兒指望得到甚麼幫助，因此要說清楚他為甚麼到這裏來，很不容易。他儘管意識到他說的話聽起來一定很軟弱空洞，還是繼續說道：

「我們相信一定有種密謀，有種秘密組織在進行反對黨的活動，而你是參加的。我們也想參加，為它工作。我們是黨的敵人。我們不相信英社原則。我們是思想犯。我們也是通姦犯。我這樣告訴你是因為我們完全相信你，把我們的命運交給你擺佈。如果你還要我們用其他方式表明我們自己，我們也願意。」

他覺得後面門已開了。就停了下來，回頭一看，果然不錯，那個個子矮小、臉色發黃的僕人沒有敲門就進來了。溫斯頓看到他手中端着一隻盤子，上面有酒瓶和玻璃杯。

「馬丁是咱們的人，」奧勃良不露聲色地説。「馬丁，把酒端到這邊來吧。放在圓桌上，椅子夠嗎？那麼咱們不妨坐下來，舒舒服服地談一談。馬丁，你也拉把椅子過來。這是談正經的。你暫停十分鐘當僕人吧。」

那個小個子坐了下來，十分自在，但仍有一種僕人的神態，一個享受特權的貼身僕人的神態。溫斯頓從眼角望去，覺得這個人一輩子就在扮演一個角色，意識到哪怕暫且停止不演這種角色也是危險的。奧勃良把酒瓶拿了過來，在玻璃杯中倒了一種深紅色的液體。這使溫斯頓模糊地想起很久很久以前在牆上或者看板上看到過的甚麼東西——用電燈泡組成的一隻大酒瓶，瓶口能上下移動，把瓶裏的酒倒到杯子裏。從上面看下去，那酒幾乎是黑色的，但在酒瓶裏卻亮晶晶地像紅寶石。它有一種又酸又甜的氣味。他看見裘莉亞毫不掩飾她的好奇，端起杯子送到鼻尖聞。

「這叫葡萄酒，」奧勃良微笑道。「沒有問題，你們在書上一定讀到過。不過，沒有多少賣給外圍黨的人。」他的臉又嚴肅起來，他舉起杯。「我想應該先喝杯酒祝大家健康。為我們的領袖愛麥虞埃爾．果爾德施坦因乾杯。」

溫斯頓很熱心地舉起了酒杯。葡萄酒是他從書本子上讀到過，很想嚐一下的東西，又像玻璃鎮紙或者卻林頓先生記不清的童謠一樣，屬於已經消失的、羅曼蒂克的過去，他私下裏喜歡把這過去叫做老時光。不知為甚麼緣故，他一直認為葡萄酒味道極甜，像黑莓果醬的味道，而且能馬上使人喝醉。實際上，等到他真的一飲而盡時，這玩意兒卻很使人失望。原來他喝了多年的杜松子酒，已喝不慣葡萄酒了。他放下空酒杯。

「那麼真的有果爾德施坦因這樣一個人？」他問道。

「是啊，有這樣一個人，他還活着。至於在哪裏，我就不知道了。」

「那麼那個密謀——那個組織？這是真的嗎？不是秘密警察的捏造吧？」

「不是，這是真的。我們管它叫兄弟會。除了它確實存在，你們是它的會員以外，你們就別想知道別的了。關於這一點，我等會兒再說。」他看了一眼手錶。「哪怕是核心黨裏的人，把電幕關掉半個小時以上也是不恰當的。你們不應該一起來，走時得分開走。你，同志——」他對裘莉亞點一點頭，「先走。我們大約有二十分鐘的時間可以利用。我首先得向你們提一些問題，這你們想必是能理解的。總的來說，你們打算幹甚麼？」

「凡是我們能夠幹的事，」溫斯頓說。

奧勃良坐在椅上略為側過身來，可以對着溫斯頓。他幾乎把裘莉亞撇開在一邊不顧了，大概是視為當然地認為，溫斯頓可以代表她說話。他的眼皮低垂了一下。他開始用沒有感情的聲音輕輕地提出他的問題，好像是例行公事一般，大多數問題的答案他心中早已有數了。

「你們準備獻出生命嗎？」

「是的。」

「你們準備殺人嗎？」

「是的。」

「你們準備從事破壞活動，可能造成千百個無辜百姓的死亡嗎？」

「是的。」

「你們準備把祖國出賣給外國嗎？」

「是的。」

「你們準備欺騙、偽造、訛詐、腐蝕兒童心靈、販賣成癮毒品、鼓勵賣淫、傳染花柳病──凡是能夠引起腐化墮落和削弱黨的力量的事都準備做嗎？」

「是的。」

「比如，如果把硝鏹水撒在一個孩子的臉上能夠促進我們的事業，你們準備這麼做嗎？」

「是的。」

「你們準備隱姓埋名，一輩子改行去做服務員或碼頭工人嗎？」

「是的。」

「如果我們要你們自殺，你們準備自殺嗎？」

「是的。」

「你們兩個人準備自願分手，從此不再見面嗎？」

「不！」裘莉亞插進來叫道。

溫斯頓覺得半晌說不出話來。他有一陣子彷彿連說話的功能也被剝奪了。他的舌頭在動，但是出不來聲，嘴形剛形成要發一個字的第一個音節，出來的卻是另外一個字的第一個音節，這樣反覆了幾次。最後他說的話，他也不知道怎麼說出來的。他終於說，「不。」

「你這麼告訴我很好，」奧勃良說。「我們必須掌握一切。」

他轉過來又對裘莉亞說，聲音裏似乎多了一些感情。

「你要明白，即使他僥倖不死，也可能是另外一個人了。我們可能使他成為另外一個人。他的臉，他的舉止，他的手的形狀，他的頭髮的顏色，甚至他的聲音也會變了。你自己也可能成為另外一個人。我們的外科醫生能夠把人變樣，再也認不出來。有時這是必要的。有時我們甚至要鋸肢。」

溫斯頓忍不住要偷看一眼馬丁的蒙古人種的臉。他看不到有甚麼疤痕，裘莉亞臉色有點發白，因此雀斑就露了出來，但是她大膽面對着奧勃良。她喃喃地說了句甚麼話，好像是表示同意。

「很好。那麼就這樣說定了。」

桌子上有一隻銀盒子裝着香煙，奧勃良心不在焉地把香煙盒朝他們一推，自己取了一支，然後站了起來，開始慢慢地來回踱步，好像他站着可以更容易思考一些。香煙很高級，煙草包裝得很好，紮紮實實的，煙紙光滑，很少見到。奧勃良又看一眼手錶。

「馬丁，你可以回到廚房去了，」他說。「一刻鐘之內我就打開電幕。你走以前好好看一眼這兩位同志的臉。你以後還要見到他們。我卻不會見到他們了。」

就像在大門口時那樣，那個小個子的黑色眼睛在他們臉上看了一眼。他的態度裏一點也沒有善意的痕跡。他是在記憶他們的外表，但是他對他們並無興趣，至少表面上沒有興趣。溫斯頓忽然想到，也許人造的臉是不可能變換表情的。馬丁一言不發，也沒有打甚麼招呼，就走了出去，悄悄地隨手關上了門。奧勃良來回踱着步，一隻手插在黑制服的口袋裏，一隻手夾着香煙。

「你們知道，」他說，「你們要在黑暗裏戰鬥。你們永遠是在黑暗之中。你們會接到命令，要堅決執行，但不知道為甚麼要發這樣的命令。我以後會給你們一本書，你們就會從中了解我們所生活的這個社會的真正性質，還有摧毀這個社會的戰略。你們讀了這本書以後，就成了兄弟會的正式會員。但是除了我們為之奮鬥的總目標和當前的具體任務之外，其他甚麼也不會讓你們知道的。我可以告訴你們兄弟會是存在的，但是我不能告訴你們它有多少會員，到底是一百個，還是一千萬。從你們切身經驗來說，你們永遠連十來個會員也不認識。你們會有三、四個聯繫，過一陣子就換人，原來的人就消失了。由於這是你們第一個聯繫，以後就保存下來。你們接到的命令都是我發出的。如果我們有必要找你們，就通過馬丁。你們最後被逮到時，總會招供。這是不可避免的。但是你們除了自己幹的事以外，沒有甚麼可以招供。你們至多只能出賣少數幾個不重要的人物。也許你們甚至連我也不能出賣。到時候我可能已經死了，或者變成了另外一個人，換了另外一張臉。」

他繼續在柔軟的地毯上來回走動。儘管他身材魁梧，但他的動作卻特別優雅。甚至在把手插進口袋或者捏着一支香煙這樣的動作中也可以表示出來。他給人一種頗有自信，很體諒別人的印象，甚至超過有力量的印象，但這種體諒帶着譏諷的色彩。他不論如何認真，都沒有那種狂熱分子才有的專心致志的勁頭。他談到殺人、自殺、花柳病、斷肢、換臉形的時候，隱隱有一種揶揄的神情。「這是不可避免的，」他的聲音似乎在說，「這是我們必須毫不猶豫地該做的事。但是等到生活值得我們好好過時，我們就不幹這種事了。」溫斯頓對奧勃良產生了一種欽佩，甚至崇拜的心情。他一時忘記了果爾德施坦因的陰影。你看一眼奧勃良的結實的肩膀，粗眉大眼的臉，這麼醜陋，但是又這麼文雅，你就不可能認為他是可以打敗的。沒有甚麼謀略是他所不能對付的，沒有甚麼危險是他所沒有預見到的。甚至裘莉亞似乎也很受感染。她聽得入了迷，連香煙在手中熄滅了也不知道。奧勃良繼續說：

「你們會聽到關於存在兄弟會的傳說。沒有疑問，你們已經形成了自己對它的形象。你們大概想像它是一個龐大的密謀分子地下網，在地下室裏秘密開會，在牆上刷標語，用暗號或手部的特殊動作互相打招呼。沒有這回事。兄弟會的會員沒有辦法認識對方，任何一個會員所認識的其他會員，人數不可能超過寥寥幾個。就是果爾德施坦因本人，如果落入思想警察之手，也不能向他們提供全部會員名單，或者提供可以使他們獲得全部名單的情報。沒有這種名單。兄弟會所以不能消滅掉就是因為它不是一般觀念中的那種組織。把它團結在一起的，只不過是一個不可摧毀的思想。除了這個思想之外，你們沒有任何東西可以作你們的依靠。你們得不到同志之誼，得不到鼓勵。你們最後被逮住時，也得不到援助。我們從來不援助會員。至多，絕對需要滅口時，我們有時會把一片剃鬚刀片偷偷地送到牢房裏去。你們得習慣於在沒有成果、沒有希望的情況下生活下去。你們工作一陣子以後，就會被逮住，就會招供，就會死掉。這是你們能看到的唯一結果。在我們這一輩子裏，不可能發生甚麼看得見的變化。我們是死者。我們的唯一真正的生命在於將來。我們將是作為一抔黃土，幾根枯骨參加將來的生活。但是這將來距現在多遠，誰也不知道。可能是一千年。目前除了把神志清醒的人的範圍一點一滴地加以擴大以外，別的事情都是不可能的。我們不能採取集體行動。我們只能把我們的思想通過個人傳播開去，通過一代傳一代地傳下去。在思想警察面前，沒有別的辦法。」

他停了下來，第三次看手錶。

「同志，該是你走的時候了。」他對裘莉亞說。「等一等，酒瓶裏還有半瓶酒。」

他斟滿了三個酒杯，然後舉起了自己的一杯酒。

「這次為甚麼乾杯呢？」他說，仍隱隱帶着一點嘲諷的口氣。「為思想警察的混亂？為老大哥的死掉？為人類？為將來？」

「為過去，」溫斯頓說。

「過去更重要。」奧勃良神情嚴肅地表示同意。他們喝乾了酒，裘莉亞就站了起來要走。奧勃良從櫃子頂上的一隻小盒子裏取出一片白色的藥片，叫她銜在舌上。他說，出去千萬不要給人聞出酒味：電梯服務員很注意別人的動靜。她走後一關上門，他就似乎忘掉她的存在了。他又來回走了一兩步，然後停了下來。

「有些細節問題要解決，」他說。「我想你大概有個藏身的地方吧？」

溫斯頓介紹了卻林頓先生舖子樓上的那間房子。

「目前這可以湊合。以後我們再給你安排別的地方。藏身的地方必須經常更換。同時我會把那書送一本給你——」溫斯頓注意到，甚至奧勃良在提到這本書的時候，也似乎是用着重的口氣說的——「你知道，是果爾德施坦因的書，盡快給你。不過我可能要過好幾天才能弄到一本。你可以想像，現有的書不多。思想警察到處搜查銷毀，使你來不及出版。不過這沒有甚麼關係。這本書是銷毀不了的。即使最後一本也給抄走了，我們也能幾乎逐字逐句地再印行。你上班去的時候帶不帶公事包？」

他又問。

「一般是帶的。」

「甚麼樣子？」

「黑色，很舊。有兩條搭扣帶。」

「黑色，很舊，兩條搭扣帶——好吧。不久有一天——我不能說定哪一天——你早上的工作中會有一個通知印錯了一個字，你得要求重發。第二天你上班時別帶公事包。那天路上有人會拍拍你的肩膀說，『同志，你把公事包丟了』。他給你的公事包中就有一本果爾德施坦因的書。你得在十四天內歸還。」

他們沉默不語一會兒。

「還有幾分鐘你就須要走了，」奧勃良說，「我們以後再見——要是有機會再見的話——」

溫斯頓抬頭看他。「在沒有黑暗的地方？」他遲疑地問。

奧勃良點點頭，並沒有表示驚異。「在沒有黑暗的地方，」他說，好像他知道這句話指的是甚麼。「同時，你在走以前還有甚麼話要想說嗎？甚麼信？甚麼問題？」

溫斯頓想了一想，他似乎沒有甚麼問題再要問了；他更沒有想說些一般好聽的話。他心中想到的，不是同奧勃良或兄弟會直接有關的事情，卻是他母親臨死前幾天的那間黑暗的臥室、卻林頓先生舖子樓上的小屋、玻璃紙鎮、花梨木鏡框中那幅蝕刻鋼版畫這一切混合起來的圖像。他幾乎隨口說：

「你以前聽到過一首老歌謠嗎，開頭一句是『聖克利門特教堂的鐘聲說，橘子和檸檬。』」

奧勃良又點一點頭。他帶着一本正經、彬彬有禮的樣子，唱完了這四句歌詞：

聖克利門特教堂的鐘聲說，橘子和檸檬，
聖馬丁教堂的鐘聲說，你欠我三個銅板，
老巴萊教堂的鐘聲說，你甚麼時候歸還？

肖爾迪區教堂的鐘聲說，等我發了財。

「你知道最後一句歌詞！」溫斯頓說。

「是的，我知道最後一句歌詞。我想現在你得走了。不過等一等。你最好也含一片藥。」

溫斯頓站起來時，奧勃良伸出了手。他緊緊一握，把溫斯頓手掌的骨頭幾乎都要捏碎了。溫斯頓走到門口回過頭來，但是奧勃良似乎已經開始把他忘掉了。他把手放在電幕開關上等他走。溫斯頓可以看到他身後寫字桌上綠燈罩的枱燈、聽寫器、堆滿了文件的鐵絲框。這件事情已經結束了。他心裏想，在六十秒鐘之內，奧勃良就已回去做他暫時中斷的為黨做的重要工作。

## 9

溫斯頓累得人都快成凍膠了。「凍膠」，是個很確切的字眼。它是自動在他腦海中出現的。他的身體不但像凍膠那麼軟，而且像凍膠那麼半透明。他覺得要是舉起手來，他就可以看透另一面的光。大量的工作把他全身的血液和淋巴液都擠乾了，只剩下神經、骨骼、皮膚所組成的脆弱架子。所有的知覺都很敏感。穿上制服，肩膀感到重壓；走在路上，腳底感到痠痛；甚至手掌的一張一合也造成關節咯咯的響。

他在五天之內工作了九十多個小時。部裏的人都是如此。現在工作已經結束，到明天早上以前，他幾乎無事可做，任何黨的工作都沒有。他可以在那個秘密的幽會地方呆六個小時，然後回自己家中的床上睡九個小時。在下午溫煦的陽光照沐下，他沿着一條骯髒的街道，朝着卻林頓先生的舖子慢慢地走去，一邊留神注意着有沒有巡邏隊，一邊又毫無理由地認為這天下午不會有人來打擾他。他的公事包沉甸甸的，每走一步就碰一下他的膝蓋，使他的大腿的皮膚感到上下一陣發麻。公事包裏放着那本書，他到手已有六天了，可是還沒有打開來過，甚至連看一眼也沒有看過。

仇恨週已進行了六天，在這六天裏，天天是遊行、演講、呼喊、歌唱、旗幟、標語、電影、蠟像、敲鼓、吹號、齊步前進、坦克咯咯、飛機轟鳴、炮聲隆隆。在這六天裏，群眾的情緒激動得到了最高峰。大家對歐亞國的仇恨沸騰得到了發狂的程度，要是在那最後一天要公開絞死的二千名歐亞國戰俘落入群眾之手的話，他們毫無疑問地會被撕成粉碎。就在這個時候忽然宣佈，大洋國並沒有在同歐亞國作戰。

大洋國是在同東亞國作戰。歐亞國是個盟國。

當然，沒有人承認發生過甚麼變化。只不過是極其突然地，一下子到處都讓人知道了：敵人是東亞國，不是歐亞國。溫斯頓當時正在倫敦的一個市中心廣場參加示威。時間是在夜裏，人們的蒼白的臉和鮮紅的旗幟都沐浴在強烈的泛光燈燈光裏。廣場裏擠滿了好幾千人，其中有一批大約一千名學童，穿着少年偵察隊的制服，集中在一起。在用紅布裝飾的台上，一個核心黨的黨員在發表演講，他是個瘦小的人，胳臂卻長得出奇，與身材不合比例，光禿的大腦袋上只有少數幾綹頭髮。他是個像神話中的小妖精式的人物，滿腔仇恨，一手抓着話筒，一手張牙舞爪地在頭頂上揮舞，這隻手長在瘦瘦的胳臂上，顯得特別粗大。他的講話聲音從擴大器中傳出來，特別洪亮刺耳，沒完沒了地列舉一些暴行、屠殺、驅逐、搶劫、強姦、虐待俘虜、轟炸平民、撒謊宣傳、無端侵略、撕毀條約的罪狀。聽了以後無法不相信他，也無法不感到憤怒。隔幾分鐘，群眾的情緒就激憤起來，講話人的聲音就被淹沒在好幾千人不可控制地提高嗓門喊出來的野獸般咆哮之中。最野蠻的喊叫聲來自那些學童。那人大約已經講了有二十分鐘的時候，有一個通訊員急急忙忙地走上了講台，把一張紙遞到講話人的手裏。他打開那張紙，一邊繼續講話，一邊看了那張紙。他的聲音和態度都一點也沒有變，他講話的內容也一點沒有變，但是突然之間，名字卻變了。不需要說甚麼話，群眾都明白了，好像一陣浪潮翻過去似的。大洋國是在同東亞國打仗！接着就發生了一場大混亂。廣場上掛的旗幟、招貼都錯了！其中一半所畫的臉就不對。這是破壞！這是果爾德施坦因的特務搞的！於是大家亂哄哄地把招貼從牆上揭下來，把旗幟撕得粉碎，踩在腳下。少年偵察隊的表現特別精彩，他們爬上了屋頂，把掛在煙囱上的橫幅剪斷。不過在兩三分鐘之內，這一切就都結束了。講話的人仍抓着話筒，向前聳着肩膀，另外一隻手在頭上揮舞，繼續講話。再過一分鐘，群眾中又爆發出一陣憤怒的吼聲。仇恨繼續進行，一如既往，只是已換了對象。

溫斯頓後來回顧起來感到印象深刻的是，那個講話的人居然是在一句話講到一半的時候轉換對象的，不僅沒有停頓一下，甚至連句子結構都沒有打亂。不過當時有另外的事情分了他的心。那是發生在揭招貼的混亂的時候，有一個人連長得怎麼樣他也沒有瞧清，拍拍他的肩膀說，「對不起，你大概把你的公事包丟了。」他二話不說，心不在焉地把公事包接了過來。他知道要過好幾天才有機會看公事包裏的東西。示威一結束，他就回到真理部裏，儘管已經快二十三點了。部裏的全體工作人員也都已回來。電幕上已經發出指示，要他們回到工作崗位，不過完全沒有必要發這指示。

大洋國在同東亞國作戰：大洋國一向是在同東亞國作戰。五年來的政治文籍現在有一大部份完全要作廢了。各種各樣的報告、記錄、報紙、書籍、小冊子、電影、錄音帶、照片——這一切都得以閃電速度加以改正。雖然沒有發出明確指示，不過大家都知道，紀錄司的首長要在一個星期之內做到任何地方都沒有留下曾經提到與歐亞國打過仗，同東亞國結過盟的材料。工作量嚇人，尤其是因為這件事不能明說。紀錄司人人都一天工作十八小時，分兩次睡覺，一次睡三小時。地下室裏搬來了床墊，在走廊裏到處都鋪開了。吃飯由食堂服務員用小車推來，吃的是夾肉麵包和勝利牌咖啡。溫斯頓每次停下工作去睡一小時，總盡量把桌面上的工作處理乾淨，但每次他睡眼惺忪、腰痠背痛地回來時，桌上又是文件山積，幾乎把聽寫器也掩沒了，還掉落在地上，因此第一件事就是把它們好歹整理一下，好騰出地方來工作。最糟糕的是，這項工作一點也不是純粹機械性的。儘管在大多數的情況下，這不過是更換一下名字，但是一些詳細的報道就需要你十分仔細，需要你發揮想像力。為了要把戰爭從世界上的這一地區挪到另外一個地區，你所需要的地理知識也很驚人。

到第三天，他的眼睛痛得無法忍受，每隔幾分鐘就需要把眼鏡擦一擦。這好像是在努力完成一項繁重的體力工作，你有權利拒絕不幹，但又急於想完成，這種心情甚至是有點神經質的。如果他有時間來記的話，對於他在聽寫器上說的每一句話，他的墨水鉛筆的每一筆勾畫都是蓄意說謊這一點，他並不感到不安。他像司裏的每一個人一樣，竭力想把謊話圓得很完美。到第六天早晨，紙條慢慢地減少了。有半小時之久，氣力傳送管裏沒有送東西出來。後來又送來一條，接着就沒有了。幾乎在同一時候，到處工作都搞完了。整個司裏的人都深深地——也是暗地裏——鬆了一口氣。完成了一項偉大的任務，但是誰也不會提到這件事。現在無論哪一個人都無法用文件來證明曾經同歐亞國打過仗。到十二點鐘的時候突然宣佈全部工作人員放假到明天早晨。溫斯頓在工作的時候，把那裝着那本書的公事包放在兩隻腳之間，睡覺的時候放在枕頭下，這時就提着它回了家，刮了鬍子，洗了一個澡，儘管水不熱，幾乎一邊洗一邊就在澡盆裏睡着了。

他爬上卻林頓先生舖子的樓梯時，全身關節咯咯作響。他很疲倦，但是已沒有睡意。他打開窗戶，點燃了骯髒的小煤油爐，放了一壺水在上面準備燒咖啡。裘莉亞馬上就來；同時還有那本書。他在那張邋遢的沙發上坐下來，把公事包的搭扣帶鬆開。

這是一本黑面厚書，自己裝訂的，封面上沒有書名或作者名字。印刷的字體也有點不規則。書頁邊上都有點揉爛了，很容易掉頁，看來這本書已轉了好幾個人之手。書名扉頁上印的是：

寡頭政治集體主義的理論與實踐

愛麥虞埃爾・果爾德施坦因著

〔溫斯頓開始閱讀。〕

第一章

無知即力量

有史以來，大概自從新石器時代結束以來，世上就有三種人，即上等人、中等人、下等人。他們又再進一步分為好幾種，有各種各樣不同的名字，他們的相對人數和他們的相互態度因時代而異；但是社會的基本結構不變。即使在發生了大動盪和似乎無法挽回的變化以後，總又恢復原來的格局，好像陀螺儀總會恢復平衡一樣，不管你把它朝哪個方向推着轉。這三種人的目標是完全不可調和的……

溫斯頓停了下來，主要是為了要享受一下這樣的感覺：他是在舒服和安全的環境中讀書。他獨處一室，沒有電幕，隔牆無耳，不需要神經緊張地張望一下背後有沒有人在偷看，或者急於用手把書掩上。夏天的甜蜜空氣吻着他的雙頰。遠處不知甚麼地方傳來了孩子們的隱隱約約的叫喊聲。屋子裏面，除了時鐘滴答之外，寂然無聲。他在沙發上再躺下一些，把腳擱在壁爐擋架上。這真是神仙般的生活，但願能永生永世地過下去。在你搞到一本你知道最後總要一讀再讀的書的時候，你往往會無目的地翻開到一個地方，隨便讀一段；他現在也是這樣，翻開的地方正好是第三章。於是他又讀了下去：

**第三章**

**戰爭即和平**

世界分成三大超級國家是一件在二十世紀中葉前即可預料到的事情。俄國併吞了歐洲，美國併吞了英帝國以後。目前的三大強國就有了兩個開始有效的存在：歐亞國和大洋國。第三個東亞國是在又經過十年混戰以後出現的。這三個超級大國的邊界，有些地方是任意劃定的，另外一些地方視戰爭的一時勝負而有變化，但是總的來說，按地理界線而劃分。歐亞國佔歐亞大陸的整個北部，從葡萄牙到白令海峽。大洋國佔南北美，大西洋各島嶼，包括英倫三島，澳大利亞和非洲南部。東亞國較其他兩國為小，佔中國和中國以南諸國以及日本各島和滿洲、蒙古、西藏大部，但經常有變化，其西部邊界不甚明確。

這三個超級國家永遠是拉一個打一個，與這個結盟，與那個交戰，過去二十五年以來一直如此。但是戰爭已不再像二十世紀初期幾十年那種的你死我活的毀滅性鬥爭，而是交戰雙方之間的目標有限的交鋒，因為雙方都沒有能力打敗對方，也沒有打仗的物質原因，更沒有任何真正意識形態上的分歧，這並不是說，不論戰爭方式也好，對戰爭的態度也好，已不是那麼殘酷，或者比較俠義一些了。不是那樣。相反，在所有三國之中，戰爭歇斯底里是長期持續、普遍存在的，像強姦、搶劫、殺戮兒童、奴役人民、對戰俘進行報復，甚至燒死活埋，這樣的事情都被視為家常便飯，若是我方而不是敵方所為，則更被認為為國盡忠，為民立功。但在實際上，戰爭影響所及只有少量的人，大多是有高度訓練的專家，相對地來說，造成的傷亡較少。若有戰爭發生，一般都在遙遠的邊界，確切的地點一般人只能猜測而已，或者在守衛海道戰略要衝的水上浮動堡壘附近。在文明的中心，戰爭的意義不過是消費品長期發生短缺，偶爾掉下一顆火箭彈，造成幾十人死亡，如此而已。事實上，戰爭已經改變了性質。確切地說，進行戰爭的原因的重要性次序已經改變。有些戰爭動機在二十世紀初期的幾次大戰中已經存在，只是程度較小，如今卻佔了支配的地位，得到有意識的承認和實行。

要了解目前的戰爭——儘管每隔幾年友敵關係總要發生變化，但戰爭還是那場戰爭——的性質，我們首先必須認識到，這場戰爭是打不出一個結局來的。三個超級國家中的任何一國都不可能被任何兩國的聯盟所絕對打敗。它們都勢均力敵，天塹一般的防禦條件不可逾越。歐亞國的屏障是大片陸地，大洋國是大西洋和太平洋，東亞國是居民的多產勤勞。其次，從物質意義上來說，已不再有打仗的動機。由於建立了自給自足的經濟，生產與消費互相配合，爭奪市場原來是以前戰爭的主要原因，現在已告結束，爭奪原料也不再是生死攸關的事。反正這三個超級國家幅員都很廣大，凡是所需資源幾乎都可以在本國疆界之內獲得。如果戰爭還有甚麼直接經濟目的的話，那就是爭奪勞動力了。在三個超級國家之間，大體上有一塊四方形的地區，以丹吉爾、布拉柴維爾、達爾文港和香港為四個角，在這個地區裏人口佔全世界大約五分之一，這個地區從來沒有長期屬於任何一國。就是為了爭奪這人口稠密的地區和北極的冰雪地帶，三個大國不斷地在角逐。實際上從來沒有一個大國曾經控制過這個爭奪地區的全部。其中部份地區曾經不斷易手，所以造成友敵關係不斷的改變，就是因為這樣就有機會可以靠突然叛變而爭奪到一塊地方。

這些爭奪地區都有寶貴的礦藏，其中有些地方還生產重要的植物產品，例如橡膠，這在寒冷地帶必須用成本較大的方法來人工合成。但是主要是這些地方有無窮無盡的廉價勞動力儲備。不論哪一大國控制了赤道非洲，或者中東國家，或者南印度或者印尼群島，手頭也就掌握了幾十億報酬低廉、工作辛苦的苦力。這些地區的居民多多少少已經毫不掩飾地淪為奴隸，不斷地在征服者中間換手，當作煤或石油一樣使用，為的是要生產更多的軍備，佔領更多的領土，控制更多的勞動力，再生產更多的軍備，佔領更多的領土，控制更多的勞動力，如此周而復始，一而再再而三地繼續下去，永無休止。應該指出，戰爭從來沒有真正超出爭奪地區的邊緣。歐亞國的邊界在剛果河盆地與地中海北岸之間伸縮，印度洋和太平洋的島嶼則不斷被大洋國或東亞國輪流佔領。在蒙古，歐亞國和東亞國的分界線從來沒有穩定過。在北極周圍，三大國都聲稱擁有廣大領土，實際上這些地方都杳無人煙，未經勘探。不過力量對比卻一直總保持大致上的平衡，每個超級國家的心臟地帶一直總沒有被侵犯過。此外，赤道一帶被剝削人民的勞動力，對於世界經濟來說，並非真正不可或缺。他們對世界財富並不增添甚麼，因為不論他們生產甚麼東西，都用於戰爭目的，而進行戰爭的目的總是爭取能夠處在一個較有利的地位以便進行另一場戰爭。這些奴隸人口的勞動力可以增快那場延續不斷的戰爭的速率。但如果沒有他們的存在，世界社會的結構，以及維持這種結構的方法，基本上不會有甚麼不同。

現代戰爭的重要目的（按照雙重思想的原則，核心黨裏的指導智囊是既承認又不承認的）是盡量用完機器的產品而不提高一般的生活水平。自從十九世紀末葉以來，工業社會中就潛伏着如何處理剩餘消費品的問題。在目前，很少人連飯也吃不飽，這個問題顯然並不迫切，即使沒有人為的破壞在進行，這個問題可能也不會迫切。今天的世界同一九一四年以前相比，是個貧瘠的、飢餓的、破敗的地方，如果同那個時代的人所展望的未來世界相比，更是如此。在二十世紀初期，凡是有文化的人的心目中，幾乎莫不認為未來社會令人難以相信的富裕、悠閒，秩序井然、效率很高——這是一個由玻璃、鋼筋、潔白的混凝土構成的晶瑩奪目的世界。科學技術當時正在神速發展，一般人很自然地認為以後也會這樣繼續發展下去。但是後來卻沒有如此，一部份原因是長期不斷的戰爭造成了貧困，一部份原因是科學技術的進步要依靠根據經驗的思維習慣，而在一個嚴格管制的社會裏，這種習慣是不能存在的。總的來說，今天的世界比五十年前原始。有些落後地區固然有了進步，不少技術——多少總是與戰爭和警察偵探活動有關——有了發展，但大部份試驗和發明都停頓下來，五十年代原子戰爭所造成的破壞從來沒有完全復原。儘管如此，機器所固有的危險仍舊存在。從機器問世之日起，凡是有識之士無不清楚，人類就不再需要從事辛勞的體力勞動了，因而在很大程度上也不再需要人與人之間保持不平等了。如果當初有意識地把機器用於這個目的，甚麼飢餓、過度的勞動、污穢、文盲、疾病都可以在幾代之內一掃而空。事實上，在十九世紀末葉和二十世紀初葉相交之間的大約五十年裏，機器雖然沒有用於這樣的目的，但是由於某種自動的過程，所生產的財富有時候不得不分配掉，客觀上確實大大地提高了一般人的生活水平。

但同樣清楚的是，財富的全面增長有毀滅——從某種意義上來說，的確是毀滅——等級社會的威脅。世界上如果人人都工作時間短、吃得好、住的房子有浴室和電冰箱，私人有汽車甚至飛機，那麼最重要形式的不平等也許早已消失了。財富一旦普及，它就不分彼此。沒有疑問，可以設想有這樣一個社會，從個人財物和奢侈品來說，財富是平均分配的，而權力仍留在少數特權階層人物的手中。但是實際上這種社會不能保持長期穩定。因為，如果人人都能享受閒暇和生活保障，原來由於貧困而愚昧無知的絕大多數人就會學習文化，就會獨立思考；他們一旦做到這一點，遲早就會認識到少數特權階層的人沒有作用，他們就會把他們掃除掉。從長期來看，等級社會只有在貧困和無知的基礎上才能存在。二十世紀初期有些思想家夢想恢復到過去的農業社會，那不是實際的解決辦法。那同機械化的趨勢相衝突，而後一個趨勢在整個世界裏都已幾乎帶有本能性質了，何況，任何國家要是工業落後，軍事上就會束手無策，必然會被比較先進的敵國所直接或間接控制。

用限制生產來保持群眾貧困，也不是個令人滿意的解決辦法。在資本主義最後階段，大概在一九二零年到一九四零年之間曾經大規模這麼做過。許多國家聽任經濟停滯，土地休耕，資本設備不增，大批人口不給工作而由國家救濟，保持半死半活。但這也造成軍事上的孱弱，由於它所造成的貧困並無必要，必然會引起反對。因此問題是，如何維持經濟的輪子繼續轉動而又不增加世界上的真正財富。物品必須生產，但不一定要分配出去。在實踐中，要做到這一點的唯一辦法是不斷打仗。

戰爭的基本行為就是毀滅，不一定是毀滅人的生命，而是毀滅人類的勞動產品。有些物資原來會使得群眾生活得太舒服了，因而從長期來說，也會使得他們太聰明了，戰爭就是要把這些物資打得粉碎，化為輕煙，沉入海底。戰爭武器即使沒有實際消耗掉，但繼續製造它們，仍是一方面消耗勞動力而另一方面又不生產消費品的方便辦法。例如水上浮動堡壘所耗勞動力可以製造好幾百艘貨輪。最後因為陳舊而把它拆卸成為廢料，這對無論誰都沒有物質上的好處，但為了建造新的水上浮動堡壘，卻又要花大量勞動力。原則上，戰爭計劃總是以在滿足了本國人口最低需要後把可能剩餘的物資耗盡為度。實際上，對於本國人口的需要，估計總是過低，結果就造成生活必需品有一半長期短缺；但這被認為是個有利條件。甚至對受到優待的一些階層，也有意把他們保持在艱苦的邊緣上徘徊，其所以採取這一方針，是因為在普遍匱乏的情況下，小小的特權就能夠顯得更加重要，從而擴大各個階層間的差別。按二十世紀初期的標準來看，甚至核心黨內人物的生活條件，也是夠艱苦樸素的。但是，他所享有的少數奢侈條件——設備完善的寬敞住處、料子較好的衣着、品質較好的飲食煙酒、兩三個僕人、私人汽車或直升機——使他所處境況與外圍黨員迥然不同，而外圍黨員同我們稱為「無產者」的下層群眾相比，又處在類似的有利地位。整個社會的氣氛就是一個圍城的氣氛，誰有一塊馬肉就顯出了貧富的差異。同時，因在打仗，自有危險，結果就是，要維持生存，把全部權力交給一個少數人階層就自然成了不可避免的條件。

下文還要述及，戰爭不僅完成了必要的毀壞，而且所用方式在心理上是可以接受的。原則上，要浪費世上的剩餘勞動力，盡可以修廟宇、蓋殿堂、築金字塔，挖了地洞再埋上，甚至先生產大量物品然後再付諸一炬。但這只能為等級社會提供經濟基礎，而不能提供感情基礎。這裏操心的不是群眾的情緒，群眾的態度無關緊要，只要他們保持不斷工作就行；要操心的是黨員的情緒。甚至最起碼的黨員，也要使他既有能力，又很勤快，在很有限的限度內還要聰明，但是他也必須是個容易輕信、盲目無知的狂熱信徒，這種人的主導情緒是恐懼、仇恨、頌讚、欣喜若狂，換句話說，他的精神狀態必須要同戰爭狀態相適應。戰爭是不是真的在打，這無關緊要，戰爭打得好打得壞，由於不可能有決定性的勝利，也無關緊要。需要的只是要保持戰爭狀態的存在。黨所要求於它黨員的，是智力的分裂，這在戰爭的氣氛中比較容易做到，因此現在已經幾乎人人都是如此，地位越高，這種情況越顯著。戰爭歇斯底里和對敵仇恨在核心黨內最為強烈。核心黨員擔任行政領導，常常必須知道某一條戰訊不確，他可能常常發現，整個戰爭是假的，或者根本沒有發生，或者其目的完全不是所宣佈的目的；但是這種知識很容易用雙重思想的辦法來加以消除。同時，核心黨員都莫名其妙地相信戰爭是真的，最後必勝，大洋國將是全世界無可爭議的主人，但他們決不會有人對這種信念會有片刻的動搖。

核心黨員人人都相信這未來的勝利，把它當作一個信條。達到最後勝利的方法，或者是逐步攻佔越來越多的領土，確立壓倒優勢的力量，或者是發明某種無敵新式武器。謀求發明新式武器的工作繼續不斷，凡是有創造性頭腦的人或者喜歡探索的人要為他們過剩的智力找個出路，這是極少數剩下來的活動之一。目前在大洋國，舊觀念的科學幾乎已不再存在。新話裏沒有「科學」這一詞彙。過去所有的科學成就，其基礎就是根據經驗的思維方法，但這違反英社的最根本原則。甚至技術進步也只有在其產品能夠在某種方式上用於減少人類自由時才能達到。在一切實用藝術方面，不是停滯不前，就是反而倒退了。土地由馬拉犁耕種，而書籍卻用機器寫作。但在至關緊要的問題上——實際上就是說戰爭和警察偵探活動上——卻仍鼓勵經驗的方法，或者至少是容忍這種方法的。黨有兩個目的，一個是征服整個地球，一個是永遠消滅獨立思考的可能性。因此黨急於要解決的也有兩個大問題。一個是如何在違背一個人本人意願情況下發現他在想些甚麼，另外一個是如何在幾秒鐘之內未加警告就殺死好幾億人。如果說目前還有科學研究在進行的話，這就是研究的題目。今天的科學家只有兩類。一類是心理學家兼刑訊官，他們能極其細緻地研究一個人面部表情、姿態、聲調變化的意義，試驗藥物、震盪療法、催眠、拷打的逼供效果。

另外一類是化學家、物理學家、生物學家，他們只關心自己專業中同殺人滅生有關的學科。在和平部的龐大實驗室裏，在巴西森林深處的試驗站裏，或者在澳大利亞的沙漠裏，或者在南極的人跡不到的小島上，一批批的專家們都在不知疲倦地工作。有的一心制訂未來戰爭的後勤計劃；有的在設計體積越來越大的火箭彈，威力越來越強的爆炸物，厚度越來越打不穿的裝甲板；有的在尋找更致命的新毒氣，或者一種可以大量生產足以滅絕整個大陸的植物的可溶毒藥，或者繁殖不怕一切抗體的病菌；有的在努力製造一種像潛艇能在水下航行一樣能在地下行駛的車輛，或者像輪船一樣可以脱離基地而獨立行動的飛機；有的在探索甚至更加可望而不可及的可能性。例如通過架在幾千公里以外空間的透鏡把太陽光束集中焦點，或者開發地球中心的熱量來製造人為的地震和海嘯。

但是這些計劃沒有一項曾經接近完成過，這三個超級國家沒有一個能比別的兩國佔先一步。更使人奇怪的是，這三個大國由於有了原子彈，實際上已經擁有了一種武器，其威力比它們目前在從事研究的武器大得不知多少。雖然由於習慣使然，黨總是説原子彈是它發明的，實際上原子彈早在一九四零年就問世了，十年後就首次大規模使用。那時在許多工業中心，主要是在歐俄、西歐、北美，扔下了幾百個原子彈。結果使得所有國家的統治集團相信，再扔幾個原子彈，有組織的社會就完了，那樣他們的權力也就完了。自此以後，雖然沒有簽訂甚麼正式協定，也沒暗示有甚麼正式協定，原子彈就沒有再扔。不過三大國還是繼續製造原子彈，儲存起來以備他們都相信遲早有一天要決戰時使用。與此同時，三四十年之內戰爭藝術幾乎沒有甚麼進展。當然，直升機比以前的用途更廣，轟炸機基本上為自動推進的投射體所代替，脆弱的軍艦讓位於幾乎不沉的水上浮動堡壘，但除此以外，很少變化。坦克、潛艇、魚雷、機槍甚至步槍和手榴彈仍在使用。儘管報上和電幕上不斷報道殺戮仍在無休無止的進行，但從來沒有再重演過以前的戰爭中常常幾個星期就殺死成千上萬甚至幾百萬人的那樣殊死大戰。

三個超級國家都從來沒有想採取會有嚴重失敗危險的戰略。凡要採取大規模的行動時，總對盟國進行突然襲擊。三大國採取的戰略，或者偽裝採取的戰略都是一樣的。那就是用打仗、談判、時機選得恰到好處的背信棄義等種種手段，獲得一系列基地，把敵國完全包圍起來，然後同該敵國簽訂友好條約，保持幾年和平狀態，使對方麻痺大意放鬆警惕。在這期間把裝好的原子彈的火箭部署在一切戰略要地，最後萬箭齊發，使得對方遭到致命破壞，根本不可能進行報復。這時便同另外剩下的那個世界大國簽訂友好條約，準備另一次突然襲擊。不用說，這種計劃完全是做白日夢，不可能實現。此外，除了在赤道一帶和北極周圍的爭奪地區之外，並沒有發生過戰事；對敵國領土也從來沒有進犯過。這說明了超級國家之間有些地方的國界為甚麼是隨意劃定的。例如，歐亞國完全可以輕易地征服英倫三島，後者在地理上是歐洲的一部份，另一方面，大洋國也可以把它的疆界推到萊茵河，甚至到維斯杜拉河。但是這就違反了文化統一的原則，這是各方面都遵循的原則，儘管沒有明確規定。如果大洋國要征服原來一度稱為法蘭西和德意志的地方，這就需要或者消滅其全部居民，這項任務有極大的實際困難，或者同化大約為數一億、就技術發展來說大致與大洋國同等水平的人民。三大超級國家的問題都是一樣的。從它們結構來說，絕不能與外國人有任何來往，除非是同戰俘或有色人種奴隸進行程度有限的來往。即使對當前的正式盟國也總是極不信任。除了戰俘以外，大洋國普通公民從來沒有見到過歐亞國或東亞國的一個公民，而且他也不得掌握外語。如果他有機會接觸外國人，他就會發現外國人同他自己一樣也是人，他所聽到的關於外國人的話大部份都是謊言。他所生活的封閉天地就會打破，他的精神所依的恐懼、仇恨、自以為是就會化為烏有。因此三方面都認識到，不論波斯、埃及、爪哇、錫蘭易手多麼頻仍，但除了炸彈以外，主要的疆界決不能越過。

在這裏面有一個事實從來沒有大聲提到過，但是大家都是默認的，並且一切行動都是根據它來採取的，那就是：三個超級國家的生活基本上相同。大洋國實行的哲學叫英社原則，歐亞國叫新布爾什維主義，東亞國叫的是個中文名字，一般譯為「崇死」，不過也許還是譯為「滅我」為好。大洋國的公民不許知道其他兩國的哲學信條，但是卻受到憎恨的教育，把它們看作是對道德和常識的野蠻踐踏。實際上這三種哲學很難區分，它們所擁護的社會制度也根本區別不開來。到處都有同樣的金字塔式結構，同樣的對一個半神領袖的崇拜，同樣的靠戰爭維持和為戰爭服務的經濟。因此，三個超級國家不僅不能征服對方，而且征服了也沒有甚麼好處。相反，只要它們繼續衝突，它們就等於互相支撐，就像三捆堆在一起的秫秸一樣。而且總是那樣，這三個大國的統治集團對於對方在幹些甚麼又知道又不知道。他們一生致力於征服全世界，但是他們也知道，戰爭必須永遠持續下去而不能有勝利。同時，由於沒有被征服的危險，就有可能不顧現實，這是英社原則和它的敵對思想體系的特點。這裏有必要再說一遍上面所說過的話，戰爭既然持續不斷，就從根本上改變了自己的性質。

在過去的時代裏，戰爭按其定義來說，遲早總要結束，一般非勝即敗，毫不含糊。而且在過去，戰爭也是人類社會同實際現實保持接觸的主要手段之一。歷代的統治者都想要他們的人民對客觀世界接受一種不符實際的看法，但是任何幻覺若有可能損害軍事效能，他們決不能鼓勵的。只要戰敗意味着喪失獨立，或任何其他的一般認為不好的結果，就必須認真採取預防戰敗的措施。因此實際方面的事實不能視而不見。在哲學、宗教、倫理、政治方面，二加二可能等於五，但你在設計槍炮飛機時，二加二只能等於四。效能低劣的民族遲早要被征服，要提高效能，就不能有幻覺。此外，要有效能，必須能夠向過去學習，這就需要對過去發生的事有個比較正確的了解。當然，報紙和歷史書總帶有色彩和偏見，但今天實行的那種偽造就不可能發生。戰爭是保持神志清醒的可靠保障，就統治階級而言，這也許是所有保障中最重要的保障。戰爭雖有勝負，但任何統治階級都不能完全亂來。

但是等到戰爭確實是名副其實的持續不斷時，它也就不再有危險性了。戰爭持續不斷後，就不再有軍事必要性這種事情了。技術進步可以停止，最明顯的事實可以否認或不顧。上面已經説過，夠得上稱為科學的研究工作仍在為戰爭目的而進行，但基本上是一種白日夢，它不能產生成效，但這並不重要。效能，甚至軍事效能，都不再需要。在大洋國裏，除了思想警察以外，沒有任何事情是有效能的。這三個超級國家沒有一個是可以征服的，因此，每一個國家實際上都是個單獨的天地，怎麼樣顛倒黑白、混淆是非，都沒有關係。現實僅僅通過日常生活的需要才使人感到它的壓力，那就是吃飯喝水的需要，住房穿衣的需要，避免誤喝毒藥或失足掉下高樓等等的需要。在生與死之間，在肉體享受和肉體痛苦之間，仍有差別，但是僅此而已。大洋國公民與外界隔絕，與過去隔絕，就像生活在星際的人，分不清上下左右。這種國家的統治者是絕對的統治者，彷彿法老或愷撒。他們可不能讓他們統治下的人民大批餓死，數目大到對自己不利的程度；他們也必須在軍事技術上保持同他們敵手一樣低的水平；但是一旦達到了最低限度，他們就可以隨心所欲地歪曲現實。

因此，按以前的戰爭標準來看，現在的戰爭完全是假的。這好像是兩頭反芻動物，頭上的角所頂的角度都不會使對方受傷。但是，儘管戰爭不是真的，卻不是沒有意義的。它耗盡了剩餘消費品，這就能夠保持等級社會所需要的特殊心理氣氛。下文就要說到，戰爭現在純粹成了內政。過去各國的統治集團可能認識到共同利益，因此對戰爭的毀滅性雖然加以限制，但還是互相廝殺的，戰勝國總是掠奪戰敗國。而在我們的時代裏，他們互相根本不廝殺了。戰爭是由一國統治集團對自己的老百姓進行的，戰爭的目的不是征服別國領土或保衛本國領土，戰爭的目的是保持社會結構不受破壞。因此，「戰爭」一詞已名不副實。如果說戰爭由於持續不斷已不復存在，此話可能屬實。人類在新石器時代到二十世紀初期之間受到的這種特殊壓力，現在已經消失，而由一種完全不同的東西所取代。如果三個超級國家互相不打仗，而同意永遠和平相處，互不侵犯對方的疆界，效果大概相同。因為在那樣情況下，每一國家仍是一個自給自足的天地，永遠不會受到外來危險的震動。因此真正永久的和平同永久的戰爭一樣。這就是黨的口號「戰爭即和平」的內在含義，不過大多數黨員對此了解是很膚淺的。

溫斯頓暫停一下，沒有繼續讀下去。遠處不知甚麼地方爆發了一顆火箭彈。在一間沒有電幕的屋子裏一個人關起門來讀禁書的世外桃源之感還沒有消失。他的與眾隔絕和安全的感覺裏，還有點身體的乏意、沙發的軟意、窗外吹進來的微風吻着他的臉頰的癢意。這本書使他神往，或者更確切地說，使他感到安心。應該說，它並沒有告訴他甚麼新的東西，但這卻是吸引他的一部份原因。它說出了他要說的話，如果他能夠把他的零碎思想整理出來的話，他也會這麼說的。寫這本書的人的頭腦同他的頭腦一樣，只是比他要有力得多，系統得多，無畏得多。他覺得，最好的書，是把你已經知道的東西告訴你的書。他剛把書翻回到第一章就聽到裘莉亞在樓梯上的腳步聲，他站起來去迎接她。她把棕色的工具袋往地上一摞，投入了他的懷抱。他們距上次見面已有一個星期了。

「我搞到那本書了，」他們擁抱了一會兒後鬆開時，他告訴她。

「哦，你搞到了嗎？那很好，」她沒有太多興趣地說，馬上蹲在煤油爐旁邊做起咖啡來。

他們上了床半小時後才又回到了這個話題。夜晚很涼爽，得把床罩揭起來蓋上身子。下面傳來了聽熟了的歌聲和鞋子在地上來回的咔嚓聲。溫斯頓第一次見到的那個胳臂通紅的結實的女人，幾乎成了院子裏必不可少的構成部份。白天裏，不論甚麼時候，她總是在洗衣盆和晾衣繩之間來回，嘴裏不是咬着晾衣夾子就是唱着情歌。

裘莉亞躺在一邊，快要睡着了。他伸手把撂在地上的書拾起來，靠着床頭坐起來。

「我們一定要讀一讀，」他說。「你也要讀。兄弟會的所有會員都要讀。」

「你讀吧，」她閉着眼睛說，「大聲讀。這樣最好。你一邊讀可以一邊向我解釋。」

時鐘指在六點，那就是說十八點。他們還有三四個小時。他把書放在膝上，開始讀起來。

## 第一章

## 無知即力量

有史以來，大概自從新石器時代結束以來，世上就有三種人，即上等人、中等人、下等人。他們又再進一步分為好幾種，有各種各樣不同的名字，他們的相對人數和他們的相互態度因時代而異；但是社會的基本結構不變。即使在發生了大動盪和似乎無法挽回的變化以後，總又恢復原來的格局，好像陀螺儀總會恢復平衡一樣，不管你把它朝哪個方向推着轉。

「裘莉亞，你沒睡着吧？」溫斯頓問。

「沒睡着，親愛的，我聽着。唸下去吧。真精彩。」他繼續唸道：

這三種人的目標是完全不可調和的。上等人的目標是要保持他們的地位。中等人的目標是要同高等人交換地位。下等人的特點始終是，他們勞苦之餘無暇旁顧，偶爾才顧到日常生活以外的事，因此他們如果有目標的話，無非是取消一切差別，建立一個人人平等的社會。這樣，在歷史上始終存在着一場一而再再而三發生的鬥爭，其大致輪廓相同。在很長時期裏，上等人的權力似乎頗為鞏固，但遲早總有這樣一個時候，他們對自己喪失了信心，或者對他們進行有效統治的能力喪失了信心，或者對兩者都喪失了信心。他們就被中等人所推翻，因為中等人標榜自己為自由和正義而奮鬥，把下等人爭取到自己一邊來。中等人一旦達到目的就把下等人重又推回到原來的被奴役地位，自己變成了上等人。不久，其他兩等人中有一等人，或者兩等人都分裂出一批新的中等人來，這場鬥爭就周而復始。三等人中只有下等人從來沒有實現過自己的目標，哪怕是暫時實現自己的目標。若說整個歷史從來沒有物質方面的進步，那不免言之過甚。即使在今天這個衰亡時期，一般人在物質上也要比幾百年前好一些。但是不論財富的增長，或態度的緩和，或改革和革命，都沒有使人類接近平等一步。從下等人的觀點來看，歷史若有變化，大不了是主子名字改變而已。

到十九世紀末期，許多觀察家都看出了這種反覆現象。於是就出現了各派思想家，認為歷史是一種循環過程，他們自以為能夠證明不平等乃是人類生活的不可改變的法則。當然，這種學說一直不乏信徒，只是如今提法有了重要變化而已。在過去，社會需要分成等級是上等人的學說。國王、貴族和教士、律師等這類寄生蟲都宣傳這種學說，並且用在死後冥界裏得到補償的諾言使這個學說容易為人所接受。而中等人只要還在爭取權力的時候，總是利用自由、正義、博愛這種好聽的字眼。但是現在，這些還沒有居於統率地位、但預計不久就可以居於統率地位的人，卻開始攻擊這種人類大同的思想了。在過去，中等人在平等的旗幟下鬧革命，一旦推翻了原來的暴政，自己又建立了新的暴政。現在這種新的一派中等人等於是事先就宣佈要建立他們的暴政。社會主義這種理論是在十九世紀初期出現的，是一條可以回溯到古代奴隸造反的思想鎖鏈中的最後一個環節，它仍受到歷代烏托邦主義的深深影響。但從一九零零年開始出現了各式各樣的社會主義，每一種都越來越公開放棄了要實現自由平等的目標。在本世紀中葉出現的新的社會主義運動，在大洋國稱為英社，在歐亞國稱為新布爾什維主義，在東亞國一般稱為崇死，其明確目標都是要實現不自由和不平等。當然，這種新運動產生於老運動，往往保持了老運動原來的招牌，而對於它們的意識形態只是嘴上説得好聽而已。但是它們的目標都是在一定時候阻撓進步，凍結歷史。常見的鐘擺來回現象，會再次發生，然後就停止不動了。像過去一樣，上等人會被中等人趕跑，中等人就變成了上等人；不過這次，出於有意的戰略考慮，新的上等人將永遠保持自己的地位。

所以產生這種新的學説，一部份原因是歷史知識的積累和歷史意識的形成，而這在十九世紀以前是根本不存在的。歷史的循環運動現在已明顯可以識別，或者至少表面上是如此。如果可以識別，那就可以改變。但是主要的、根本的原因是，早在二十世紀初期，人類平等在技術上已可以做到了。按天賦來説各人不等，而且各有所長，有些人就比別人強些，此話固然仍舊不錯，但是階級區分已無實際必要，財富巨額差別也是如此。在以前的各個時代裏，階級區分不僅不可避免，而且是適宜的。不平等是文明的代價。但是由於機器生產的發展，情況就改變了。即使仍有必要讓各人做不同的工作，卻沒有必要讓他們生活於不同的社會或經濟水平上。因此，從即將奪得權力的那批人的觀點來看，人類平等不再是要爭取實現的理想，而是要避免的危險。在比較原始的時代裏，要建立一個公正和平的社會實際上是不可能的，但這種社會卻是比較容易使人相信。好幾千年以來人類夢寐以求的，就是實現一個人人友愛相處的人間天堂，既沒有法律，也沒有畜生一般的勞動。有些人縱使在每一次歷史變化中都能得到實際好處，這種幻想對他們仍有一定的吸引力。法國革命、英國革命、美國革命的後代對於他們自己嘴上說的關於人權、言論自由、法律面前人人平等之類的話，有點信以為真，甚至讓自己的行為在某種程度上也受到這些話的影響。但是到二十世紀四十年代，所有主要的政治思潮都成了極權主義的了。就在人世天堂快要可以實現的關頭，它卻遭到了詆毀。每種新的政治理論，不論自稱甚麼名字，都回到了等級制度和嚴格管制。在一九三零年左右，觀點開始普遍硬化的時候，一些長期以來已經放棄不用的做法，有些甚至已有好幾百年放棄不用的做法，例如未經審訊即加監禁、把戰俘當作奴隸使用、公開處決、嚴刑拷打逼供、利用人質、強制大批人口遷徙等等，不僅又普遍實行起來，而且也為那些自認為開明進步的人所容忍，甚至辯護。

只有在全世界各地經過十年的國際戰爭、國內戰爭、革命和反革命以後，英社和它的兩個對手才作為充份完善的政治理論而出現。但是在它們之前，本世紀早一些時候就曾出現過一般稱為集權主義的各種制度，經過當時動亂之後要出現的未來世界的主要輪廓，早已很明顯了。由甚麼樣一種人來控制這個世界，也同樣很明顯。新貴族大部份是由官僚分子、科學家、技術人員、工會組織者、宣傳專家、社會學家、教師、記者、職業政客組成的。這些人出身中產薪水階級和上層工人階級，是由壟斷工業和中央集權政府在這個貧瘠不毛的世界所塑造和糾集在一起的。同過去時代的對手相比，他們在貪婪和奢侈方面稍遜，但權力慾更強，尤其是對於他們自己的所作所為更有自覺，更是一心一意要打垮反對派。這最後一個差別極其重要。與今天的暴政相比，以前的所有暴政都不夠徹底，軟弱無能。過去的統治集團總受到自由思想的一定感染，到處都留有空子漏洞，只注意公開的動靜，不注意老百姓在想些甚麼。從現代標準來看，甚至中世紀的天主教會也是寬宏大量的。部份原因在於過去任何政府都沒有力量把它的公民置於不斷監視之下。但是由於印刷術的發明，操縱輿論就比較容易了，電影和無線電的發明又使這更進一步。接着發明了電視以及可以用同一台電視機同時收發，私生活就此宣告結束。對於每一個公民，或者至少每一個值得注意的公民，都可以一天二十四小時把他置於警察的監視之下，讓他聽到官方的宣傳，其他一切交往管道則統統加以掐斷。現在終於第一次有了可能，不僅可以強使全體老百姓完全順從國家的意志，而且可以強使全體老百姓輿論完全劃一。

在五十年代和六十年代的革命時期以後，社會像過去一樣又重新劃分為上等人、中等人、下等人三類。不過新的這類上等人同它的前輩不同，不是憑直覺行事，他們知道需要怎樣來保衛他們的地位。他們早已認識到，寡頭政體的唯一可靠基礎是集體主義。財富和特權如為共同所有，則最容易保衛。在本世紀中葉出現的所謂「取消私有制」，實際上意味着把財產集中到比以前更少得多的一批人手中；不同的只是：新主人是一個集團，而不是一批個人。從個人來說，黨員沒有任何財產，有的只是一些微不足道的個人隨身財物。從集體來說，大洋國裏甚麼都是屬於黨的財產，因為甚麼都歸它控制，它有權按它認為合適的方式處理產品。在革命以後的幾年中，黨能夠踏上這個統率一切的地位，幾乎沒有受到任何反對，因為整個過程是當作集體化的一個步驟而採取的。一般都認為，在沒收了資產階級之後，必然就跟着實行社會主義。資產階級毫無疑義地確實遭到了沒收。工廠、土地、房屋、運輸工具——都從他們手中奪走了；由於這些東西不再成為私有財產，那必然就是公有財產。英社是從以前的社會主義運動中產生的，它襲用了以前社會主義運動的詞彙，因此，它在事實上執行了社會主義綱領中的主要一個項目，其結果是把經濟不平等永久化了，這可以預見到，也是事先有意如此。

但是把等級社會永久化的問題卻比這深刻得多。統治集團只有在四種情況下才會喪失權力；或者是被外部力量所征服；或者是統治無能，群眾起來造反；或者是讓一個強大而不滿的中等人集團出現；或者是自己喪失了統治的信心和意志。這四個原因並不單個起作用，在某種程度上總是同時存在。統治階級如能防止這四個原因的產生就能永久當權。最終的決定性因素是統治階級本身的精神狀態。

在本世紀中葉以後，第一種危險在現實生活中確已消失。三個強國瓜分了世界，不論哪一國都不可征服，除非是通過人口數字上的緩慢變化，而政府只要有廣泛的權力，這可以很容易加以避免。第二個危險也僅僅是理論上的危險。群眾從來不會自動起來造反，他們從來不會由於身受壓迫而起來造反。說真的，只要不給他們比較的標準，他們從來不會意識到自己受壓迫。過去時代反覆出現的經濟危機完全沒有必要，現在不會允許發生，不過可能發生其他同樣大規模的失調，而且也的確發生，但不會產生政治後果，因為不滿情緒沒有辦法可以明確表達出來。至於生產過剩問題，自從發明機器技術以來一直是我們社會的潛伏危機，但可以用不斷戰爭的辦法加以解決（見第三章），為了把民眾的鬥志保持在必要的高度，這也很有用。因此，從我們目前的統治者的觀點來看，唯一真正的危險是有一個新的集團分裂出去，這個集團的人既有能力，又沒有充份發揮作用，因此權力慾很大；還有就是在統治者自己的隊伍中產生自由主義和懷疑主義。這也就是說，問題是教育，是要對領導集團和它下面的人數更多的執行集團這兩批人的覺悟不斷地發揮影響。至於群眾的覺悟只需在反面加以影響就行了。

了解這個背景以後，對於大洋國社會的總結構，即使還沒有了解，也可以由此作出推斷。雄踞金字塔最高峰的是老大哥。老大哥一貫正確，全才全能。一切成就、一切勝利、一切科學發明、一切知識、一切智慧、一切幸福、一切美德，都直接來自他的領導和感召，沒有人見到過老大哥。他是標語牌上的一張臉，電幕上的一個聲音。我們可以相當有把握地說，他是永遠不會死的，至於他究竟是哪一年生的，現在也已經有相當多的人感到沒有把握了。老大哥是黨用來給世人看到的自己的一個偽裝。他的作用是充當對個人比較容易感到而對組織不大容易感到的愛、敬、畏這些感情的集中點。在老大哥之下是核心黨，黨員限在六百萬人，即佔大洋國人口不到百分之二。核心黨下面是外圍黨，如果說核心黨是國家的頭腦，外圍黨就可以比作手。外圍黨下面是無聲的群眾，我們習慣稱為「無產者」，大概佔人口百分之八十五。按我們上面分類的名稱，無產者即下等人，因為赤道地帶的奴隸人口由於征服者不斷易手，不能算為整個結構中的固定部份或必要部份。

在原則上，這三類人的身份不是世襲的。父母為核心黨員，子女在理論上並不生來就是核心黨員。加入核心黨或外圍黨都需要經過考試，一般在十六歲時候進行。在種族上沒有甚麼歧視，在地域上也沒有甚麼偏重。在黨內最高階層中可以找到猶太人、黑人、純印第安血統的南美洲人；任何地方的行政官員都總是從該地區居民中選拔。大洋國任何地方的居民都沒有自己是殖民地人民、受遠方首都治理的感覺。大洋國沒有首都，它的名義首腦是個動向去處誰都不知道的人。除了英語是其重要混合語，新話是其正式語言以外，它沒有任何其他集中化的東西。維繫它的統治的，不是他們共同的血統，而是共同的信仰。不錯，我國的社會是分階層的，而且階層分明，非常嚴格，乍看之下彷彿是按世襲的界線劃分的。在不同集團之間，流動性遠遠不如資本主義制度或者前工業時代那麼大。黨的兩大分支之間，有一定數量的流動，但其程度不大，足以保證品質低劣的人不會吸收到核心黨裏去，而外圍黨裏有雄心壯志的人有向上爬的機會，但不致為害。在實際生活中，無產階級者是沒有機會升入黨內的。他們中間最有天賦的人，若有可能成為不滿的核心人物，則乾脆由思想警察逐個消滅掉。不過這種情況不一定非永遠如此不可，也不成為一種原則。黨不是以前舊概念的一個階級。它並不一定要把權力傳給自己的子女；如果沒有別的辦法選拔最能幹的人才擔任最高領導工作，它完全願意從無產階級隊伍中間選拔完全新的一代人來擔任這一工作。在關鍵重大的年代裏，由於黨不是一個世襲組織，這對消除反對意見起了很大作用。老一輩的社會主義者一向受到反對所謂「階級特權」的訓練，都認為凡不是世襲的東西就不可能長期永存。他們沒有看到，寡頭政體的延續不一定需要體現在人身上；他們也沒有想到，世襲貴族一向短命，而像天主教那樣的選任組織有時卻能維持好幾百年或者好幾千年。寡頭政體的關鍵不是父子相傳，而是死人加於活人身上的一種世界觀，一種生活方式的延續。一個統治集團只要能夠指定它的接班人就是一個統治集團。黨所操心的不是維繫血統相傳而是維繫黨的本身的永存。由誰掌握權力並不重要，只要等級結構保持不變。

我們時代的一切信念、習慣、趣味、感情、思想狀態，其目的都是為了要保持黨的神秘，防止有人看穿目前社會的真正本質。目前不可能實際發生造反，或者造反的先聲。從無產階級那裏，沒有甚麼可以擔心的。你不去惹他們，他們就會一代又一代地、一個世紀又一個世紀地做工、繁殖、死亡，不僅沒有造反的衝動，而且也沒有能力理解可以有一個不同於目前世界的世界。只有在工業技術的發展使得你必須給他們以較高的教育的時候，他們才會具有危險性；

但是由於軍事和商業競爭已不復重要，民眾教育水平實際已趨下降。群眾有甚麼看法，或者沒有甚麼看法，已被視為無足輕重的事。因為他們沒有智力，所以不妨給予學術自由。而在一個黨員身上，哪怕在最無足輕重的問題上都不容有絲毫的不同意見。

黨員從生下來一直到死，都在思想警察的監視下生活。即使他在單獨的時候，他也永遠無法確知自己的確是單獨一人。不論他在哪裏，不論他在睡覺還是在醒着，在工作還是在休息，在澡盆裏還是在床上，他都可能受到監視，事先沒有警告，事後也不知自己已受到監視。他做的事情沒有一件是可以放過的。他的友誼、他的休息、他對妻兒態度、他單獨的時候的面部表情、他在睡夢中喃喃說的話、甚至他身體特有的動作，都受到嚴密考察。實際行為不端那就不用說了，而且不論多麼細微的任何乖張古怪行為，任何習慣的變化，任何神經性習慣動作，凡是可以視為內心鬥爭的徵象的，無不被察覺到。他在任何方面都沒有選擇餘地。另外一方面，他的行為並不受到任何法律或任何明文規定的行為法則管轄。大洋國內沒有法律。有些思想和行為，如經察覺，必死無疑，但是並沒有受到正式的取締禁止，沒完沒了的清洗、逮捕、拷打、監禁、氣化都不是當作犯了實際罪行的懲罰，而僅僅是為了把一些有朝一日可能犯罪的人清除掉。黨員不僅需要有正確的觀點，而且需要正確的本能。要求他必須具備的各種信念和態度，有許多從來沒有向他明確說明過，而且若要明確說明，勢必暴露英社固有的內在矛盾。如果他是個天生正統的人（新話叫思想好），他不論在甚麼情況下想也不用想，都會知道，正確的信念應該是甚麼，應該有甚麼感情。反正，在兒童時代就受到以犯罪停止、黑白、雙重思想這樣的新話詞彙為中心的細緻的精神訓練，使他不願意也不能夠對任何問題有太深太多的想法。

對於黨員，不要求他有私人的感情，也不允許他有熱情的減退。他應該生活在對外敵內奸感到仇恨、對勝利感到得意、對黨的力量和英明感到五體投地的那種狂熱情緒之中。他對簡單乏味的生活所產生的不滿，被有意識地引導到向外發洩出來，消失在兩分鐘仇恨這樣的花樣上。至於可能引起懷疑或造反傾向的思想，則用他早期受到的內心紀律訓練而事先就加以扼殺了。這種訓練的最初和最簡單的一個階段，新話叫做犯罪停止，在孩子們很小的時候就可以進行。犯罪停止的意思就是指在產生任何危險思想之前出於本能地懸崖勒馬的能力。這種能力還包括不能理解類比，不能看到邏輯錯誤，不能正確了解與英社原則不一致的最簡單的論點、對於任何可以朝異端方向發展的思路感到厭倦、厭惡。總而言之，犯罪停止意味着起保護作用的愚蠢。但光是愚蠢還不夠，還要保持充分正統，這就要求對自己的思維過程能加以控制，就像表演柔軟體操的雜技演員控制自己身體一樣。大洋國社會的根本信念是，老大哥全能，黨一貫正確。但由於在現實生活中老大哥並不全能，黨也並不一貫正確。這就需要在處理事實時要始終不懈地、時時刻刻地保持靈活性。這方面的一個關鍵字眼是黑白。這個字眼像新話中的許多其他字眼一樣，有兩個相互矛盾的含義。用在對方身上，這意味着不顧明顯事實硬說黑就是白的無恥習慣。用在黨員身上，這意味着在黨的紀律要求你說黑就是白時，你就有這樣自覺的忠誠。但這也意味着相信黑就是白的能力，甚至是知道黑就是白和忘掉過去曾經有過相反認識的能力。這就要求不斷篡改過去，而要篡改過去只有用那個實際上包括所有其他方法的思想方法才能做到；這在新話中叫做雙重思想。

篡改過去所以必要，有兩個原因。一個是輔助性的原因，也可以說是預防性的原因。那就是，黨員所以和無產者那樣能夠容忍當前的生活條件，一部份原因是他沒有比較的標準。為了要使他相信他比他的祖先生活過得好，物質生活平均水平不斷地提高，必須使他同過去隔絕開來，就像必須使他同外國隔絕開來一樣。但是篡改過去，還有一個重要得多的原因是，需要保衛黨的一貫正確性。為了要讓大家看到黨的預言在任何情況下都是正確的，不僅需要不斷修改過去的講話、統計、各種各樣的紀錄，使之符合當前狀況，而且不能承認在理論上或政治友敵關係上發生過任何變化。因為改變自己的思想，或者甚至改變自己的政策，無異承認自己的弱點。例如，如果今天的敵人是歐亞國或者東亞國（不論是哪一國），那麼那個國家都必須始終是敵人。如果事實不是如此，那麼就必須篡改事實。這樣歷史就需要不斷改寫。由真理部負責的這種日常篡改偽造過去的工作，就像友愛部負責的鎮壓和偵查工作一樣，對維持政權的穩定乃屬必不可少的。

篡改過去是英社的中心原則。這一原則認為，過去並不客觀存在，它只存在於文字紀錄和人的記憶中。凡是記錄和記憶一致的東西，不論甚麼，即是過去。既然黨完全控制紀錄，同樣也完全控制黨員的思想，那麼黨要過去成為甚麼樣子就必然是甚麼樣子。同樣，雖然過去可以篡改，但在任何具體問題上都決不承認篡改過。因為，不論當時需要把它改成甚麼樣子，在改以後，新改出來的樣子就是過去；任何其他不同樣子的過去都沒有存在過。甚至在同一件事在一年之中得改了好幾次而改得面目俱非時，也是如此。黨始終掌握絕對真理，很明顯，絕對的東西決不可能會不同於現在的樣子。下文將要談到，要控制過去首先要依靠訓練記憶力。要做到所有的文字記錄都符合當前的正統思想，這樣機械的事好辦。但還需要使得大家對所發生的事的記憶也按所要求的樣子。既然有必要改變一個人的記憶或者篡改文字記錄，那麼也就有必要忘掉你曾經那樣做過。可以像學會其他思想上的手法一樣學會這種手法。大多數黨員和所有正統的和聰明的人都學會了這種手法。在老話中，這很老實地稱為「現實控制」。在新話中這叫「雙重思想」，不過「雙重思想」所包括的還有很多別的東西。

雙重思想意味着在一個人的思想中同時保持並且接受兩種相互矛盾的認識的能力。黨內知識分子知道自己的記憶應向甚麼方向加以改變；因此他也知道他是在篡改現實。但是由於運用了雙重思想，他也使自己相信現實並沒有遭到侵犯。這個過程必須是自覺的，否則就不能有足夠的精確性；但也必須是不自覺的，否則就會有弄虛作假的感覺，因此也有犯罪的感覺。雙重思想是英社的核心思想，因為黨的根本目的就是既要利用自覺欺騙，而同時又保持完全誠實的目標堅定性。有意說謊，但又真的相信這種謊言；忘掉可以拆穿這種謊言的事實，然後在必要的時候又從忘懷的深淵中把事實拉了出來，需要多久就維持多久；否認客觀現實的存在，但與此同時又一直把所否認的現實估計在內——所有這一切都是絕對必要的，不可或缺。甚至在使用雙重思想這個字眼的時候也必須運用雙重思想。因為你使用這個字眼就是承認你在篡改現實；再來一下雙重思想，你就擦掉了這個認識；如果反覆，永無休止，謊言總是搶先真理一步。最後靠雙重思想為手段，黨終於能夠抑制歷史的進程，而且誰知道呢，也許還繼續幾千年有這能力。

過去所有的寡頭政體所以喪失權力，或者是由於自己僵化，或者是由於軟化。所謂僵化，就是它們變得愚蠢和狂妄起來，不能適應客觀情況的變化，因而被推翻掉。所謂軟化，就是它們變得開明和膽怯起來，在應該使用武力的時候卻作了讓步，因此也被推翻掉了。那就是說，它們喪失權力或者是通過自覺，或者是通過不自覺。而黨的成就是，它實行了一種思想制度，能夠使兩種情況同時並存。黨的統治要保持長久不衰，沒有任何其他的思想基礎。你要統治，而且要繼續統治，你就必須要能夠打亂現實的意識。因為統治的秘訣就是把相信自己的一貫正確和從過去錯誤汲取教訓的能力結合起來。

不用說，雙重思想最巧妙的運用者就是發明雙重思想、知道這是進行思想欺騙的好辦法的那些人。在我們的社會裏，最掌握實際情況的人也是最不是根據實際看待世界的人。總的來說，了解越多，錯覺越大；人越聰明，神志越不清醒。關於這一點，有一個明顯的例子：你的社會地位越高，戰爭歇斯底里越甚。對於戰爭的態度最最近乎理性的是那些爭奪地區的附屬國人民。在他們看來，戰爭無非是一場繼續不斷的災禍，像潮汐一樣在他們身上淹過去又淹過來。哪一方得勝對他們毫無相干。他們只知道改朝換代不過是為新的主子幹以前同樣的活，新主子對待他們與以前的主子並無差別。我們稱為「無產者」的那些略受優待的工人只是偶爾意識到有戰爭在進行。必要的時候可以驅使他們發生恐懼和仇恨的狂熱，但是如果聽之任之，他們就會長期忘掉有戰爭在進行。只有在黨內，尤其在核心黨內才能找到真正的戰爭熱情。最堅決相信要征服全世界的人，是那些知道這是辦不到的人。這種矛盾的統一的奇怪現象——知與無知，懷疑與狂熱——是大洋國社會主要特點之一。官方的意識形態中充滿了矛盾，甚至在沒有實際理由存在這種矛盾的地方，也存在這種矛盾。例如，社會主義運動原來所主張的一切原則，黨無不加以反對和攻擊，但又假社會主義之名，這麼做，黨教導大家要輕視工人階級，這是過去好幾百年來沒有先例的，但是又要黨員穿着一度是體力工人才穿的制服，所以選定這種服裝也是由於這個緣故。黨有計劃地破壞家庭關係，但是給黨的領導人所起的稱呼又是直接打動家庭感情的稱呼。甚至統治我們的四個部的名稱，也説明有意歪曲事實之厚顏無恥到了甚麼程度。和平部負責戰爭，真理部負責造謠，友愛部負責拷打，富裕部負責挨餓。這種矛盾不是偶然的，也不是出於一般的偽善，而是有意運用雙重思想。因為只是調和矛盾才能無限制地保持權力。古老的循環不能靠別的辦法打破。如果要永遠避免人類平等，如果我們所稱的上等人要永遠保持他們的地位，那麼目前的心理狀態就必須加以控制。

但是寫到這裏為止有一個問題我們幾乎沒有注意到，那就是：為甚麼要避免人類平等？如果説上述情況不錯的話，那麼這樣大規模地、計劃縝密地努力要在某一特定時刻凍結歷史的動機又是甚麼呢？

這裏我們就接觸到了中心秘密。上面已經談到，黨的神秘，尤其是核心黨的神秘，取決於雙重思想。但是最初引起奪取政權和後來產生雙重思想、思想警察、不斷戰爭、以及其他一切必要的附帶產物的，還有比這更加深刻的原始動機，從不加以懷疑的本能。這個動機實際上包括……

溫斯頓發現四周一片沉寂。就好像你突然聽到一種新的聲音一樣。他覺得裘莉亞躺着一動不動已有很長時候了。她側身睡着，腰部以上裸露着，臉頰枕在手心上，一綹黑髮披在眼睛上。她的胸脯起伏緩慢，很有規律。

「裘莉亞。」

沒有回答。

「裘莉亞，你醒着嗎？」

沒有回答。她睡着了。他合上書，小心地放在地上，躺了下來，把床罩拉上來把兩人都蓋好。

他心裏想，他還是沒有了解到最終的那個秘密。他知道了方法，但是他不知道原因。第一章像第三章一樣，實際上並沒有告訴他甚麼他所不知道的東西，只不過是把他已經掌握的知識加以系統化而已。但是讀過以後，他比以前更加清楚，自己並沒有發瘋。居於少數地位，哪怕是一個人的少數，也並不使你發瘋。有真理，就有非真理，如果你堅持真理，哪怕全世界都不同意你，你也沒有發瘋。西沉的夕陽的一道黃色光芒從窗戶中斜照進來，落在枕頭上。他閉上了眼睛。照在他臉上的落日餘暉和貼在他身邊的那個姑娘的光滑的肉體，給了他一種強烈的、睡意朦朧的、自信的感覺。他很安全，一切太平無事。他一邊喃喃自語「神志清醒不是統計數字所能表達的」，一邊就入睡了，心裏感到這句話裏包含着深刻的智慧。

# 10

他醒來的時候，有一種睡了很久的感覺，但是看一眼那台老式的座鐘，卻還只有二十點三十分。他躺着又打了一個盹；接着下面院子裏又傳來了聽慣了的深沉的歌聲：

這只不過是沒有希望的癡想，

消失起來像春天一樣快，
可是一句話，一個眼色
卻教我胡思亂想，失魂落魄！

這喋喋不休的歌曲盛行不衰，到處都仍可聽到，壽命比《仇恨歌》還長。裘莉亞給歌聲吵醒，舒服地伸個懶腰，起了床。

「我餓了，」她說，「我們再做一些咖啡。他媽的！爐子滅了，水也冰涼。」她提起爐子，搖了一搖，「沒有煤油了。」

「我們可以向老卻林頓要一些吧。」

「奇怪得很，我原來是裝滿的。我得穿起衣服來，」她又說，「好像比剛才冷了一些。」

溫斯頓也起了床，穿好衣服。那不知疲倦的聲音又唱了起來：

他們說時間能治癒一切創傷，
他們說你總能把它忘得精光，

但是這些年來的笑容和淚痕
卻仍使我心痛像刀割一樣！

他一邊束好工作服的腰帶，一邊走到窗戶邊上。太陽已經沉到房後去了，院子裏不再照射到陽光。地上的石板很濕，好像剛剛沖洗過似的，他覺得天空也好像剛剛沖洗過似的，從屋頂煙囱之間望去，一片碧藍。那個女人不知疲倦地來回走着，一會兒放聲歌唱，一會兒又默不出聲，沒完沒了地晾着尿布。他不知道她是不是靠洗衣為生，還是僅僅給二三十個孫兒女做牛馬？裘莉亞走到他身邊來，他們站在一起有些入迷地看着下面那個壯實的人影。他看着那個女人的典型姿態，粗壯的胳臂舉了起來往繩子上晾衣服，鼓着肥大的母馬似的屁股，他第一次注意到她很美麗。他以前從來沒有想到，一個五十歲婦女的身體由於養兒育女而膨脹到異乎尋常的肥大，後來又由於辛勞過度而粗糙起來，像個熟透了的蘿蔔，居然還可能是美麗的。但是實際情況卻是如此，而且，他想，為甚麼不可以呢？那壯實的、沒有輪廓的身軀像一塊大理石一般，那粗糙發紅的皮膚與一個姑娘的身體之間的關係正如玫瑰的果實同玫瑰的關係一樣。為甚麼果實要比花朵低一等呢？

「她很美，」他低聲說。

「她的屁股足足有一米寬，」裘莉亞說。

「那就是她美的地方，」溫斯頓說。

他把裘莉亞的柔軟的細腰很輕易地摟在胳膊裏。她的身體從臀部到膝部都貼着他的身體。但是他們兩人的身體卻不能生兒育女。這是他們永遠不能做的一件事。他們只有靠用嘴巴才能把他們頭腦中的秘密傳來傳去。但是下面那個女人沒有頭腦，她只有強壯的胳膊、熱情的心腸和多產的肚皮。他心裏想她不知生過了多少子女。很可能有十五個。她曾經有過一次像野玫瑰一樣鮮花怒放的時候，大概一年左右，接着就突然像受了精的果實一樣膨脹起來，越來越硬，越紅，越粗，此後她的一生就是洗衣服、擦地板、補襪子、燒飯，這樣打掃縫補，先是為子女，後是為孫兒，沒完沒了，持續不斷，整整幹了三十年，到了最後，還在歌唱。他對她感到一種神秘的崇敬，這種感情同屋頂煙囱後面一望無際的碧藍的晴空景色有些摻雜在一起。奇怪的是對每個人來說，天空都是一樣的天空，不論是歐亞國，還是東亞國，還是在這裏。天空下面的人基本上也是一樣的人——全世界到處都是一樣，幾億，幾十億的人，都不知彼此的存在，被仇恨和謊言的高牆隔開，但幾乎是完全一樣的人——這些人從來不知道怎樣思想，但是他們的心裏，肚子裏，肌肉裏卻積累着有朝一日會推翻整個世界的力量。如果有希望，希望在無產者中間！他不用讀到那本書的結尾，就知道這一定是果爾德施坦因的最後一句話。未來屬於無產者。他是不是能夠確實知道，當無產者勝利的日子來到的時候，對他溫斯頓·史密斯來說，他們建立起來的世界就不會像黨的世界那樣格格不入呢？是的，他知道，因為至少那個世界會是一個神志清醒的世界。凡是有平等的地方，就有神志清醒。遲早這樣的事會發生：力量會變成意識。無產者是不朽的，你只要看一眼院子裏那個剛強的身影，就不會有甚麼疑問。他們的覺醒終有一天會來到。可能要等一千年，但是在這以前，他們儘管條件不利，仍舊能保持生命，就像飛鳥一樣，把黨所沒有的和不能扼殺的生命力通過肉體，代代相傳。

「你記得嗎，」他問道，「那第一次在樹林邊上向我們歌唱的畫眉？」

「牠沒有向我們歌唱，」裘莉亞說，「牠是在為自己歌唱。其實那也不是，牠就是在歌唱罷了。」

鳥兒歌唱，無產者歌唱，但黨卻不歌唱。在全世界各地，在倫敦和紐約，在非洲和巴西，在邊界以外神秘的禁地，在巴黎和柏林的街道，在廣袤無垠的俄羅斯平原的村莊，在中國和日本的市場——到處都站立着那個結實的不可打垮的身影，因辛勞工作和生兒育女而發了胖，從生下來到死亡都一直勞碌不停，但是仍在歌唱。就是從她們這些強壯的肚皮裏，有一天總會生產出一種有自覺的人類。你是死者；未來是他們的。但是如果你能像他們保持身體的生命一樣保持頭腦的生命，把二加二等於四的秘密學說代代相傳，你也可以分享他們的未來。

「我們是死者，」他說。

「我們是死者，」裘莉亞乖乖地附和說。

「你們是死者，」他們背後一個冷酷的聲音說。

他們猛地跳了開來。溫斯頓的五臟六腑似乎都變成了冰塊。他可以看到裘莉亞眼裏的瞳孔四周發白。她的臉色蠟黃。兩頰上的胭脂特別醒目，好像與下面的皮膚沒有關係。

「你們是死者，」冷酷的聲音又說。

「是在畫片後面，」裘莉亞輕輕說。

「是在畫片後面，」那聲音說。「你們站在原地，沒聽到命令不許動。」

這開始了，這終於開始了！他們除了站在那裏互相看着以外甚麼辦法也沒有。

趕快逃命，趁現在還來得及逃出屋子去——他們沒有想到這些。要想不聽從牆上發出來的聲音，是不可想像的。接着一聲咔嚓，好像打開了鎖，又像是掉下了一塊玻璃。畫片掉到了地上，原來掛畫片的地方露出了一個電幕。

「現在他們可以看到我們了，」裘莉亞說。

「現在我們可以看到你們了，」那聲音說。「站到屋子中間來。背靠背站着。把雙手握在腦袋後面。互相不許接觸。」

他們沒有接觸，但他覺得他可以感到裘莉亞的身子在哆嗦，也許這不過是因為他自己身子在哆嗦。他咬緊牙關才使自己的牙齒不上下打顫，但他控制不了雙膝。下面屋子裏裏外外傳來一陣皮靴聲。院子裏似乎盡是人。有甚麼東西拖過石板地。那女人的歌聲突然中斷了。有一陣甚麼東西滾過的聲音，好像洗衣盆給推過了院子，接着是憤怒的喊聲，最後是痛苦的尖叫。

「屋子被包圍了，」溫斯頓說。

「屋子被包圍了，」那聲音說。

他聽見裘莉亞咬緊牙關。「我想我們可以告別了，」她說。

「你們可以告別了，」那聲音說。接着又傳來了另外一個完全不同的聲音，是一個有教養的人的文雅聲音，溫斯頓覺得以前曾經聽到過：「另外，趁我們還沒有離開話題，這裏有支蠟燭照你上床，這裏有把斧子砍你腦袋！」

溫斯頓背後的床上有甚麼東西重重地掉在上面。有一張扶梯從窗戶中插了進來，打破了窗戶。有人爬窗進來。樓梯上也有一陣皮靴聲。屋子裏站滿了穿着黑制服的強壯漢子，腳上穿着有鐵掌的皮靴，手中拿着橡皮棍。

溫斯頓不再打哆嗦了，甚至眼睛也不再轉動。只有一件事情很重要：保持安靜不動，不讓他們有毆打你的藉口！站在他前面的一個人，下巴像拳擊選手一樣兇狠，嘴巴細成一道縫，他把橡皮棍夾在大拇指和食指之間，端量着溫斯頓。溫斯頓也看着他。把手放在腦袋後面，你的臉和身體就完全暴露在外，這種彷彿赤身裸體的感覺，使他幾乎不可忍受。那個漢子伸出白色的舌尖，舔一下應該是嘴唇的地方，接着就走開了。這時又有一下打破東西的嘩啦聲。有人從桌上揀起玻璃紙鎮，把它扔到了壁爐石上，打得粉碎。

珊瑚碎片，像蛋糕上的一塊糖做的玫瑰蓓蕾一樣的小紅粒，滾過了地席。溫斯頓想，那麼小，總是那麼小。他背後有人深深地吸了一口氣，接着猛的一聲，他的腳踝給狠狠地踢了一下，使他幾乎站不住腳。另外有個人一拳打到裘莉亞的太陽穴神經叢，使她像摺尺一樣彎了起來。她在地上滾來滾去，喘不過氣來。溫斯頓的腦袋一動也不敢動，但是有時她的緊張、憋氣的臉進入到了他的視野之內。甚至在極端恐懼中，他也可以感到打在她的身上，痛在自己的身上，不過怎麼痛也不如她喘不過氣來那麼難受。他知道這是甚麼滋味：劇痛難熬，但是你又無暇顧到，因為最最重要的還是要想法喘過氣來。這時有兩個大漢一個拉着她的肩膀，一個拉着她的小腿，把她抬了起來，像個麻袋似的帶出了屋子。溫斯頓看到了一眼她的倒過來的臉，臉色發黃，皺緊眉頭，閉着眼睛，雙頰上仍有一點殘餘的胭脂，這就是他最後看到她的一眼了。

他一動不動地站着。還沒有人揍他。他的腦海裏出現了各種各樣的想法，這些想法都是自動出現的，但是完全沒有意思。他想，不知他們逮到了卻林頓先生沒有。他想，不知道他們怎樣收拾院子裏的那個女人的。他發現自己尿憋得慌，但覺得有些奇怪，因為在兩三個小時以前剛剛尿過。他注意到壁爐架上的座鐘已是九點了，那就是說二十一點。但是光線仍很亮。難道八月裏的夜晚，到了二十一點，天還沒有黑？他想，不知道他和裘莉亞是不是把時間弄錯了——睡了足足一圈時鐘，還以為是二十點三十分，實際上已是第二天早上八點三十分。但是他沒有繼續想下去。

這並沒有意思。

過道裏又傳來一陣比較輕的腳步聲，郤林頓先生走進了屋子。穿黑制服的漢子們的態度馬上安靜下來。郤林頓先生的外表也與以前有所不同了。他的眼光落到了玻璃紙鎮的碎片上。

「把這些碎片揀起來，」他厲聲說。

一個漢子遵命彎腰。倫敦土腔消失了；溫斯頓驀然明白剛才幾分鐘以前在電幕上聽到的聲音是誰的聲音了。郤林頓先生仍穿着他的平絨舊上衣，但是他的頭髮原來幾乎全白，如今卻又發黑了。還有他也不再戴眼鏡了。他對溫斯頓只嚴厲地看了一眼，好像是驗明他的正身，以後就不再注意他。他的樣子仍可以認得出來，但他已不是原來那個人了。他的腰板挺直，個子也似乎高大了一些。他的臉變化雖小，但完全改了樣。黑色的眉毛不像以前那麼濃密，皺紋不見了，整個臉部線條似乎都已改變，甚至鼻子也短了一些。這是一個大約三十五歲的人的一張警覺、冷靜的臉。溫斯頓忽然想起，這是他一輩子中第一次在心裏有數的情況下看到一個思想警察。

# 第三部

# 1

他不知道自己身在何處，大概是在友愛部裏，但是沒有辦法弄清楚。

他是在一間房頂很高、沒有窗戶的牢房裏，四壁是亮晶晶的白色瓷磚。隱蔽的燈使得屋子裏有一陣涼意，屋子裏有一陣輕輕的嗡嗡聲不斷，他想大概同空氣傳送設備有關係。牆邊有一條長板欖，或者說是木架，寬度只夠一屁股坐下，但是卻很長，圍着四壁，到了門口才中斷。在對門的一面，有個便盆，但沒有坐圈。每道牆上都有個電幕，一共四個。

他的肚子感到隱隱作痛。自從他們把他扔進警車帶走以後，就一直肚子痛。他也感到飢腸轆轆，餓得難受。他可能有二十四小時沒有吃東西了，也可能是三十六小時。他仍不知道他們逮捕他的時候究竟是早上還是晚上，也許永遠不會弄清楚了。反正他遭到逮捕以後沒有吃過東西。

他盡可能安靜地在狹長的板欖上坐着，雙手交疊地放在膝上。他已經學會安靜地坐着了。如果你隨便亂動，他們就會從電幕中向你吆喝。但是他肚子餓得慌。他最想吃的是一片麵包。他彷彿記得工作服口袋裏還有些碎麵包。甚至很可能還有很大的一塊，他所以這麼想，是因為他的腿部不時碰到一塊甚麼東西。最後他忍不住想要弄個明白，就膽大起來，伸手到口袋裏。

「史密斯！」電幕上一個聲音嚷道。「6079號史密斯！在牢房裏不許把手插入口袋！」

他又一動不動地坐着，雙手交疊放在膝上。他被帶到這裏來以前曾經給帶到另外一個地方，那大概是個普通監獄，或者是巡邏隊的臨時拘留所。他不知道在那裏呆了多久，頂多幾個小時，沒有鐘，也沒有陽光，很難確定時間。那是個吵鬧、發臭的地方。他們把他關在一間像現在這間一樣的牢房裏，但是很髒很臭，經常關着十多個人。他們大多數人是普通罪犯，不過中間有少數幾個政治犯。他靜靜地靠牆坐着，夾在骯髒的人體之間，心裏感到害怕，肚子又痛，因此沒有怎麼注意周圍環境，但是仍舊發現黨員囚犯和別的囚犯在舉止上有驚人的區別。黨員囚犯都一聲不響，心裏給嚇怕了，但是普通囚犯不論對甚麼事情，或者甚麼人都毫不在乎。他們大聲辱罵警衛，個人財物被沒收時拼命爭奪，在地板上塗寫淫穢的話，吃着偷送進來的東西，這都是他們從衣服裏不知甚麼地方拿出來的，甚至在電幕叫他們安靜時也大聲反唇相譏。另外一方面，他們有幾個人同警衛似乎關係很友善，叫他們綽號，在門上監視洞裏把香煙塞過去。警衛們對普通罪犯也似乎比較寬宏大量，即使在不得不用暴力對付他們的時候也是如此。大多數人都要送到強制勞動營中去，因此關於這方面情況有不少談論。他心裏猜想，在勞動營裏倒「不錯」，只要你有適當的聯繫，知道周圍環境。少不了賄賂、優待、各種各樣的投機倒把，少不了玩弄男色和出賣女色，甚至還有用土豆釀製的非法酒精。可以信賴的事都是交給普通罪犯做的，特別是交給匪棍、兇手做的，他們無異是獄中貴族。所有骯髒的活兒都由政治犯來幹。

各種各樣的囚犯不斷進進出出：毒販、小偷、土匪、黑市商人、酒鬼、妓女。有些酒鬼發起酒瘋來需要別的囚犯一起動手才能把他們制服。有一個大塊頭的女人，大約有六十歲了，乳房大得垂在胸前，因為拼命掙扎，披着一頭亂蓬蓬的白髮被四個警衛一人抓住一條胳膊或腿抬了進來，她一邊還掙扎着亂踢亂打，嘴裏大聲喊叫。他們把她要想踢他們的鞋子脫了下來，一把將她扔在溫斯頓的身上，幾乎把他的大腿骨都坐斷了。那個女人坐了起來，向着退出去的警衛大聲罵了一句：「操你們這些婊子養的！」她從溫斯頓身上滑下來，坐在板櫈上。

「對不起，親愛的，」她說。「全是這些混蛋，要不，我是不會坐在你身上的。

他們碰到一個太太連規矩也不懂。」她停了下來，拍拍胸脯，打了一個嗝。「對不起，」她說，「我有點不好過。」

她向前一俯，哇的一聲吐了一地。

「這樣好多了，」她說，回身靠在牆上，閉着眼睛。「要是忍不住，馬上就吐，我是這麼說的。趁還沒有下肚就把它吐出來。」

她恢復了精神，轉過身來又看一眼溫斯頓，好像馬上看中了他。她的粗大的胳膊摟着溫斯頓的肩膀，把他拉了過來，一陣啤酒和嘔吐的氣味直撲他的臉上。

「你叫甚麼名字，親愛的？」她問。

「史密斯，」溫斯頓說。

「史密斯？」那女人問。「真好玩。我也叫史密斯。唉。」她又感慨地說，「也許我就是你的母親！」

溫斯頓想，她很可能就是他的母親。她的年齡體格都相當，很有可能，在強制勞動營呆了二十年以後，外表是會發生一些變化的。

除此之外，沒有人同他談過話。令人奇怪的是，普通罪犯從來不理會黨員罪犯。他們叫他們是「政犯」，帶有一種不感興趣的輕蔑味道。黨員罪犯似乎怕同別人說話，尤其是怕同別的黨員罪犯説話。只有一次，有兩個女黨員在板櫈上挨在一起，於是他在嘈雜人聲中聽到她們匆忙交換的幾句低聲的話，特別是提到甚麼「101號房」，他不知道是指甚麼。

他們大概是在兩三個小時以前把他帶到這裏來的，他肚子的隱痛從來沒有消失過，不過有時候好些，有時候壞些，他思想也隨之放鬆或者收縮。肚子痛得厲害時，他就一心只惦記着痛，惦記着餓。肚子痛得好些時，恐懼就襲心。有時他想到自己會碰到甚麼下場，彷彿真的發生一般，心就怦怦亂跳，呼吸就幾乎要停止了。他彷彿感到橡皮棍打在他的手肘上，釘着鐵掌的皮靴踩在他的肋骨上了。他彷彿看到自己匍伏在地上，從打掉了牙的牙縫裏大聲呼救求饒。他很少想到裘莉亞。他不能集中思想在她身上。他愛她，不會出賣她；但這只是個事實，像他知道的算術規律一樣明白。但這時他心中想不起她，他甚至沒有想到過她會有甚麼下場。他倒常常想到奧勃良，懷着一線希望。奧勃良一定知道他被逮捕了。他説過，兄弟會是從來不想去救會員的。不過有刮鬍子的刀片，他們如果能夠的話會送刮鬍子刀片進來的。在警衛衝進來以前只要五秒鐘就夠了。刮鬍子刀片就可以割破喉管，又冷又麻，甚至拿着刀片的手指也會割破，割到骨頭上。他全身難受，甚麼感覺都恢復了，稍為碰一下就會使他痛得哆嗦着往後縮。他即使有機會，他也沒有把握會不會用刀片。過一天算一天，似乎更自然一些，多活十分鐘也好，即使明知道最後要受到拷打。

有時他想數一數牢房牆上有多少塊瓷磚。這應該不難，但數着數着他就忘了已數過多少。他想的比較多的是自己究竟在甚麼地方，時間是甚麼時候。有一次，他覺得很肯定，外面一定是白天，但馬上又很肯定地認為，外面是漆黑一團。他憑直覺知道。在這樣的地方，燈光是永遠不會熄滅的。這是個沒有黑暗的地方：他現在明白了為甚麼奧勃良似乎理會這個比喻。在友愛部裏沒有窗戶。他的牢房可能位於大樓的中央，也可能靠着外牆；可能在地下十層，也可能在地上三十層。他在心裏想像着這一個個地方，要想根據自己身體的感覺來斷定，究竟高高地在空中，還是深深地在地下。

外面有皮靴咔嚓聲。鐵門砰的打開了。一個年輕軍官瀟灑地走了進來。他穿着黑制服的身軀細而長，全身似乎都發出擦亮的皮靴的光澤，他的線條筆挺的蒼白的臉好像蠟製的面具。他叫門外的警衛把犯人帶進來。詩人安普爾福思踉蹌進了牢房。門又砰的關上了。

安普爾福思向左右做了個遲疑的動作，彷彿以為還有一扇門可以進去，接着就在牢房裏來回踱起步來。他沒有注意到溫斯頓也在屋裏。他的發愁的眼光凝視着溫斯頓頭上約一公尺的牆上。他腳上沒有穿鞋，破襪洞裏露着骯髒的腳趾。他也有好幾天沒有刮鬍子了。臉上鬚根毛茸茸的，一直長到顴骨上，使他看上去像個惡棍，這種神情同他高大而孱弱的身軀和神經質的動作很不相稱。

溫斯頓從懶洋洋的惰性中振作起一些來。他一定得同安普爾福思說話，即使遭到電幕的叱罵也不怕。甚至很可能安普爾福思就是送刀片來的人。

「安普爾福思，」他說。

電幕上沒有吆喝聲。安普爾福思停下步來，有點吃驚。他的眼睛慢慢地把焦點集中到了溫斯頓身上。

「啊，史密斯！」他說，「你也在這裏！」

「你來幹甚麼？」

「老實跟你說——」他笨手笨腳地坐在溫斯頓對面的板櫈上。「只有一個罪，不是嗎？」他說。

「那你犯了這個罪？」

「看來顯然是這樣。」

他把一隻手放在額上，按着太陽穴，這樣過了一會兒，好像竭力要想記起一件甚麼事情來。

「這樣的事情是會發生的，」他含糊其辭地說，「我可以舉一個例子——一個可能的例子。沒有疑問，這是一時不慎。我們在出版一部吉卜林詩集的權威版本。我沒有把一句詩的最後一個字『神』改掉。我沒有辦法！」他幾乎氣憤地說，抬起頭來看着溫斯頓。「這一行詩沒法改。押的韻是『杖』[1]。全部詞彙裏能押這個韻的就只有十二個字。我好幾天絞盡腦汁，想不出別的字來。」

他臉上的表情改了樣，煩惱的神情消失了，甚至出現了幾乎高興的神情。他儘管蓬首垢面，卻閃耀着一種智慧的光芒，書呆子發現一些沒有用處的事實時所感到的喜悅。

「你有沒有想到，」他說，「英國詩歌的全部歷史是由英語缺韻這個事實所決定的？」

沒有，溫斯頓從來沒有想到過這一點。而且在目前這樣的情況下，他也不覺得這一點有甚麼重要或者對它有甚麼興趣。

「你知道現在是甚麼時候了？」他問。

安普爾福思又愣了一下。「我根本沒有想到。他們逮捕我可能是在兩天以前，也可能是在三天以前。」他的眼光在四周牆上轉來轉去，好像是要找個窗戶。「在這個地方，白天黑夜沒有甚麼兩樣。我看不出你怎麼能算出時間來。」

他們又隨便談了幾句，接着電幕上毫無理由地吆喝一聲，不許他們再說話。溫斯頓默默地坐着，雙手交疊。安普爾福思個子太大，坐在板櫈上不舒服，老是左右挪動，雙手先是握在一個膝蓋上，過了一會兒又握在另外一個膝蓋上。電幕發出吆喝，要他保持安靜不動。時間就這樣過去。二十分鐘，一個小時——究竟多久，很難斷定。接着外面又是一陣皮靴聲。溫斯頓五髒六腑都收縮起來。快了，很快，也許五分鐘，也許馬上，皮靴咔嚓聲可能意味着現在輪到他了。

門打開了。那個臉上冷冰冰的年輕軍官進了牢房。他的手輕輕一動，指着安普爾福思。

「101號房，」他說。

安普爾福思夾在警衛中間踉蹌地走了出去，他的臉似乎有點不安，但看不透他。

過了很長的一段時間。溫斯頓的肚子又痛了。他的念頭一而再再而三地在一條軌道上轉着，好像一個球不斷地掉到同一條槽裏。他只有六個念頭：肚子痛、一片麵包、流血和叫喊、奧勃良、裘莉亞、刀片。他的五臟六腑又是一陣痙攣；皮靴咔嚓聲又走近了。門一開，送進來一陣強烈的汗臭。派遜斯走進了牢房。他穿着卡其短褲和運動衫。

這一次是溫斯頓吃驚得忘掉了自己。

「你也來了！」他說。

派遜斯看了溫斯頓一眼，既不感到興趣，也不感到驚異，只有可憐相。他開始來回走動，不能安靜下來。每次他伸直胖乎乎的膝蓋時可以看出膝蓋在哆嗦。他的眼光停滯，好像無法使自己不呆呆地看着眼前不遠的地方。

「你到這裏來幹甚麼？」溫斯頓問。

「思想罪！」派遜斯說，幾乎發不出清楚的音來。他的說話腔調表明，他既完全承認自己的罪行，卻又不能相信這樣的話居然可以適用到自己身上。他在溫斯頓前面停了下來，開始熱切地求他：「你想他們不會槍斃我的吧？老兄，你說他們會不會？如果你沒有幹過甚麼事情，只是有過甚麼思想，而你又沒有辦法防止這種思想。他們不會槍斃你的吧？我知道他們會給你一個機會叫你申辯。我相信他們會這樣的！他們知道我過去的表現，是不是？你知道我是怎樣一個人。我這個人不壞。

當然，沒有頭腦，但是熱情。我盡了我的力量為黨做工作，是不是？我大概判五年就差不多了，你想是不是？還是十年？像我這樣的人在勞動營用處很大。他們不會因為我偶爾出了一次軌就槍斃我的吧？」

「你有罪嗎？」溫斯頓問。

「我當然有罪！」派遜斯奴顏婢膝地看了一眼電幕。「你以為黨會逮捕一個無辜的人嗎？」他的青蛙臉平靜了一些，甚至有了一種稍帶神聖的表情。「思想罪可是件要不得的事情，老兄，」他莊重地說，「它很陰險。你甚至還不知道發生了甚麼事，它就抓住了你。你知道它怎樣抓住我的嗎？在睡夢裏！是的，事實就是如此。你想，像我這樣的人，辛辛苦苦，盡我的本分，從來不知道我的頭腦裏有過甚麼壞思想。可是我開始說夢話。你知道他們聽到了我說甚麼嗎？」

他壓低了聲音，好像有人為了醫學上的原因而不得不說骯髒話一樣。

「『打倒老大哥！』真的，我說了這個！看來說了還不止一遍。老兄，這話我只對你說，他們沒有等這再進一步就逮住了我，我倒感到高興。你知道我到法庭上去要對他們怎麼說嗎？我要說，『謝謝你們，謝謝你們及時挽救了我。』」

「那麼誰揭發你的？」溫斯頓問。

「我的小女兒。」派遜斯答道，神情有些悲哀，但又自豪。「她在門縫裏偷聽。一聽到我的話，她第二天就去報告了巡邏隊。一個七歲小姑娘夠聰明的，是不是？我一點也不恨她。我反而為她覺得驕傲。這說明我把她教育得很好。」

他又來回做了幾個神經質的動作，好幾次眼巴巴地看着便盆。接着他突然拉下了短褲。

「對不起，老兄，」他說，「我憋不住了。等了好久了。」

他的大屁股坐到了便盆上。溫斯頓用手遮住臉。

「史密斯！」電幕上的聲音吆喝道。「6079號史密斯！不許遮臉。牢房裏不許遮臉。」

溫斯頓把手移開。派遜斯大聲痛快地用了便盆。結果發現沖水的開關不靈。牢房裏後來好幾小時臭氣熏天。

派遜斯給帶走了。接着又神秘地來了一些犯人，後來又給帶走了。有一個女犯人聽到要帶到「101號房」裏去臉色就變了，人好像頓時矮了一截。有一個時候——如果他帶進來的時候是早上，那就是下午；如果是下午，那就是半夜——牢房裏有六個犯人，有男有女。大家都一動不動地坐着。溫斯頓對面坐着一個沒有下巴頦兒、牙齒外露的男人，他的臉就好像一隻馴良的大兔子一樣。他的肥胖的多斑的雙頰寬鬆下垂，很難不相信裏面沒有存儲着一些吃的。他的淺灰色的眼睛膽怯地從這張臉轉到那一張臉，一看到有人注意他，就馬上把視線轉移開去。

門打開了，又有一個犯人給帶了進來，溫斯頓看到他的樣子，心裏一陣涼。他是一個面目平庸的普通人，可能是個工程師，或者是個技術員。但是教人吃驚的是他面孔的消瘦，完全像個骷髏。由於瘦削，眼睛和嘴巴就大得不成比例，眼睛裏似乎有一種對甚麼人或甚麼東西都懷有刻骨仇恨的惡狠狠神情。

那個人坐在溫斯頓不遠的板櫈上。溫斯頓沒有再看他，但是那痛苦的骷髏一般的臉在他的腦海裏栩栩如生，好像就在他的眼前一樣。他突然明白了這是怎麼一回事。那個人快要餓死了。這個念頭似乎同時閃過牢房裏其他每個人的腦海。板櫈上傳開來一陣輕微的騷動。那個沒有下巴頦兒的人的眼光一直向那骷髏一般的人瞥去，馬上又有點帶着疚意地轉了開去，可是又忍不住給吸引過去。接着他就坐立不安起來。終於他站了起來，一手插在工作服的口袋裏，蹣跚地走過去，有點難為情地拿出一片發黑的麵包來給骷髏頭的人。

電幕上馬上發出一陣震耳的怒吼。沒有下巴頦兒的人嚇了一跳。骷髏頭的人馬上把手放到身後去，好像要向全世界表示他不要那禮物。

「本姆斯特德，」電幕上的聲音咆哮道。「2713 號本姆斯特德！把那塊麵包撂在地上！」

沒有下巴頦兒的人把那塊麵包撂在地上。

「站在原地別動，」那聲音說。「面對着門。不許動！」

沒有下巴頦兒的人遵命不動，他的鼓鼓的臉頰無法控制地哆嗦起來。門砰的打開了。年輕的軍官進來以後，閃開一旁，後面進來一個矮壯的警衛，胳膊粗壯，孔武有力。他站在沒有下巴頦兒的人面前，等那軍官一使眼色，就用全身的力量猛的一拳打在沒有下巴頦兒的人的嘴上，用力之猛，幾乎使他離地而起。他的身體倒到牢房另一頭去，掉在便盆的底座前。他躺在那裏好像嚇呆了一樣，污血從嘴巴和鼻子中流了出來。他有點不自覺地發出了一陣十分輕微的呻吟聲。接着他翻過身去，雙手雙膝着地，搖搖晃晃地要想站起來。在鮮血和口水中，他的嘴裏掉出來打成兩半的一排假牙。

犯人們都一動不動地坐着，雙手交疊在膝上。沒有下巴頦兒的人爬回到他原來的地方。他的臉有一邊的下面開始發青。他的嘴巴腫得像一片櫻桃色的沒有形狀的肉塊，中間有一個黑洞。血一滴一滴地流到他胸前工作服上。他的灰色的眼睛仍舊轉來轉去看着別人的臉，比以前更加惶恐了，好像他要弄清楚，他受到這樣侮辱別人到底怎樣瞧不起他。

門打開了。那個軍官略一動手，指着那個骷髏頭的人。

「101號房，」他說。

溫斯頓身旁有人倒吸一口氣。那個骷髏頭的人一頭栽到地上，跪在上面，雙手握緊。

「同志！首長！」他叫道。「你不用把我帶到那裏去！我不是已經把甚麼都告訴你了嗎？你還想知道甚麼？我沒有甚麼不願招供的，沒有甚麼！你只用告訴我是甚麼，我都馬上招供。你寫下來，我就簽字——甚麼都行！可不要帶我到101號房去！」

「101號房，」那軍官說。

那個人的臉本已發白，這時已變成溫斯頓不相信會有的顏色，肯定無疑地是一層綠色。

「你怎麼對待我都行！」他叫道。「你已經餓了我好幾個星期了。把我餓到頭，讓我死吧。槍斃我。吊死我。判我二十五年。你們還有甚麼人要我招供的嗎？只要說是誰，我就把你們要知道的事情都告訴你們。我不管他是誰，也不管你們要怎樣對待他。我有妻子和三個孩子。最大的還不到六歲。你可以把他們全都帶來，在我面前把他們喉管割斷，我一定站在這裏看着。可是千萬別把我帶到 101 號房去！」

「101 號房，」那軍官說。

那個人焦急地一個個看着周圍的其他犯人，彷彿有個主意，要把別人來當他的替死鬼。他的眼光落到了那個沒有下巴頦兒的人被打爛了的臉。他猛地舉起了他的瘦骨嶙峋的胳膊。

「你們應該帶他去，不應該帶我去！」他叫道。「你們可沒有聽到他們打爛了他的臉以後他說些甚麼。只要給我一個機會，我就可以把他說的話全部告訴你。反黨的是他，不是我。」警衛走上前一步。那個人的嗓門提高到尖叫的程度。「你們可沒有叫到他！」他又說，「電幕出了毛病。你們要的是他，不是我，快把他帶走！」

那兩個粗壯的警衛得俯身抓住他的胳膊才制服他。可是就在這個當兒，他朝牢房的地上一撲，抓住牆邊板櫈的鐵腿不放。他像畜生似的大聲嚎叫。警衛抓住他身子，要把他的手指扳開，可是他緊抓住不放，氣力大得驚人。他們拉了他二十秒鐘左右。其他犯人安靜地坐在一旁，雙手交疊地放在膝上，眼睛直瞪瞪地望着前方。嚎叫停止了，那個人已快沒有氣了。這時又是一聲呼號，只是聲音不同。原來那個警衛的皮靴踢斷了他的一根手指。他們終於把他拽了起來。

「101 號房，」那個軍官說。

那個人給帶了出去，走路搖搖晃晃，腦袋低垂，捧着他給踢傷的手，一點勁兒都沒有了。

經過了一段很長的時間。如果那個骷髏頭帶走的時候是午夜，那麼現在就是上午了；如果是上午，就是下午。只有溫斯頓一個人，這樣已有幾個小時了。老是坐在窄板櫈上屁股發痛，他就站起來走動走動，倒沒有受到電幕的叱喝。那塊麵包仍在那個沒下巴頦兒丟下的地方。開始時，要不去看它，真得咬緊牙關才行，但是過了一會，口渴比肚飢更難受了。他的嘴巴乾燥難受，還有一股惡臭。嗡嗡的聲音和蒼白的燈光造成了一種昏眩的感覺，使他的腦袋感到空空如也。他在全身骨頭痛得難受的時候就站起來，可是幾乎馬上又坐下去，因為腦袋發暈，站不住腳。只要身體感官稍一正常，恐怖便又襲上心頭。他有時抱着萬一的希望，想到奧勃良和刀片。即使給他送吃的來，不可想像地裏面會藏着刀片。他也依稀地想到裘莉亞。她不知在甚麼地方也在受苦，也許比他還厲害。她現在可能在痛得尖叫。他想：「如果我多吃些苦能救裘莉亞，我肯不肯？是的，我肯的。」但這只是個理智上的決定，因為他知道他應該如此。但他沒有這種感覺。在這種地方，除了痛和痛的預感以外，你沒有別的感覺。此外，你在受苦的時候，不管為了甚麼原因，真的能夠希望痛苦再增加一些？不過這個問題目前還無法答覆。

皮靴又走近了。門打了開來。奧勃良走了進來。

溫斯頓要站起來。他吃驚之下，甚麼戒備都忘掉了。多年來第一次，他忘掉了牆上的電幕。

「他們把你也逮到了！」他叫道。

「他們早就把我逮到了，」奧勃良說，口氣裏略帶一種幾乎感到歉意的諷刺。他閃開身子，從他背後出現了一個胸圍粗壯的警衛，手中握着一根長長的黑色橡皮棍。

「你是明白的，溫斯頓，」奧勃良說，「別自欺欺人。你原來就明白，你一直是明白的。」

是的，他現在明白了，他一直是明白的。但沒有時間去想這個。他看到的只有那個警衛手中的橡皮棍。落在甚麼地方都可能：腦袋頂上，耳朵尖上，胳膊上，手肘上——

手肘上！他癱了下來，一隻手捧着那條挨了一棍的手肘，幾乎要跪倒在地。眼前一陣昏花，甚麼都炸成了一片黃光。不可想像，不可想像一棍打來會造成這樣的痛楚！黃光消退了，他可以看清他們兩個人低頭看着他。那個警衛看到他那難受勁兒感到好笑。至少有一個問題得到了解答。不管甚麼原因，你無法希望增加痛苦。對於痛苦，你只能有一個希望：那就是停止。天下沒有比身體上的痛苦更難受的了。在痛苦面前，沒有英雄，沒有英雄。他在地上滾來滾去，一遍又一遍地這麼想着，捧着他那打殘了的左臂，毫無辦法。

## 註釋

[1] 英語「神」（god）和「杖」（rod）同韻，譯註。

# 2

他躺在一張好像是行軍床那樣的床上，不過離地面很高，而且身上好像給綁住了，使他動彈不得。比平時更強的燈光照在他的臉上。奧勃良站在旁邊，注意地低頭看着他。另外一邊站着一個穿白大褂的人，手中拿着打針的注射器。

即使在睜開眼睛以後，他也是慢慢地才看清周圍的環境的。他有一種感覺，好像自己是從一個完全不同的世界，一個深深的海底世界，游泳游到這個房間中來的。他在下面多久，他不知道。自從他們逮捕他以來，他就沒有見過白天或黑夜。而且他的記憶也不是持續的。常常有這樣的時候，意識——甚至在睡覺中也有的那種意識，忽然停止了，過了一段空白間隙後才恢復，但是這一段空白間隙究竟是幾天，幾星期，還是不過幾秒鐘，就沒法知道。

在手肘遭到那一擊之後，噩夢就開始了。後來他才明白，當時接着發生的一切事情只不過是一場開鑼戲，一種例行公事式的審訊，幾乎所有犯人都要過一遍。人人都得供認各種各樣的罪行——刺探情報、破壞，等等。招供不過是個形式，但拷打卻是貨真價實的。他給打過多少次、每次拷打多久，他都記不得了。不過每次總有五六個穿黑制服的人同時向他撲來。有時是拳頭，有時是橡皮棍，有時是鐵條，有時是皮靴。他常常在地上打滾，像畜生一樣不講羞恥，蜷縮着身子閃來閃去，想躲開拳打腳踢，但是這是一點也沒有希望的，只會招來更多的腳踢，踢在他的肋骨上，肚子上，手肘上，腰上，腿上，下腹上，睾丸上，脊樑骨上。這樣沒完沒了的拳打腳踢有時持續到使他覺得最殘酷的、可惡的、不可原諒的事情，不是那些警衛繼續打他，而是他竟無法使自己失去意識昏過去。有時候他神經緊張得還沒有開始打他就大聲叫喊求饒，或者一見到拔出拳頭來就自動招供了各種各樣真真假假的罪行。也有的時候他下定決心甚麼都不招，實在痛不過時才說一言半語，或者他徒然地想來個折衷，對自己這麼說：「我可以招供，但還不到時候。一定要堅持到實在忍不住痛的時候。再踢三腳，再踢兩腳，我才把他們要我說的話說給他們聽。」有時他給打得站不住腳，像一袋土豆似的掉在牢房裏的石頭地上，歇息了幾個小時以後，又給帶出去痛打。也有時間歇時間比較長。他記不清了，因為都是在睡夢中或昏暈中度過的。他記得有一間牢房裏有一張木板床，牆上有個架子，還有一個洗臉盆，送來的飯是熱湯和麵包，有時還有咖啡。他記得有個脾氣乖戾的理髮員來給他刮鬍子剪頭髮，還有一個一本正經、沒有感情的白衣護士來試他的脈搏，驗他的神經反應，翻他的眼皮，粗糙的手指在他身上摸來摸去看有沒有骨頭折斷，在他的胳膊上打針，讓他昏睡過去。

拷打不如以前頻繁了，主要成了一種威脅，如果他的答覆不夠讓他們滿意就用拷打來恐嚇他。拷問他的人現在已不再是穿黑制服的粗漢，而是黨內知識分子，都是矮矮的小胖子，動作敏捷，目戴眼鏡，分班來對付他。有時一班持續達十幾個小時，究竟多久，他也弄不清楚。這些拷問他的人總是使他不斷吃到一些小苦頭，但是他們主要不是依靠這個。他們打他耳光，扭他耳朵，揪他頭髮，要他用一隻腳站着，不讓他撒尿，用強烈的燈光照他的臉，一直到眼睛裏流出淚水。但是這一切的目的不過是侮辱他，打垮他的辯論說理的能力。他們的真正厲害的武器還是一個小時接着一個小時地、無休無止地無情拷問他，使他說漏了嘴，讓他掉入圈套，歪曲他說的每一句話，抓住他的每一句假話和每一句自相矛盾的話，一直到他哭了起來，與其說是因為感到恥辱，不如說是因為神經過度疲勞。有時一次拷問他要哭五六次。他們多半是大聲辱罵他，稍有遲疑就揚言要把他交還給警衛去拷打。但是他們有時也會突然改變腔調，叫他同志，要他看在英社和老大哥面上，假惺惺地問他對黨到底還有沒有半點忠誠，改正自己做過的壞事。在經過好幾小時的拷問而筋疲力盡之後，甚至聽到這樣的軟話，他也會淚涕交加。終於這種喋喋不休的盤問比警衛的拳打腳踢還要奏效，使他完全屈服。凡是要他說甚麼話，簽甚麼字，他都一概遵命。他一心只想弄清楚的是他們要他招認甚麼。這樣他好馬上招認，免得吃眼前虧。他招認暗殺黨的領導，散發煽動反叛的小冊子，侵吞公款，出賣軍事機密，從事各種各樣的破壞活動。他招認早在一九六八年就是東亞國政府豢養的間諜。他招認他篤信宗教，崇拜資本主義，是個老色鬼。他招認殺了老婆，儘管他自己明白，拷問的人也明白，他的老婆還活着。他招認多年以來就同果爾德施坦因有個人聯繫，是個地下組織的成員。該組織包括了他所認識的每一個人。把甚麼東西都招認，把甚麼人都拉下水，是很容易的事。況且，在某種意義上，也是合乎事實的。他的確是黨的敵人，因為在黨的眼裏，思想和行為沒有差別。

還有另外一種記憶，在他的腦海裏互無關聯地出現，好像是一幅幅的照片，照片四周一片漆黑。

他在一個牢房裏，可能是黑的，也可能是亮光，因為他只看見一雙眼睛。附近有一個儀器在慢慢地準確地滴答響着。眼睛越來越大，越來越亮。突然他騰空而起，跳進眼睛裏，給吞噬掉了。

他給綁在一把椅子上，四周都有儀錶，燈光強得耀眼。一個穿白大褂的人在觀看儀錶。外面一陣沉重的腳步聲。門打開了。那個蠟像一般的軍官走了進來，後面跟着兩個警衛。

「101 號房。」那個軍官說。

白大褂沒有轉身。他也沒有看溫斯頓；他只是在看儀錶。

他給推到一條很大的走廊裏，有一公里寬，盡是金黃色燦爛的光，他的嗓門很高，大聲笑着，招着供。他甚麼都招認，甚至在拷打下仍沒有招出來的東西都招認了。他把他的全部生平都向聽的人說了，而這些聽的人早已知道這一切了。同他在一起的還有警衛，其他拷問者，穿白大褂的人，奧勃良，裘莉亞，卻林頓先生，都一起在走廊裏經過，大聲哭着。潛伏在未來的可怕的事，卻給跳過去了，沒有發生。一切太平無事，不再有痛楚，他的一生全部都擺了出來，得到了諒解和寬恕。

他在木板床上要坐起身來，好像覺得聽到奧勃良的談話聲。在整個拷問的過程中，他雖然從來沒有看見過奧勃良，但是他有這樣的感覺，覺得奧勃良一直在他身旁，只是沒有讓他看見而已。奧勃良是這一切事情的總指揮。派警衛打他，又不讓他們打死他，是奧勃良。決定甚麼時候該讓溫斯頓痛得尖叫，甚麼時候該讓他緩一口氣，甚麼時候該讓他吃飯，甚麼時候該讓他睡覺，甚麼時候該給他打針；提出問題，暗示要甚麼答覆的，也是奧勃良。他既是拷打者，又是保護者；既是審問者，又是朋友。有一次，溫斯頓記不得是在打了麻藥針睡着了以後，還是正常睡着了以後，還是暫時醒來的時候，他聽到耳邊有人低聲說：「別擔心，溫斯頓；你現在由我看管。我觀察你已有七年。現在到了轉捩點。我要救你，要使你成為完人。」他不知道這是不是奧勃良的說話聲，但是這同七年以前在另外一個夢境中告訴他「我們將在沒有黑暗的地方相會」的說話聲是同一個人的聲音。

他不記得拷問是怎樣結束的。有一個階段的黑暗，接着就是他現在所在的那個牢房，或者說房間，逐漸在他四周變得清楚起來。他完全處於仰臥狀態，不能移動。他的身體在每個要緊的節骨眼上都給牽制住了，甚至他的後腦勺似乎也是用甚麼東西抓住似的。奧勃良低頭看着他，神態嚴肅，很是悲哀。他的臉從下面望上去，皮膚粗糙，神情憔悴，眼睛下面有好幾道圈兒，鼻子到下巴頦兒有好幾條皺紋。他比溫斯頓所想像的要老得多了，大概五十來歲。他的手的下面有一個儀錶，上面有個槓桿，儀錶的錶面有一圈數字。

「我告訴過你，」奧勃良說，「要是我們再見到，就是在這裏。」

「是的，」溫斯頓說。

奧勃良的手微動了一下，此外就沒有任何別的預告，溫斯頓全身突然感到一陣痛。這陣痛很怕人，因為他看不清是怎麼一回事，只覺得對他進行了致命的傷害。他不知道是真的這樣，還是用電的效果。但是他的身體給扒拉開來，不成形狀，每個關節都給慢慢地扳開了。他的額頭上痛得出了汗，但是最糟糕的還是擔心脊樑骨要斷。他咬緊牙關，通過鼻孔呼吸，盡可能地不作出聲來。

「你害怕，」奧勃良看着他的臉說，「再過一會兒有甚麼東西要斷了。你特別害怕這是你的脊樑骨。你的心裏很逼真地可以看到脊椎裂開，髓液一滴一滴地流出來。溫斯頓，你現在想的是不是就是這個？」

溫斯頓沒有回答。奧勃良把儀錶上的槓桿拉回去。陣痛很快消退，幾乎同來時一樣快。

「這才只有四十。」奧勃良說。「你可以看到，錶面上的數字最高達一百。因此在我們談話的時候，請你始終記住，我有能力隨時隨地都可以叫你感到多痛就多痛。如果你向我說謊，或者不論想怎麼樣搪塞，或者甚至說的不符合你平時的智力水平，你都會馬上痛得叫出來。明白嗎？」

「明白了，」溫斯頓說。

奧勃良的態度不像以前嚴厲了。他沉思地端正了一下眼鏡，踱了一兩步。他再說話的時候，聲音就很溫和，有耐心。他有了一種醫生的、教員的、甚至牧師的神情，一心只想解釋說服，不是懲罰。

「溫斯頓，我為你操心，」他說，「是因為你值得操心。你很明白你的問題在哪裏。你好多年以來就已很明白，只是你不肯承認而已。你的精神是錯亂的。你的記憶力有缺陷。真正發生的事你不記得，你卻使自己相信你記得那些從來沒有發生過的事。幸而這是可以治療的。但是你自己從來沒有想法治療過，因為你不願意。這只需要意志上稍作努力，可是你就是不肯。即使現在，我也知道，你仍死抱住這個毛病不放，還以為這是美德。我們現在舉一個例子來說明。我問你，眼前大洋國是在同哪個國家打仗？」

「我被逮捕的時候，大洋國是在同東亞國打仗。」

「東亞國。很好。大洋國一直在同東亞國打仗，是不是？」

溫斯頓吸了一口氣。他張開嘴巴要說話，但又沒有說。他的眼光離不開那儀錶。

「要說真話，溫斯頓。你的真話。把你以為你記得的告訴我。」

「我記得在我被捕前一個星期，我們還沒有同東亞國打仗。我們當時同他們結着盟。戰爭的對象是歐亞國。前後打了四年。在這以前——」

奧勃良的手擺動一下，叫他停止。

「再舉一個例子，」他說，「幾年以前，你發生了一次非常嚴重的幻覺。有三個人，三個以前的黨員叫瓊斯、阿朗遜和魯瑟福的，在徹底招供以後按叛國罪處決，而你卻以為他們並沒有犯那控告他們的罪。你以為你看到過無可置疑的物證，可以證明他們的口供是假的。你當時有一種幻覺，以為看到了一張照片。你還以為你的手裏真的握到過這張照片。這是這樣一張照片。」

奧勃良手指中間夾着一張剪報。它在溫斯頓的視野裏出現了大約五秒鐘。這是一幅照片，至於它是甚麼照片，這是毫無問題的。它就是那張照片。這是瓊斯、阿朗遜、魯瑟福在紐約一次黨的會議上的照片，十一年前他曾意外見到，隨即銷毀了的。它在他的眼前出現了一剎那，就又在他的視野中消失了。但是他已看到了，毫無疑問，他已看到了！他忍着劇痛拼命想坐起來。但是不論朝甚麼方向，他連一毫米都動彈不得。這時他甚至忘掉了那個儀錶了。他一心只想把那照片再拿在手中，至少再看一眼。

「它存在的！」他叫道。

「不，」奧勃良說。

他走到屋子那一頭去。對面牆上有個忘懷洞。奧勃良揭起蓋子。那張薄薄的紙片就在一陣熱風中捲走了；在看不見的地方一燃而滅，化為灰燼。奧勃良從牆頭那邊轉身回來。

「灰燼，」他說，「甚至是認不出來的灰燼，塵埃。它並不存在。它從來沒有存在過。」

「但是它存在過！它確實存在！它存在記憶中。我記得它。你記得它。」

「我不記得它，」奧勃良說。

溫斯頓的心一沉。那是雙重思想。他感到一點也沒有辦法。如果他能夠確定奧勃良是在說謊，這就無所謂了。但是完全有可能，奧勃良真的已忘記了那張照片。如果這樣，那麼他就已經忘記了他否認記得那張照片，忘記了忘記這一行為的本身。你怎麼能確定這只不過是個小手法呢？也許頭腦裏真的會發生瘋狂的錯亂，使他絕望的就是這種思想。

奧勃良沉思地低着頭看他。他比剛才更加像一個教師在想盡辦法對付一個誤入歧途但很有培養前途的孩子。

「黨有一句關於控制過去的口號，」他説，「你再複述一遍。」

「『誰能控制過去就控制未來；誰能控制現在就控制過去，』」溫斯頓順從地複述。

「『誰能控制現在就控制過去』，」奧勃良說，一邊慢慢地點着頭表示讚許。「溫斯頓，那麼你是不是認為，過去是真正存在過的？」

溫斯頓又感到一點也沒有辦法。他的眼光盯着儀錶。他不僅不知道怎麼答覆——「是」還是「不是」——能使他免除痛楚；他甚至不知道到底哪一個答覆是正確的。

奧勃良微微笑道：「溫斯頓，你不懂形而上學。到現在為止，你從來沒有考慮過所謂存在是甚麼意思。我來説得更加確切些。過去是不是具體存在於空間裏？是不是有個甚麼地方，一個有具體東西的世界裏，過去仍在發生着？」

「沒有。」

「那麼過去到底存在於甚麼地方呢？」

「在記錄裏。這是寫了下來的。」

「在記錄裏。還有——？」

「在頭腦裏。在人的記憶裏。」

「在記憶裏。那麼，很好。我們，黨，控制全部記錄，我們控制全部記憶。因此我們控制過去，是不是？」

「但是你怎麼能教人不記得事情呢？」溫斯頓叫道，又暫時忘記了儀錶。「它是自發的。它獨立於一個人之內。你怎麼能控制記憶呢？你就沒有能控制我的記憶！」

奧勃良的態度又嚴厲起來了。他把手放在儀錶上。

「恰恰相反，」他說，「你才沒有控制你的記憶。因此把你帶到這裏來。你到這裏來是因為你不自量力，不知自重。你不願為神志健全付出順從的代價。你寧可做個瘋子，光棍少數派。溫斯頓，只有經過訓練的頭腦才能看清現實。你以為現實是某種客觀的、外在的、獨立存在的東西。你也以為現實的性質不言自明。你自欺欺人地認為你看到了甚麼東西，你以為別人也同你一樣看到了同一個東西。但是我告訴你，溫斯頓，現實不是外在的。現實存在於人的頭腦中，不存在於任何其他地方。而且不存在於個人的頭腦中，因為個人的頭腦可能犯錯誤，而且反正很快就要死亡；現實只存在於黨的頭腦中，而黨的頭腦是集體的，不朽的。不論甚麼東西，黨認為是真理就是真理。除了通過黨的眼睛，是沒有辦法看到現實的。溫斯頓，你得重新學習，這是事實。這需要自我毀滅，這是一種意志上的努力。你先要知道自卑，然後才能神志健全。」

他停了一會兒，好像要使對方深刻理解他說的話。

「你記得嗎，」他繼續說，「你在日記中寫：『所謂自由即可以說二加二等於四的自由』？」

「記得，」溫斯頓說。

奥勃良舉起他的左手，手背朝着溫斯頓，大拇指縮在後面，四個手指伸開。

「我舉的是幾個手指，溫斯頓？」

「四個。」

「如果黨說不是四個而是五個——那麼你說是多少？」

「四個。」

話還沒有說完就是一陣劇痛。儀錶上的指標轉到了五十五。溫斯頓全身汗如雨下。他的肺部吸進呼出空氣都引起大聲呻吟，即使咬緊牙關也壓不住。奥勃良看着他，四個手指仍伸在那裏。他把槓桿拉回來。不過劇痛只稍微減輕一些。

「幾個手指，溫斯頓？」

「四個。」

指針到了六十。

「幾個手指，溫斯頓？」

「四個！四個！我還能說甚麼？四個！」

指針一定又上升了，但是他沒有去看它。他的眼前只見到那張粗獷的嚴厲的臉和四個手指。四個手指在他眼前像四根大柱，粗大，模糊，彷彿要抖動起來，但是毫無疑問地是四個。

「多少手指，溫斯頓？」

「四個！快停下來，快停下來！你怎麼能夠這樣繼續下去？四個！四個！」

「多少手指，溫斯頓？」

「五個！五個！五個！」

「不，溫斯頓，這沒有用。你在說謊。你仍認為是四個，到底多少？」

「四個！五個！四個！你愛說幾個就是幾個。只求你馬上停下來，別再教我痛了！」

他猛的坐了起來，奧勃良的胳膊圍着他的肩膀。他可能有一兩秒鐘昏了過去。把他身體綁住的帶子放鬆了。他覺得很冷，禁不住打寒戰，牙齒格格打顫，臉頰上眼淚滾滾而下。他像個孩子似的抱着奧勃良，圍着他肩膀上的粗壯胳膊使他感到出奇的舒服。他覺得奧勃良是他的保護人，痛楚是外來的，從別的來源來的，只有奧勃良才會救他免於痛楚。

「你學起來真慢，溫斯頓，」奧勃良溫和地說。

「我有甚麼辦法？」他口齒不清地說，「我怎麼能不看到眼前的東西呢？二加二等於四呀。」

「有時候是四，溫斯頓。但有時候是五。有時候是三。有時候三、四、五全是。你得再努力一些。要神志健全，不是容易的事。」

他把溫斯頓放到床上躺下。溫斯頓四肢上縛的帶子又緊了，不過這次痛已減退，寒戰也停止了，他只感到軟弱無力，全身發冷。奧勃良點頭向穿白大褂的一個人示意，那人剛才自始至終呆立不動，這時他彎下身來，仔細觀看溫斯頓的眼珠，試了他的脈搏，聽了他的胸口，到處敲敲摸摸，然後向奧勃良點一點頭。

「再來，」奥勃良説。

溫斯頓全身一陣痛，那指標一定升高到了七十，七十五。這次他閉上了眼睛。他知道手指仍在那裏，仍舊是四個。現在主要的是把痛熬過去。他不再注意到自己究竟是不是在哭。痛又減退了。他睜開眼睛。奥勃良把槓桿拉了回來。

「多少手指，溫斯頓？」

「四個。我想是四個。只要能夠，我很願意看到五個。我盡量想看到五個。」

「你究竟希望甚麼；是要我相信你看到五個，還是真正要看到五個？」

「真正要看到五個。」

「再來，」奥勃良説。

指針大概升到了八十——九十。溫斯頓只能斷斷續續地記得為甚麼這麼痛。在他的緊閉的眼皮後面，手指像森林一般，似乎在跳舞，進進出出，互相疊現。他想數一下，他也不記得為甚麼。他只知道要數清它們是不可能的，這是由於神秘地，四就是五，五就是四。痛又減退了。他睜開眼睛，發現看到的仍是原來的東西。無數的手指，像移動的樹木，仍朝左右兩個方向同時移動着，互相交疊。他又閉上了眼。

「我舉起的有幾個手指，溫斯頓？」

「我不知道。我不知道。你再下去，就會把我痛死的。四個，五個，六個——說老實話，我不知道。」

「好一些了，」奧勃良說。

一根針刺進了溫斯頓的胳膊。就在這當兒，一陣舒服的暖意馬上傳遍了他的全身。痛楚已全都忘了。他睜開眼，感激地看着奧勃良。一看到他的粗獷的、皺紋很深的臉，那張醜陋但是聰明的臉，他的心感到一陣酸。要是他可以動彈，他就會伸出手去，放在奧勃良的胳膊上。他從來沒有像現在這麼愛他，這不僅因為他停止了痛楚。歸根到底，奧勃良是友是敵，這一點無關緊要的感覺又回來了。奧勃良是個可以同他談心的人。也許，你與其受人愛，不如被人了解更好一些。奧勃良折磨他，快到了神經錯亂的邊緣，而且有一陣子幾乎可以肯定要把他的命給斷送。但這沒有關係。按那種比友誼更深的意義來說，他們還是知己。反正有一個地方，雖然沒有明說，他們可以碰頭好好談一談。奧勃良低頭看着他，他的表情說明，他的心裏也有同樣的想法。他開口說話時，用的是一種隨和的聊天的腔調。

「你知道你身在甚麼地方嗎，溫斯頓？」他問道。

「我不知道。但我猜得出來。在友愛部。」

「你知道你在這裏已有多久了嗎？」

「我不知道。幾天，幾星期，幾個月——我想已有幾個月了。」

「你認為我們為甚麼把人帶到這裏來？」

「讓他們招供。」

「不，不是這個原因。再試一試看。」

「懲罰他們。」

「不是！」奧勃良叫道。他的聲音變得同平時不一樣了，他的臉色突然嚴厲起來，十分激動。「不是！不光是要你們招供，也不光是要懲罰你們。你要我告訴你為甚麼把你們帶到這裏來嗎？是為了給你們治病。是為了使你神志恢復健全！溫斯頓，你要知道，凡是我們帶到這裏來的人，沒有一個不是治好走的。我們對你犯的那些愚蠢罪行並不感到興趣。黨對表面行為不感興趣，我們關心的是思想。我們不單單要打敗敵人，我們要改造他們。你懂得我的意思嗎？」

他俯身望着溫斯頓。因為離得很近，他的臉顯得很大，從下面望上去，醜陋得怕人。此外，還充滿了一種興奮的表情，緊張得近乎瘋狂。溫斯頓的心又一沉。他恨不得鑽到床底下去。他覺得奧勃良一時衝動之下很可能扳動槓桿。但是就在這個時候，奧勃良轉過身去，踱了一兩步，又繼續說，不過不像剛才那麼激動了：

「你首先要明白，在這個地方，不存在烈士殉難問題。你一定讀到過以前歷史上的宗教迫害的事。在中世紀裏，發生過宗教迫害。那是一場失敗。它的目的只是要根除異端邪說，結果卻鞏固了異端邪說。它每燒死一個異端分子，就製造出幾千個來。為甚麼？因為宗教迫害公開殺死敵人，在這些敵人還沒有悔改的情況下就把他們殺死，因為他們不肯悔改而把他們殺死。他們所以被殺是因為他們不肯放棄他們的真正信仰。這樣，一切光榮自然歸於殉難者，一切羞恥自然歸於燒死他們的迫害者。後來，在二十世紀，出現了集權主義者，就是這樣叫他們的。他們是德國的納粹分子和俄國的共黨分子。俄國人迫害異端邪說比宗教迫害還殘酷。他們自以為從過去的錯誤中汲取了教訓；不過他們有一點是明白的，絕不能製造殉難烈士。他們在公審受害者之前，有意打垮他們的人格尊嚴。他們用嚴刑拷打，用單獨禁閉，把他們折磨得成為匍匐求饒的可憐蟲，甚麼罪名都願意招認，辱罵自己，攻擊別人來掩蔽自己。但是過了幾年之後，這種事情又發生了。死去的人成了殉難的烈士，他們的可恥下場遺忘了。再問一遍為甚麼是這樣？首先是因為他們的供詞顯然是逼出來的，是假的。我們不再犯這種錯誤。在這裏招供的都是真的。我們想辦法做到這些供詞是真的。而且，尤其是，我們不讓死者起來反對我們，你可別以為後代會給你昭雪沉冤。後代根本不會知道有你這樣一個人。你在歷史的長河中消失得一乾二淨。我們要把你化為氣體，消失在太空之中。你甚麼東西也沒有留下：登記簿上沒有你的名字，活人的頭腦裏沒有你的記憶。不論過去和將來，你都給消滅掉了。你從來沒有存在過。」

那麼為甚麼要拷打我呢？溫斯頓想，心裏感到一陣怨恨。奧勃良停下了步，好像溫斯頓把這想法大聲說了出來一樣。他的醜陋的大臉挪了近來，眼睛瞇了一些。

「你在想，」他說，「既然我們要把你徹底消滅掉，使得不論你說的話或做的事再也無足輕重——既然這樣，我們為甚麼還不厭其煩地要先拷問你？你是不是這樣想？」

「是的，」溫斯頓說。

奧勃良微微一笑道，「溫斯頓，你是白玉上的瑕疵。你是必須擦去的污點。我剛才不是對你說過，我們同過去的迫害者不同嗎？我們不滿足於消極的服從，甚至最奴顏婢膝的服從都不要。你最後投降，要出於你自己的自由意志。我們並不因為異端分子抗拒我們才毀滅他；只要他抗拒一天，我們就不毀滅他。我們要改造他，爭取他的內心，使他脫胎換骨。我們要把他的一切邪念和幻覺都統統燒掉；我們要把他爭取到我們這一邊來，不僅僅是在外表上，而且是在內心裏真心誠意站到我們這一邊來。我們在殺死他之前也要把他改造成為我們的人。我們不能容許世界上有一個地方，不論多麼隱蔽，多麼不發生作用，居然有一個錯誤思想存在。甚至在死的時候，我們也不容許有任何脫離正規的思想。在以前，異端分子走到火刑柱前去時仍是一個異端分子，宣揚他的異端邪說，為此而高興若狂。甚至俄國清洗中的受害者在走上刑場挨槍彈之前，他的腦殼中也可以保有反叛思想。但是我們卻要在粉碎那個腦殼之前把那腦袋改造完美。以前的專制暴政的告誡是『你幹不得』。集權主義的告誡是『你得幹』。我們則是『你得是』。我們帶到這裏來的人沒有一個敢站出來反對我們。每個人都洗得一乾二淨。甚至你相信是無辜的那三個可憐的賣國賊——琼斯、阿朗遜和魯瑟福——我們最後也搞垮了他們。我親身參加過對他們的拷問。我看到他們慢慢地軟了下來，趴在地上，哀哭着求饒。我們拷問完畢時，他們已成了行屍走肉。除了後悔自己的錯誤和對老大哥的愛戴以外，他們甚麼也沒有剩下了。看到他們怎樣熱愛他，真是很感動人。他們要求馬上槍斃他們，可以在思想還仍清白純潔的時候趁早死去。」

他的聲音幾乎有了一種夢境的味道。他的臉上仍有那種興奮、熱情得發瘋的神情。溫斯頓想，他這不是假裝的；他不是偽君子；他相信自己說的每一句話。最使溫斯頓不安的是，他意識到自己的智力的低下。他看着那粗笨然而文雅的身軀走來走去，時而進入時而退出他的視野裏。奥勃良從各方面來說都是一個比他大的人。凡是他曾經想到過或者可能想到的念頭，奥勃良無不都早已想到過，研究過，批駁過了。他的頭腦包含了溫斯頓的頭腦。但是既然這樣，奥勃良怎麼會是瘋狂的呢？那麼發瘋的就一定是他，溫斯頓自己了。奥勃良停下來，低頭看他。他的聲音又嚴厲起來了。

「別以為你能夠救自己的命，溫斯頓，不論你怎麼徹底向我們投降。凡是走上歧途的人，沒有一個人能幸免。即使我們決定讓你壽終，你也永遠逃不脫我們。在這裏發生的事是永遠的。你事先必須了解。我們要打垮你，打到無可挽回的地步。你碰到的事情，即使你活一千年，你也永遠無法從中恢復過來。你不再可能有正常人的感情。你心裏甚麼都成了死灰。你不再可能有愛情、友誼、生活的樂趣、歡笑、好奇、勇氣、正直。你是空無所有。我們要把你擠空，然後再用我們自己把你填滿。」

他停下來，跟穿白大褂的打個招呼。溫斯頓感到有一件很重的儀器放到了他的腦袋下面。奧勃良坐在床邊，他的臉同溫斯頓的臉一般高。

「三千，」他對溫斯頓頭上那個穿白大褂的說。

有兩塊稍微有些濕的軟墊子夾上了溫斯頓的太陽穴。他縮了一下，感到了一陣痛，那是一種不同的痛。奧勃良把一隻手按在他的手上，叫他放心，幾乎是很和善。

「這次不會有傷害的，」他說，「把眼睛盯着我。」

就在這個時候發生了一陣猛烈的爆炸，也可以說類似爆炸，但弄不清楚究竟有沒有聲音。肯定發出了一陣閃光，使人睜不開眼睛。溫斯頓沒有受到傷害，只是弄得筋疲力盡。他本來已經是仰臥在那裏，但是他奇怪地覺得好像是給推到這個位置的。一種猛烈的無痛的打擊，把他打翻在那裏。他的腦袋裏也有了甚麼變化。當他的瞳孔恢復視力時，他仍記得自己是誰，身在何處，也認得看着他的那張臉；但是不知在甚麼地方，總有一大片空白，好像他的腦子給挖掉了一大塊。

「這不會長久，」奧勃良說，「看着我回答，大洋國同甚麼國家在打仗？」

溫斯頓想了一下。他知道大洋國是甚麼意思，也知道自己是大洋國的公民。他也記得歐亞國和東亞國。但誰同誰在打仗，他卻不知道。事實上，他根本不知道在打仗。

「我記不得了。」

「大洋國在同東亞國打仗。你現在記得嗎？」

「記得。」

「大洋國一直在同東亞國打仗。自從你生下來以後，自從黨成立以來，自從有史以來，就一直不斷地在打仗，總是同一場戰爭。你記得嗎？」

「記得。」

「十一年以前，你造了一個關於三個因叛國而處死的人的神話。你硬說自己看到過一張能夠證明他們無辜的紙片。根本不存在這樣的紙片。這是你造出來的，你後來就相信了它。你現在記得你當初造出這種想法的時候吧？」

「記得。」

「我現在把手舉在你的面前。你看到五個手指。你記得嗎？」

「記得。」

奧勃良舉起左手的手指，大拇指藏在手掌後面。

「現在有五個手指。你看到五個手指嗎？」

「是的。」

而且他的確在剎那間看到了，在他的腦海中的景象還沒有改變之前看到了。他看到了五個手指，並沒有畸形。接着一切恢復正常，原來的恐懼、仇恨、迷惑又襲上心來。但是有那麼一個片刻——他也不知道多久，也許是三十秒鐘——的時間裏，他神志非常清醒地感覺到，奧勃良的每一個新的提示都填補了一片空白，成為絕對的真理，只要有需要的話，二加二可以等於三，同等於五一樣容易。奧勃良的手一放下，這就消失了，他雖不能恢復，但仍舊記得，就像你在很久以前的某個時候，事實上是個完全不同的人的時候，有個栩栩如生的經歷，現在仍舊記得一樣。

「你現在看到，」奧勃良說，「無論如何這是辦得到的。」

「是的，」溫斯頓說。

奧勃良帶着滿意的神情站了起來。溫斯頓看到他的左邊的那個穿白大褂的人打破了一隻安瓿，把注射器的柱塞往回抽。奧勃良臉上露出微笑，轉向溫斯頓。他重新整了一整鼻樑上的眼鏡，動作一如以往那樣。

「你記得曾經在日記裏寫過，」他說，「不管我是友是敵，都無關緊要，因為我至少是個能夠了解你並且可以談得來的人？你的話不錯。我很喜歡同你談話。你的頭腦使我感到興趣。它很像我自己的頭腦，只不過你是精神失常的。在結束這次談話之前，你如果願意，可以向我提幾個問題。」

「任何問題？」

「任何問題。」他看到溫斯頓的眼光落在儀錶上。「這已經關掉了。你的第一個問題是甚麼？」

「你們把裘莉亞怎樣了？」溫斯頓問。

奧勃良又微笑了。「她出賣了你，溫斯頓。馬上——毫無保留。我從來沒有見到過有人這樣快投過來的。你如再見到她，已很難認出來了。她的所有反叛精神、欺騙手法、愚蠢行為、骯髒思想——都已消失得一乾二淨。她得到了徹底的改造，完全符合課本的要求。」

「你們拷打了她。」

奧勃良對此不予置答。「下一個問題，」他說。

「老大哥存在嗎？」

「當然存在。有黨存在，就有老大哥存在，他是黨的化身。」

「他也像我那樣存在嗎？」

「你不存在，」奧勃良說。

他又感到了一陣無可奈何的感覺襲心。他明白，也不難想像，那些能夠證明自己不存在的論據是些甚麼；但是這些論據都是胡說八道，都是玩弄詞句。「你不存在」這句話不是包含着邏輯上的荒謬嗎？但是這麼說有甚麼用呢？他一想到奧勃良會用那些無法爭辯的、瘋狂的論據來駁斥他，心就感到一陣收縮。

「我認為我是存在的，」他懶懶地說，「我意識到我自己的存在。我生了下來，我還會死去。我有胳膊有腿。我佔據一定的空間。沒有別的實在東西能夠同時佔據我所佔據的空間。在這個意義上，老大哥存在嗎？」

「這無關重要。他存在。」

「老大哥會死嗎？」

「當然不會。他怎麼會死？下一個問題。」

「兄弟會存在嗎？」

「這，溫斯頓，你就永遠不會知道。我們把你對付完了以後，如果放你出去，即使你活到九十歲，你也永遠不會知道這個問題的答案是甚麼。只要你活一天，這個問題就一天是你心中沒有解答的謎。」

溫斯頓默然躺在那裏。他的胸脯起伏比剛才快了一些。他還沒有提出他心中頭一個想到的問題。他必須提出來，可是他的舌頭好像說不出聲來了。奧勃良的臉上出現了一絲笑意。甚至他的眼鏡片似乎也有了嘲諷的色彩。溫斯頓心裏想，他很明白，他很明白我要問的是甚麼！想到這裏，他的話就衝出口了。

「101 號房裏有甚麼？」

奧勃良臉上的表情沒有變。他挖苦地回答：

「你知道 101 號房裏有甚麼，溫斯頓。人人都知道 101 號房裏有甚麼。」

他向穿白大褂的舉起一個手指。顯然談話結束了。一根針刺進了溫斯頓的胳膊。他馬上沉睡過去。

## 3

「你的改造分三個階段，」奧勃良說，「學習、理解、接受。現在你該進入第二階段了。」

溫斯頓又是仰臥在床上。不過最近綁帶比較鬆了。他仍給綁在床上，不過膝蓋可以稍作移動，腦袋可以左右轉動，從手肘以下，可以舉起手來。那個儀錶也不那麼可怕了。只要他腦筋轉得快一些，就可以避免吃苦頭。主要是在他腦筋不靈的時候，奧勃良才扳槓桿。有時他們談一次話沒有用過一次儀錶。他記不得他們已經談過幾次了。整個過程似乎拖得很長，時間也無限，可能有好幾個星期，每次談話與下次談話之間有時可能間隔幾天，有時只有一兩小時。

「你躺在那裏，」奧勃良說，「你常常納悶，而且你甚至問過我，為甚麼友愛部要在你身上花這麼多的時間，費這麼大的勁。當初你自由的時候，你也因基本上同樣的問題而感到不解。你能夠理解你所生活的社會的運轉，但是你不理解它的根本動機。你還記得你曾經在日記上寫過，『我知道方法，但我不知道原因。』就是在你想『原因』的時候，你對自己神志是否健全產生了懷疑。你已經讀了那本書，果爾德施坦因的書，至少讀過它的一部份。它有沒有告訴你一些你原來不知道的東西？」

「你讀過嗎？」溫斯頓問。

「是我寫的。這是說，是我參加合寫的。你也知道，沒有一本書是單個人寫的。」

「書裏說的是不是真實的？」

「作為描寫，是真實的。但它所提出的綱領是胡說八道。秘密積累知識，逐漸擴大啟蒙，最後發生無產階級造反，推翻黨。你不看也知道它要這樣說。這都是胡說八道。無產階級永遠不會造反，一千年，一百萬年也不會。他們不能造反。我無需把原因告訴你；你自己已經知道了。如果你曾經夢想過發生暴力起義，那你就拋棄這個夢想吧。沒有辦法推翻黨。黨的統治是永遠的。把這當作你的思想的出發點。」

他向床邊走近一些。「永遠這樣！」他重複說。「現在再回到『方法』和『原因』問題上來。你很了解黨維持當權的『方法』。現在請告訴我，我們要堅持當權的『原因』。我們的動機是甚麼？我們為甚麼要當權？說吧，」他見溫斯頓沉默不語就說。

但是溫斯頓還是繼續沉默了一兩分鐘。他感到一陣厭倦。奧勃良的臉上又隱隱出現了一種狂熱的神情。他知道奧勃良會說些甚麼：黨並不是為了自己的目的而要當權，而只是為了大多數人的利益。它要權力是因為群眾都是軟弱的、怯懦的可憐蟲，既不知如何運用自由，也不知正視真理，必須由比他們強有力的人來加以統治，進行有計劃的哄騙。人類面前的選擇是自由或幸福，對大多數人類來說，選擇幸福更好一些。黨是弱者的永恆監護人，是為了使善可能到來才作惡的一個專心一致的派系，為了別人的幸福而犧牲自己的幸福。溫斯頓心裏想，可怕的是，奧勃良這麼說的時候，他就會相信他。你可以從他臉上看出來。奧勃良甚麼都知道。比溫斯頓好過一千倍，他知道世界究竟是怎麼一回事，人類生活墮落到了甚麼程度，黨用甚麼謊話和野蠻手段使他們處在那種地位。他完全明白這一切，加以權衡，但這都無關重要，因為為了最終目的，一切手段都是正當的。溫斯頓心裏想，對於這樣一個瘋子，他比你聰明，他心平氣和地聽了你的論點，但是仍堅持他的瘋狂，你有甚麼辦法呢？

「你們是為了我們自己的好處而統治我們，」他軟弱地說，「你們認為人類不能自己管理自己，因此——」

他驚了一下，幾乎要叫出聲來。他的全身一陣痛。奧勃良扳了槓桿，儀錶的指標升到了三十五。

「真愚蠢，溫斯頓，真愚蠢！」他說。「按你的水平，你不應該說這麼一句話。」

他把槓桿扳回來，繼續說：

「現在讓我來告訴你，我的問題的答覆是甚麼。答覆是：黨要當權完全是為了它自己。我們對別人的好處並沒有興趣。我們只對權力有興趣。不論財富、奢侈、長壽或者幸福，我們都沒有興趣，只對權力，純粹的權力有興趣。純粹的權力是甚麼意思，你馬上就會知道。我們與以往的所有寡頭政體都不同，那是在於我們知道自己在幹甚麼。所有其他寡頭政治家，即使那些同我們相像的人，也都是些懦夫和偽君子。德國的納粹黨人和俄國的共產黨人在方法上同我們很相像，但是他們從來沒有勇氣承認自己的動機。他們假裝，或許他們甚至相信，他們奪取權力不是出於自願，只是為了一個有限的時期，不久就會出現一個人人都自由平等的天堂。我們可不是那樣。我們很明白，沒有人會為了廢除權力而奪取權力。權力不是手段，權力是目的。建立專政不是為了保衛革命；反過來進行革命是為了建立專政。迫害的目的是迫害。拷打的目的是拷打。權力的目的是權力。現在你開始懂得我的意思了吧？」

奧勃良的疲倦的臉像以往一樣使溫斯頓感到很矚目。這張臉堅強、肥厚、殘忍，充滿智慧，既有激情，又有節制，使他感到毫無辦法，但是這張臉是疲倦的臉。眼眶下面有皺紋，雙頰的皮肉鬆弛。奧勃良俯在他的頭上，有意讓他久經滄桑的臉移得更近一些。

「你在想，」他說，「我的臉又老又疲倦。你在想，我在侈談權力，卻沒有辦法防止我自己身體的衰老。溫斯頓，難道你不明白，個人只是一個細胞？一個細胞的衰變正是機體的活力。你把指甲剪掉的時候難道你就死了嗎？」

他從床邊走開，又開始來回踱步，一隻手放在口袋裏。

「我們是權力的祭師，」他說，「上帝是權力。不過在目前，對你來說，權力不過是個字眼。現在你應該對權力的含義有所了解。你必須明白的第一件事情是，權力是集體的。個人只是在停止作為個人的時候才有權力。你知道黨的口號『自由即奴役』。你有沒有想到過這句口號是可以顛倒過來的？奴役即自由。一個人在單獨和自由的時候總是要被打敗的。所以必然如此，是因為人都必死，這是最大的失敗。但是如果他能完全絕對服從，如果他能擺脫個人存在，如果他能與黨打成一片而做到他就是黨，黨就是他，那麼他就是全能的、永遠不朽。你要明白的第二件事情是，所謂權力乃是對人的權力，是對身體，尤其是對思想的權力，對物質——你們所說的外部現實——的權力並不重要。我們對物質的控制現在已經做到了絕對的程度。」

溫斯頓一時沒有去注意儀錶。他猛地想坐起來，結果只是徒然感到一陣痛而已。

「但是你怎麼能夠控制物質呢？」他叫出聲來道。「你們連氣候或者地心吸力都還沒法控制。而且還有疾病、痛苦、死亡——」

奧勃良擺一擺手，叫他別說話。「我們所以能夠控制物質，是因為我們控制了思想。現實存在於腦袋裏。溫斯頓，你會慢慢明白的。我們沒有做不到的事情。隱身、升空——甚麼都行。只要我願意，我可以像肥皂泡一樣，在這間屋子裏飄浮起來。我不願意這麼做是因為黨不願意我這麼做。這種十九世紀式的自然規律觀念，你必須把它們丟掉。自然規律是由我們來規定的。」

「但是你們並沒有！你們甚至還沒有成為地球的主人！不是還有歐亞國和東亞國嗎？你們還沒有征服它們？」

「這無關緊要。到了合適的時候都要征服。即使不征服，又有甚麼不同？我們可以否定它們的存在。大洋國就是世界。」

「但是世界本身只是一粒塵埃。而人是渺小的——毫無作為。人類存在多久了？有好幾百萬年地球上是沒有人跡的。」

「胡說八道。地球的年代同人類一樣長久，一點也不比人類更久。怎麼可能比人類更久呢？除了通過人的意識，甚麼都不存在。」

「但是岩石裏盡是已經絕跡的動物的骨骼化石——在人類出現以前很久在地球上生活過猛獁、柱牙象和龐大的爬行動物。」

「你自己看到過這種骨骼化石嗎，溫斯頓？當然沒有。這是十九世紀生物學家捏造出來的。在人類出現以前甚麼都不存在。在人類絕跡後——如果人類有一天會絕跡的話——也沒有甚麼會再存在。在人類之外沒有別的東西存在。」

「但是整個宇宙是在我們之外。看那星星！有些是在一百萬光年之外。它們在我們永遠及不到的地方。」

「星星是甚麼？」奧勃良冷淡地說。「它們不過是幾公里以外的光點。我們只要願意就可以到那裏。我們也可以把它們抹掉。地球是宇宙的中心。太陽和星星繞地球而轉。」

溫斯頓又掙扎了一下。這次他沒有說甚麼。奧勃良繼續說下去，好像在回答對方說出來的反對意見。

「為了一定目的，這話當然是不確的。比如我們在大海上航行的時候，或者在預測日食月食的時候，我們常常發現，假設地球繞太陽而轉，星星遠在億萬公里之外，這樣比較方便。但這又怎樣呢？難道你以為我們不能創造一種雙重的天文學體系嗎？星星可以近，也可以遠，視我們需要而定。你以為我們的數學家做不到這一點嗎？難道你忘掉了雙重思想？」

溫斯頓在床上一縮。不論他說甚麼，對方迅速的回答就像給他打了一下悶棍一樣。但是他知道，他知道自己是對的。認為你自己思想以外不存在任何事物，這種想法肯定是有甚麼辦法能夠證明是不確的。不是早已揭露過這是一種謬論嗎？甚至還有一個名稱，不過他已記不起來了。奧勃良低頭看着溫斯頓，嘴角上飄起一絲嘲意。

「我告訴你，溫斯頓，」他說，「形而上學不是你的所長。你在想的一個名詞叫唯我論。可是你錯了。這不是唯我論。這是集體唯我論。不過這是另外一回事。完全不同的一回事，可以說是相反的一回事。不過這都是題外話。」他又換了口氣說。「真正的權力，我們日日夜夜為之奮戰的權力，不是控制事物的權力，而是控制人的權力。」他停了下來，又恢復了一種教訓聰穎兒童的教師神情：「溫斯頓，一個人是怎樣對另外一個人發揮權力的？」

溫斯頓想了一想說：「通過使另外一個人受苦。」

「說得不錯。通過使另外一個人受苦。光是服從還不夠。他不受苦，你怎麼知道他在服從你的意志，不是他自己的意志？權力就在於給人帶來痛苦和恥辱。權力就在於把人類思想撕得粉碎，然後按你自己所選擇的樣子把它再粘合起來。那麼，你是不是開始明白我們要創建的是怎樣一種世界？這種世界與老派改革家所設想的那種愚蠢的、享樂主義的烏托邦正好相反。這是一個恐懼、叛賣、折磨的世界，一個踐踏和被踐踏的世界，一個在臻於完善的過程中越來越無情的世界。我們這個世界裏，所謂進步就是朝向越來越多痛苦的進步。以前的各種文明以建築在博愛和正義上相標榜。我們建築在仇恨上。在我們的世界裏，除了恐懼、狂怒、得意、自貶以外，沒有別的感情。其他一切都要摧毀。我們現在已經摧毀了革命前遺留下來的思想習慣。我們割斷了子女與父母、人與人、男人與女人之間的聯繫；沒有人再敢信任妻子、兒女、朋友。而且在將來，不再有妻子或朋友。子女一生下來就要脫離母親，好像蛋一生下來就從母雞身邊取走一樣。性的本能要消除掉。生殖的事要弄得像發配給證一樣成為一年一度的手續形式。我們要消滅掉性的快感。我們的神經病學家正在研究這個問題。除了對黨忠誠以外，沒有其他忠誠。除了愛老大哥以外，沒有其他的愛。除了因打敗敵人而笑以外，沒有其他的笑。不再有藝術，不再有文學，不再有科學。我們達到萬能以後就不需要科學了。美與醜不再有區別。不再有好奇心，不再有生命過程的應用。一切其他樂趣都要消滅掉。但是，溫斯頓，請你不要忘了，對於權力的沉醉，卻永遠存在，而且不斷地增長，不斷地越來越細膩。每時每刻，永遠有勝利的歡悅，踐踏束手待斃的敵人的快感。如果你要設想一幅未來的圖景，就想像一隻腳踩在一張人臉上好了——永遠如此。」

他停了下來等溫斯頓說話。溫斯頓又想鑽到床底下去。他說不出話來。他的心臟似乎冰凍住了。奧勃良繼續說：

「請記住，這是永遠如此。那張臉永遠在那裏給你踐踏。異端分子、社會公敵永遠在那裏，可以一而再再而三地打敗他們，羞辱他們。你落到我們手中以後所經歷的一切，會永遠繼續下去，而且只有更厲害。間諜活動、叛黨賣國、逮捕拷打、處決滅跡，這種事情永遠不會完。這個世界不僅是個勝利的世界，也同樣是個恐怖的世界。黨越有力量，就越不能容忍；反對力量越弱，專制暴政就越嚴。果爾德施坦因及其異端邪說將永遠存在。他們無時無刻不受到攻擊、取笑、辱罵、唾棄，但是他們總是仍舊存在。我在這七年中同你演出的這齣戲將一代又一代永遠一而再再而三地演下去，不過形式更加巧妙而已。我們總是要把異端分子提到這裏來聽我們的擺佈，叫痛求饒，意氣消沉，可卑可恥，最後痛悔前非，自動地爬到我們腳下來。

這就是我們在製造的一個世界，溫斯頓。一個勝利接着一個勝利的世界，沒完沒了地壓迫着權力的神經。我可以看出，你已經開始明白這個世界將是甚麼樣子了。但是到最後，你會不止明白而已。你還會接受它，歡迎它，成為它的一部份。」

溫斯頓從震驚中恢復過來一些，有氣無力地說：「你們不能這樣！」

「溫斯頓，你這話是甚麼意思？」

「你們不可能創造一個像你剛才介紹的那樣的世界，這是夢想，不可能實現。」

「為甚麼？」

「因為不可能把文明建築在恐懼、仇恨和殘酷上。這種文明永遠不能持久。」

「為甚麼不能？」

「它不會有生命力。它會分崩離析。它會自我毀滅。」

「胡說八道。你以為仇恨比愛更消耗人的精力。為甚麼會是這樣？即使如此，又有甚麼關係？假定我們就是要使自己衰亡得更快。假定我們就是要加速人生的速度，使得人滿三十就衰老。那又有甚麼關係呢？你難道不明白，個人的死不是死？黨是永生不朽的？」

像剛才一樣，一番話把溫斯頓說得啞口無言。此外，他也擔心，如果他堅持己見，奧勃良會開動儀錶。但是他又不能沉默不語。於是他有氣無力地又採取了攻勢，只是沒有甚麼強有力的論據，除了對奧勃良剛才的一番話感到說不出來的驚恐之外，沒有任何其他的後盾。

「我不知道——我也不管。反正你們會失敗的。你們會遭到打敗的。生活會打敗你們。」

「我們控制着生活的一切方面，溫斯頓。你在幻想，有甚麼叫做人性的東西，會因為我們的所作所為而感到憤慨，起來反對我們。但是人性是我們創造的。人的伸縮性無限大。你也許又想到無產階級或者奴隸會起來推翻我們。快別作此想。他們像牲口一樣一點也沒有辦法。黨就是人性。其他都是外在的——無足輕重。」

「我不管。他們最後會打敗你們。他們遲早會看清你們的面目，那時他們會把你們打得粉碎。」

「你看到甚麼跡象能說明這樣的事情快要發生了嗎？或者有甚麼理由嗎？」

「沒有。但是我相信。我知道你們會失敗。宇宙之中反正有甚麼東西——我不知道是精神，還是原則——是你們所無法勝過的。」

「你相信上帝嗎，溫斯頓？」

「不相信。」

「那麼那個會打敗我們的原則又是甚麼呢？」

「我不知道。人的精神。」

「你認為自己是個人嗎？」

「是的。」

「如果你是人，溫斯頓，那你就是最後一個人了。你那種人已經絕跡；我們是後來的新人。你不明白你是孤家寡人？你處在歷史之外，你不存在。」他的態度改變了，口氣更加嚴厲了：「你以為我們撒謊，我們殘酷，因此你在精神上比我們優越？」

「是的，我認為我優越。」

奧勃良沒有說話。有另外兩個聲音在說話。過了一會兒，溫斯頓聽出其中一個聲音就是他自己的聲音。那是他參加兄弟會那個晚上同奧勃良談話的錄音帶。他聽到他自己答應要說謊、盜竊、偽造、殺人、鼓勵吸毒和賣淫、散佈梅毒、向孩子臉上澆鏹水。奧勃良做了一個小手勢，似乎是說不值得放這錄音。他於是關上電門，說話聲音就中斷了。

「起床吧，」他說。

綁帶自動鬆開，溫斯頓下了地，不穩地站起來。

「你是最後一個人，」奧勃良說。「你是人類精神的監護人。你看看自己是甚麼樣子。把衣服脱掉。」

溫斯頓把紮住工作服的一根繩子解開。拉鏈早已取走了。他記不得被捕以後有沒有脱光過衣服。工作服下面，他的身上是些骯髒發黃的破片，勉強可以看出來原來是內衣。他把它們脱下來扔到地上時，看到屋子那頭有一個三面鏡。他走過去，半路上就停住了。嘴裏不禁驚叫出聲。

「過去，」奧勃良說，「站在兩面鏡子中間，你就也可以看到側面。」

他停下來是因為他嚇壞了。他看到一個死灰色的骷髏一樣的人體彎着腰向他走近來。樣子非常怕人，這不僅僅是因為他知道這人就是他自己。他走得距鏡子更近一些。那人的腦袋似乎向前突出，那是因為身子佝僂的緣故。他的臉是個絕望無援的死囚的臉，額角高突，頭頂光禿，尖尖的鼻子，沉陷的雙頰，上面兩隻眼睛卻灼灼發亮，凝視着對方。滿臉都是皺紋，嘴巴塌陷。這毫無疑問是他自己的臉，但是他覺得變化好像比他內心的變化更大。它所表現的感情不是他內心感到的感情。他的頭髮已有一半禿光了，他起先以為自己頭髮也發白了，但是發白的是他的頭皮。除了他的雙手和臉上一圈以外，他全身發灰，污穢不堪。污垢的下面到處還有紅色的瘡疤，腳踝上的靜脈曲張已潰瘍成一片，皮膚一層一層掉下來。但是最嚇人的還是身體羸弱的程度。胸口肋骨突出，與骷髏一樣，大腿瘦得還不如膝蓋粗。他現在明白了為甚麼奧勃良叫他看一看側面。他的脊樑彎曲得怕人。瘦骨嶙嶙的雙肩向前彎着。胸口深陷，皮包骨的脖子似乎吃不消腦袋的重壓。如果叫他猜，他一定估計這是一個患有慢性痼疾的六十老翁的軀體。

「你有時想，」奧勃良說，「我的臉——核心黨黨員的臉——老而疲憊。你對自己的臉有甚麼想法？」

他抓住溫斯頓，把他轉過身來正對着自己。

「你瞧瞧自己成了甚麼樣子！」他說。「你瞧瞧自己身上的這些污垢！你腳趾縫中的污垢。你腳上的爛瘡。你知道自己臭得像頭豬嗎？也許你已經不再注意到了。瞧你這副消瘦的樣子。你看到嗎？你的胳膊還不如我的大拇指和食指合攏來的圈兒那麼粗。我可以把你的脖子掐斷，同折斷一根胡蘿蔔一樣，不費吹灰之力。你知道嗎，你落到我們手中以後已經掉了二十五公斤？甚至你的頭髮也一把一把地掉。

瞧！」他一揪溫斯頓的頭髮，就掉下一把來。「張開嘴。還剩九顆、十顆、十一顆牙齒。你來的時候有幾顆？剩下的幾顆隨時可掉。瞧！」

他用大拇指和食指有力地扳住溫斯頓剩下的一顆門牙。溫斯頓上顎一陣痛。奧勃良已把那顆門牙扳了下來，扔在地上。

「你已經在爛掉了，」他說，「你已經在崩潰了。你是甚麼？一堆垃圾。現在再轉過去瞧瞧鏡子裏面。你見到你面前的東西嗎？那就是最後的一個人。如果你是人，那就是人性。把衣服穿上吧。」

溫斯頓手足遲鈍地慢慢把衣服穿上。他到現在為止都從來沒有想到過自己這麼瘦弱。他的心中只有一個想法：他落在這個虎穴裏一定比他所想像的時間還要久。他把這些破爛衣服穿上身後，對於自己被糟蹋的身體不禁感到一陣悲痛。他突然坐在床邊的一把小板櫈上放聲哭了起來。他明知自己極不雅觀，破布包紮的一把骨頭坐在刺眼的燈光中哭泣，但是他無法自制。奧勃良一手按在他肩頭，幾乎是很同情似的。

「這不會永遠如此的，」他說，「你只要願意，隨時隨地可以改變這種情況。一切取決於你自己。」

「全是你們造成的！」溫斯頓嗚咽地說，「是你們把我搞得這般狀態的。」

「不，溫斯頓，是你自己把你搞到這般狀態的。你一決心反黨就準備接受這個結果了。一切都包含在那第一步中間。沒有甚麼事情不是你所沒有預見到的。」

他停了一下，又繼續說：

「我們打垮了你，溫斯頓。我們打垮了你。你已經見到了你的身子是甚麼樣子。你的精神也處在同樣的狀態。我想不會剩下多少自尊心了。你給拳打足踢、鞭棍交加、百般辱罵，你大聲叫過痛、求過饒，在地上自己的血泊和嘔吐的髒物中間打過滾。你哀聲地求饒乞憐，出賣過別人。你能想出一件自己沒有幹過的墮落事情嗎？」

溫斯頓停止了哭泣，但是眼睛裏仍滿盈淚水。他抬頭看奧勃良。

「我沒有出賣裘莉亞，」他說。

奧勃良低頭沉思地看着他。「沒有，」他說，「沒有；這完全正確。你沒有出賣裘莉亞。」

溫斯頓心中一陣溫暖，對奧勃良感到說不出的敬重，似乎沒有任何東西能夠破壞這種奇特的感情。他想，這個人是多麼地明白事理啊。奧勃良總是從來都不會不了解對他說的話的。要是換了旁人，誰都會馬上回答說，他已出賣了裘莉亞。他有甚麼東西在拷打之下沒有說出來呢？他把他所知道的有關她的情況告訴了他們：她的習慣、她的性格、她過去的生活；他極其詳細地交代了他們幽會時所發生的一切、相互之間所說的話、黑市買賣、通姦、反黨的密謀——一切的一切！然而，按照他的本意所用的詞來說，他沒有出賣她。他沒有停止愛她；他對她的感情依然如舊。

奧勃良明白他的意思，不需要任何解釋。

「告訴我，」他問道，「他們甚麼時候槍斃我？」

「可能要過很久，」奧勃良說，「你是個老大難問題。不過不要放棄希望。遲早一切總會治癒的。最後我們就會槍斃你。」

# 4

他好多了。他一天比一天胖起來，一天比一天強壯起來，只是很難區分這一天與下一天而已。

白色的光線和嗡嗡的聲音一如既往，不過牢房比以前稍為舒服了一些。木板床上有了床墊，還有個枕頭，床邊有把板櫈可以坐一坐。他們給他洗了一個澡，可以過一陣子用鋁盆擦洗一下身子。他們甚至送溫水來給他洗。他們給他換了新內衣和一套乾淨的工作服。他們在靜脈曲張的瘡口上抹了清涼的油膏。他們把剩下的壞牙都拔了，給他鑲了全部假牙。

這麼過了幾個星期，甚至幾個月。如果他有興趣的話。現在有辦法計算時間了，因為他們定時給他送吃的來。他估計，每二十四小時送來三頓飯；有時他也搞不清送飯來的時間是白天還是夜裏，伙食好得出奇，每三頓總有一頓有肉。有一陣子還有香煙。他沒有火柴，但是送飯來的那個從來不說話的警衛給他點了火。他第一次抽煙幾乎感到噁心要吐，但還是吸了下去，每餐以後吸半支，一盒煙吸了好多天。

他們給他一塊白紙板，上面繫着一支鉛筆。起初他沒有用它。他醒着的時候也完全麻木不動。他常常吃完一餐就躺在那裏，一動不動地等下一餐，有時睡了過去，有時昏昏沉沉，連眼皮也懶得張開。他早已習慣在強烈的燈光照在臉上的情況下睡覺了。這似乎與在黑暗中睡覺沒有甚麼不同，只是夢境更加清楚而已。在這段時間內他夢得很多，而且總是快活的夢。他夢見自己在黃金鄉，坐在陽光映照下的一大片廢墟中間，同他的母親、裘莉亞、奧勃良在一起，甚麼事情也不幹，只是坐在陽光中，談着家常。他醒着的時候心裏想到的也是夢境。致痛的刺激一消除，他似乎已經喪失了思維的能力。他並不是感到厭倦，他只是不想說話或者別的。只要誰都不去惹他，不打他，不問他，夠吃，夠乾淨，就完全滿足了。

他花在睡覺上的時間慢慢地少了，但是他仍不想起床。他只想靜靜地躺着，感到身體慢慢恢復體力。他有時常常在這裏摸摸那裏摸摸，要想弄清楚肌肉確實長得更圓實了，皮膚不再鬆弛了。最後他確信無疑自己的確長胖了，大腿肯定比膝蓋粗了。在此以後，他開始定期做操，不過起先有些勉強。過了不久，他能夠一口氣走三公里，那是用牢房的寬度來計算的。他的肩膀開始挺直。他做了一些比較複雜的體操，但是發現有的事情不能做，使他感到很奇怪，又感到很難過。比如說，他不能快步走，他不能單手平舉板櫈，他不能一腳獨立。他蹲下來以後要費很大的勁才能站立起來，大腿小腿感到非常痠痛。他想作俯臥撐，一點也不行，連一毫米也撐不起來。但是再過了幾天，或者說再過了幾頓飯的工夫，這也能做到了。最後他一口氣可以撐起六次。他開始真的為自己身體感到驕傲，相信自己的臉也恢復了正常。只有有時偶爾摸到禿光的腦袋時，他才記得那張從鏡子中向他凝視的多皺的臉。

他的思想也更加活躍起來。他坐在床上，背靠着牆，膝上放着寫字板，着意開始重新教育自己。

他已經投降了；這已是一致的意見。實際上，他回想起來，他在作出這個決定之前很久早已準備投降了。從他一進友愛部開始，是的，甚至在他和裘莉亞束手無策地站在那裏聽電幕上冷酷的聲音吩咐他們做甚麼的時候，他已經認識到他要想反對黨的權力是多麼徒勞無益。他現在明白，七年來思想警察就一直監視着他，像放大鏡下的小甲蟲一樣。他們沒有注意不到的言行，沒有他就推想不到的思想。甚至他日記本上那粒發白的泥塵，他們也小心地放回在原處。他們向他放了錄音帶。給他看了照片。有些是裘莉亞和他在一起的照片。是的，甚至……他無法再同黨作鬥爭了。此外，黨是對的。這絕對沒有問題，不朽的集體的頭腦怎麼會錯呢？你有甚麼外在標準可以衡量它的判斷是否正確呢？神志清醒是統計學上的概念。這只不過是學會按他們的想法去想問題。只是——！

他的手指縫裏的鉛筆使他感到又粗又笨。他開始寫下頭腦裏出現的思想。他先用大寫字母笨拙地寫下這幾個字：

自由即奴役

接着他又在下面一口氣寫下：

二加二等於五

但是接着稍微停了一下。他的腦子有些想要躲開甚麼似的不能集中思考。他知道自己知道下一句話是甚麼，但是一時卻想不起來。等到他想起來的時候，完全是靠有意識的推理才想起來的，而不是自發想起來的。他寫道：

權力即上帝

他甚麼都接受。過去可以篡改。過去從來沒有篡改過。大洋國同東亞國在打仗。大洋國一直在同東亞國打仗。琼斯、阿朗遜、魯瑟福犯有控告他們的罪行。他從來沒有見到過證明他們沒有罪的照片。它從來沒有存在過；這是他捏造的。他記得曾經記起過相反的事情，但這些記憶都是不確實的、自我欺騙的產物。這一切是多麼容易！只要投降以後，一切迎刃而解。就像逆流游泳，不論你如何掙扎，逆流就是把你往後衝，但是一旦他突然決定掉過頭來，那就順流而下，毫不費力。除了你自己的態度之外，甚麼都沒有改變；預先注定的事情照樣發生。他也不知道自己為甚麼要反叛。一切都很容易，除了——

甚麼都可能是確實的。所謂自然規律純屬胡說八道。地心吸力也是胡說八道。奧勃良說過，「要是我願意的話，可以像肥皂泡一樣離地飄浮起來。」溫斯頓依此推理：「如果他認為他已離地飄浮起來，如果我同時認為我看到他離地飄浮起來，那麼這件事就真的發生了。」突然，像一條沉船露出水面一樣，他的腦海裏出現了這個想法：「這並沒有真的發生。是我們想像出來的。這是幻覺。」他立刻把這想法壓了下去。這種想法之荒謬是顯而易見的。它假定在客觀上有一個「實際的」世界，那裏發生着「實際的」事情。但是怎麼可能有這樣一個世界呢？除了通過我們自己的頭腦之外，我們對任何東西有甚麼知識呢？一切事情都發生在我們的頭腦裏。凡是在頭腦裏發生的事情，都真的發生了。

他毫無困難地駁倒了這個謬論，而且也沒有會發生相信這個謬論的危險。但是他還是認為不應該想到它。凡是有危險思想出現的時候，自己的頭腦裏應該出現一片空白。這種過程應該是自動的，本能的。新話裏叫犯罪停止。

他開始鍛煉犯罪停止。他向自己提出一些提法：——「黨說地球是平的」，「黨說冰比水重」，——然後訓練自己不去看到或者了解與此矛盾的說法。這可不容易。這需要極大的推理和臨時拼湊的能力。例如，「二加二等於五」這句話提出的算術問題超過他的智力水平。這也需要一種腦力體操的本領，能夠一方面對邏輯進行最微妙的運用，接着又馬上忘掉最明顯的邏輯錯誤。愚蠢和聰明同樣必要，也同樣難以達到。

在這期間，他的腦海裏仍隱隱地在思量，不知他們甚麼時候就會槍斃他。奧勃良說過，「一切都取決於你。」但是他知道他沒有甚麼辦法可以有意識地使死期早些來臨。可能是在十分鐘之後，也可能是在十年之後。他們可能長年把他單獨監禁；他們可能送他去勞動營；他們可能先釋放他一陣子，他們有時是這樣做的。很有可能，在把他槍決以前會把整個逮捕和拷問的這場戲全部重演一遍。唯一可以肯定的事情是，死期決不會事先給你知道的。傳統是——不是明言的傳統，你雖然沒有聽說過，不過還是知道——在你從一個牢房走到另一個牢房去時，他們在走廊裏朝你腦後開槍，總是朝你腦後，事先不給警告。

有一天——但是「一天」這話不確切，因為也很可能是在半夜裏；因此應該說有一次——他沉溺在一種奇怪的、幸福的幻覺之中。他在走廊中走過去，等待腦後的子彈。他知道這顆子彈馬上就要來了。一切都已解決，調和了。不再有懷疑，不再有爭論，不再有痛苦，不再有恐懼。他的身體健康強壯。他走路很輕快，行動很高興，有一種在陽光中行走的感覺。他不再是在友愛部的狹窄的白色走廊裏，而是在一條寬闊的陽光燦爛的大道上，有一公里寬，他似乎是吃了藥以後在神志昏迷中行走一樣。他身在黃金鄉，在兔子出沒甚多的牧場中，順着一條足跡踩出來的小徑上往前走。他感到腳下軟綿綿的短草，臉上和煦的陽光。在草地邊上有榆樹，在微風中顫動，遠處有一條小溪，有雅羅魚在柳樹下的綠水潭中游泳。

突然他驚醒過來，心中一陣恐怖。背上出了一身冷汗。原來他聽見自己在叫：

「裘莉亞！裘莉亞！裘莉亞，我的親人！裘莉亞！」

他一時覺得她好像就在身邊，這種幻覺很強烈。她似乎不僅在他身邊，而且還在他的體內。她好像進了他的皮膚的組織。在這一刹那，他比他們在一起自由的時候更加愛她了。他也明白，不知在甚麼地方，她仍活着，需要他的幫助。

他躺在床上，盡力使自己安定下來。他幹了甚麼啦？這一刹那的軟弱增加了他多少年的奴役呀？

再過一會兒，他就會聽到牢房外面的皮靴聲。他們不會讓你這麼狂叫一聲而不懲罰你的。他們要是以前不知道的話，那麼現在就知道了，他打破了他們之間的協議。他服從黨，但是他仍舊仇恨黨。在過去，他在服從的外表下面隱藏着異端的思想。現在他又倒退了一步；在思想上他投降了，但是他想保持內心的完整無損。他知道他自己不對，但是他寧可不對。他們會了解的。奧勃良會了解的。這一切都在那一聲愚蠢的呼喊中招認了。

他得再從頭開始來一遍。這可能需要好幾年。他伸手摸一下臉，想熟悉自己的新面貌。臉頰上有很深的皺紋。顴骨高聳，鼻子塌陷。此外，自從上次照過鏡子以後，他們給他鑲了一副新的假牙。你不知道自己的容貌是甚麼樣子，是很難保持外表高深莫測的。反正，僅僅控制面部表情是不夠的。他第一次認識到，你如果要保持秘密，必須也對自己保密。你必須始終知道有這個秘密在那裏，但是非到需要的時候，你絕不可以讓它用任何一種可以叫上一個名稱的形狀出現在你的意識之中，從今以後，他不僅需要正確思想，而且要正確感覺，正確做夢。而在這期間，他要始終把他的仇恨鎖在心中，成為自己身體的一部份，而又同其他部份不發生關係，就像一個胞囊一樣。

他們終有一天會決定槍斃他。你不知道甚麼時候會發生這件事情，但是在事前幾秒鐘是可以猜想到的。這總是從腦後開的槍，在你走在走廊裏的時候。十秒鐘就夠了。在這十秒鐘裏，他的內心世界就會翻了一個個兒。那時，突然之間，嘴上不用說一句話，腳下不用停下步，臉上也不用改變一絲表情，突然之間，偽裝就撕了下來，砰的一聲，他的仇恨就會開炮。仇恨會像一團烈燄把他一把燒掉。也就是在這一刹那，子彈也會砰的一聲打出來，可是太遲了，要不就是太早了。他們來不及改造就把他的腦袋打得粉碎。異端思想會不受到懲罰，不得到悔改，永遠不讓他們碰到。他們這樣等於是在自己的完美無缺中打下一個漏洞。仇恨他們而死，這就是自由。

他閉上眼睛。這比接受思想訓練還困難。這是一個自己糟蹋自己、自己作踐自己的問題。他得投到最最骯髒的污穢中去。甚麼事情是最可怕、最噁心的事情呢？他想到老大哥。那張龐大的臉（由於他經常在招貼畫上看到，他總覺得這臉有一米寬），濃濃的黑髫子，盯着你轉的眼睛，好像自動地浮現在他的腦海裏。他對老大哥的真心感情是甚麼？

過道裏有一陣沉重的皮靴聲。鐵門喳的打開了。奧勃良走了進來，後面跟着那個蠟像面孔的軍官和穿黑制服的警衛。

「起來，」奧勃良說，「到這裏來。」

溫斯頓站在他的面前。奧勃良的雙手有力地抓住了溫斯頓的雙肩，緊緊地看着他。

「你有過欺騙我的想法，」他說，「這很蠢。站得直一些。對着我看好。」

他停了一下，然後用溫和一些的口氣說：

「你有了進步。從思想上來說，你已沒有甚麼問題了。只是感情上你沒有甚麼進步。告訴我，溫斯頓——而且要記住，不許說謊；你知道我總是能夠覺察你究竟是不是在說謊的——告訴我，你對老大哥的真實感情是甚麼？」

「我恨他。」

「你恨他。那很好，那麼現在是你走最後一步的時候了。你必須愛老大哥。服從他還不夠；你必須愛他。」

他把溫斯頓向警察輕輕一推。

「101號房，」他說。

# 5

在他被監禁的每一個階段，他都知道——至少是似乎知道——他在這所沒有窗戶的大樓裏的甚麼地方。可能是由於空氣壓力略有不同。警衛拷打他的那個牢房是在地面以下。奧勃良訊問他的房間是在高高的頂層。現在這個地方則在地下有好幾米深，到了不能再下去的程度。

這個地方比他所呆過的那些牢房都要大。但是他很少注意到他的周圍環境。他所看到的只是面前有兩張小桌子，上面都鋪着綠呢桌布。一張桌子距他只有一兩米遠。另一張稍遠一些，靠近門邊。他給綁在一把椅子上，緊得動彈不得，甚至連腦袋也無法轉動。他的腦袋後面有個軟墊子把它卡住，使他只能往前直看。

起先只有一個人在屋裏，後來門開了，奧勃良走了進來。

「你有一次問我，」奧勃良說，「101號房裏有甚麼。我告訴你，你早已知道了答案。人人都知道這個答案。101號房裏的東西是世界上最可怕的東西。」

門又開了。一個警衛走了進來，手中拿着一隻用鐵絲做的筐子或籃子那樣的東西。他把它放在遠處的那張桌子上。由於奧勃良站在那裏，溫斯頓看不到那究竟是甚麼東西。

奧勃良又說道：「世界上最可怕的東西因人而異。可能是活埋，也可能是燒死，也可能是淹死，也可能是釘死，也可能是其他各種各樣的死法。在有些情況下，最可怕的東西是一些微不足道的小東西，甚至不是致命的東西。」

他向旁邊挪動了一些，溫斯頓可以看清楚桌上的東西。那是一隻橢圓形的鐵籠子，上面有個把手可以提起來。它的正面裝着一隻擊劍面罩一樣的東西，但凹面朝外。這東西雖然距他有三、四米遠，但是他可以看到這隻鐵籠子按縱向分為兩部份，裏面都有甚麼小動物在裏面。這些小動物是老鼠。

「至於你，」奧勃良說，「世界上最可怕的東西正好是老鼠。」

溫斯頓當初一看到那鐵籠子，全身就有預感似的感到一陣震顫，一種莫名的恐懼。如今他突然明白了那鐵籠子正面那個面罩一樣的東西究竟是幹甚麼用的。他嚇得屎尿直流。

「你可不能這樣做！」他聲嘶力竭地叫道。「你可不能，你可不能這樣做！」

「你記得嗎，」奧勃良說，「你夢中感到驚慌的時刻？你的面前是一片漆黑的牆，你的耳朵裏聽到一陣震耳的隆隆聲。牆的另一面有甚麼可怕的東西在那裏。你知道自己很明白那是甚麼東西，但是你不敢明說。牆的另一面是老鼠。」

「奧勃良！」溫斯頓說，竭力控制自己的聲音。「你知道沒有這個必要。你到底要我幹甚麼？」

奧勃良沒有直接回答。等他說話時，他又用了他有時用的教書先生的口氣。他沉思地看着前面，好像是對坐在溫斯頓背後甚麼地方的聽眾說話。

「痛楚本身，」他說，「並不夠。有的時候一個人能夠咬緊牙關不怕痛，即使到了要痛死的程度。但是對每一個人來說，都各有不能忍受的事情——連想也不能想的事情。這並不牽涉到勇敢和怯懦問題。要是你從高處跌下來時抓住一根繩子，這並不是怯懦。要是你從水底浮上水面來，盡量吸一口氣，這也並不是怯懦。這不過是一種無法不服從的本能。老鼠也是如此。對你來說，老鼠無法忍受。這是你所無法抗拒的一種壓力形式，哪怕你想抗拒也不行。要你做甚麼你就得做甚麼。」

「但是要我做甚麼？要我做甚麼？我連知道也不知道，我怎麼做？」

奧勃良提起鐵籠子，放到較近的一張桌子上。他小心翼翼地把它放在綠呢桌布上。溫斯頓可以感到耳朵裏血往上湧的聲音。他有一種孤處一地的感覺，好像處身在一個荒涼的大平原中央，這是個陽光炙烤的沙漠，甚麼聲音都從四面八方的遠處向他傳來。其實，放老鼠的籠子距他只有兩米遠。這些老鼠都很大，都到了鼠鬚硬挺、毛色發棕的年齡。

「老鼠，」奧勃良仍向看不見的聽眾說，「是嚙齒動物，但是也食肉。這一點你想必知道。你一定也聽到過本市貧民區發生的事情。在有些街道，做媽媽的不敢把孩子單獨留在家裏，哪怕只有五分鐘，老鼠就會出動，不需多久就會把孩子皮肉啃光。只剩幾根小骨頭。牠們也咬病人和快死的人。他們能知道誰沒有還手之力，智力真是驚人。」

鐵籠子裏傳來一陣吱吱的叫聲。溫斯頓聽着好像是從遠處傳來一樣。原來老鼠在打架，牠們要想鑽過隔開牠們的格子到對面去。他也聽到一聲絕望的呻吟。這，似乎也是從他身外甚麼地方傳來的。

奧勃良提起鐵籠子，他在提起來的時候，按了一下裏面的甚麼東西，溫斯頓聽到咔嚓一聲，他拼命想掙脱開他綁在上面的椅子。但一點也沒有用。他身上的每一部份，甚至他的腦袋都給綁得一動也不能動。奧勃良把鐵籠子移得更近一些，距離溫斯頓的眼前不到一米了。

「我已經按了一下第一鍵，」奧勃良說。「這個籠子的構造你是知道的。面罩正好合你的腦袋，不留空隙。我一按第二鍵，籠門就拉開。這些餓慌了的小畜生就會像萬箭齊發一樣竄出來。你以前看到過老鼠躥跳沒有？牠們會直撲你的面孔，一口咬住不放。有時牠們先咬眼睛。有時牠們先咬臉頰，再吃舌頭。」

鐵籠子又移近了一些。越來越近了。溫斯頓聽見一陣陣尖叫。好像就在他的頭上。但是他拼命克制自己，不要驚慌。要用腦筋想，哪怕只有半秒鐘，這也是唯一的希望。突然，他的鼻尖聞到了老鼠的霉臭味。他感到一陣猛烈的噁心，幾乎暈了過去。眼前漆黑一片。他刹那間喪失了神志，成了一頭尖叫的畜生。但是他緊緊抱住一個念頭，終於在黑暗中掙扎出來。只有一個辦法，唯一的辦法，可以救自己。那就是必須在他和老鼠之間插進另外一個人，另外一個人的身體來擋開。

面罩的圈子大小正好把別的一切東西排除於他的視野之外。鐵籠門距他的臉只有一兩個巴掌遠。老鼠已經知道可以大嚼一頓了，有一隻在上躥下跳，另外一隻老得掉了毛，後腿支地站了起來，前爪抓住鐵絲，鼻子到處在嗅。溫斯頓可以看到牠的鬍鬚和黃牙。黑色的恐怖又襲上心來。他眼前一片昏暗，束手無策，腦裏一片空白。

「這是古代中華帝國的常用懲罰，」奥勃良一如既往地訓誨道。

面罩挨到了他的臉上。鐵絲碰在他的臉頰上。接着——唉，不，這並不能免除，這只是希望，小小的一線希望。太遲了，也許太遲了。但是他突然明白，在整個世界上，他只有一個人可以把懲罰轉嫁上去——只有一個人的身體他可以把她插在他和老鼠之間。他一遍又一遍地拼命大叫：

「咬裘莉亞！咬裘莉亞！別咬我！裘莉亞！你們怎樣咬她都行。把她的臉咬下來，啃她的骨頭。別咬我！裘莉亞！別咬我！」

他往後倒了下去，掉到了深淵裏，離開了老鼠。他的身體仍綁在椅子上，但是他連人帶椅掉下了地板，掉過了大樓的牆壁，掉過了地球，掉過了海洋，掉過了大氣層，掉進了太空，掉進了星際——遠遠地，遠遠地，遠遠地離開了老鼠。他已在光年的距離之外，但是奧勃良仍站在他旁邊。他的臉上仍冷冰冰地貼着一根鐵絲。但是從四周的一片漆黑中，他聽到咔嚓一聲，他知道籠門已經關上，沒有打開。

## 6

栗樹咖啡館裏闃無一人。一道陽光從窗口斜照進來，照在積了灰塵的桌面上有些發黃。這是寂寞的十五點。電幕上傳來一陣輕微的音樂聲。

溫斯頓坐在他慣常坐的角落裏，對着一隻空杯子發呆。他過一陣子就抬起頭來看一眼對面牆上的那張大臉。下面的文字說明是：老大哥在看着你。服務員不等招呼就上來為他斟滿了一杯勝利牌杜松子酒，從另外一隻瓶子裏倒幾粒有丁香味的糖精在裏面，這是栗樹咖啡館的特殊風味。

溫斯頓在聽着電幕的廣播。目前只有音樂，但很可能隨時會廣播和平部的特別公報。非洲前線的消息極其令人不安。他一整天總是為此感到擔心。歐亞國的一支軍隊（大洋國在同歐亞國打仗；大洋國一直在和歐亞國打仗）南進神速。中午的公報沒有說具體的地點，但很可能戰場已移到剛果河口。布拉柴維爾和利奧波德維爾已危在旦夕。不用看地圖也知道這意味着甚麼。這不僅是喪失中非的問題，而且在整個戰爭中，大洋國本土第一次受到了威脅。

他心中忽然感到一陣激動，很難說是恐懼，這是一種莫名的激動，但馬上又平息下去了。他不再去想戰爭。這些日子裏，他對任何事情，都無法集中思想到幾分鐘以上。他拿起酒杯一飲而盡。像往常一樣，他感到一陣哆嗦，甚至有些噁心。這玩意兒可夠嗆。丁香油和糖精本來就已夠令人噁心的，更蓋不過杜松子酒的油味兒。

最糟糕的是杜松子酒味在他身上日夜不散，使他感到同那——臭味不可分解地混合在一起。

即使在他思想裏，他也從來不指明那——是甚麼，只要能辦到，他就盡量不去想它們的形狀。它們是他隱隱約約想起的東西，在他面前上躥下跳，臭味刺鼻。他的肚子裏，杜松子翻起了胃，他張開發紫的嘴唇打個嗝。他們放他出來後，他就發胖了，恢復了原來的臉色——說實話比原來還好。他的線條粗了起來，鼻子上和臉頰上的皮膚發紅，甚至禿光瓢也太紅了一些。服務員又沒有等他招呼就送上棋盤和當天的《泰晤士報》來，還把刊登棋藝欄的一頁打開。看到溫斯頓酒杯已空，又端瓶斟滿。不需要叫酒。他們知道他的習慣。棋盤總是等着他，他這角落的桌子總是給他留着；甚至座上客滿時，他這桌子也只有他一位客人，因為沒有人願意挨着他太近。他甚至從來不記一下喝了幾杯。過一會兒，他們就送一張髒紙條來，他們說是賬單，但是他覺得他們總是少算了賬。即使倒過來多算了賬也無所謂。他如今總不缺錢花。他甚至還有一個工作，一個掛名差使，比他原來的工作的待遇要好多了。

電幕上樂聲中斷，有人說話。溫斯頓抬起頭來聽。不過不是前線來的公報，不過是富裕部的一則簡短公告。原來上一季度第十個三年計劃鞋帶產量超額完成百分之九十八。

他看了一下報紙上的那局難棋，就把棋子擺了開來。這局棋結局很巧妙，關鍵在兩隻相。「白子先走，兩步將死。」溫斯頓抬頭一看老大哥的畫像。白子總將死對方，他帶着一種模模糊糊的神秘感覺這麼想。總是毫無例外地這樣安排好棋局的。自開天闢地以來，任何難棋中從來沒有黑子取勝的。這是不是象徵善永遠戰勝惡？那張龐大的臉看着他，神情安詳，充滿力量。白子總是將死對方。

電幕上的聲音停了一下，又用一種嚴肅得多的不同口氣說：「十五點三十分有重要公告，請注意收聽。十五點三十分有重要消息，請注意收聽，不要錯過。十五點三十分。」丁當的音樂聲又起。

溫斯頓心中一陣亂。這是前線來的公報；他根據本能知道這一定是壞消息。他這一整天時斷時續地想到在非洲可能吃了大敗仗，這就感到一陣興奮。他好像真的看到了歐亞國的軍隊蜂擁而過從來沒有突破過的邊界，像一隊螞蟻似的擁到了非洲的下端。為甚麼沒有辦法從側翼包抄他們呢？他的腦海裏清晰地出現了西非海岸的輪廓。他揀起白色的相朝前走了一步。這一着走的是地方。甚至在他看到黑色的大軍往南疾馳的時候，他也看到另外一支大軍，不知在甚麼地方集合起來，突然出現在他們的後方，割斷了他們的陸海交通。他覺得由於自己主觀這樣願望，另一支大軍在實際上出現了。但是必須立刻行動。如果讓他們控制了整個非洲，讓他們取得好望角的機場和潛艇基地，大洋國就要切成兩半。可能的後果是不堪設想的：戰敗、崩潰、重新劃分世界、黨的毀滅！他深深地吸一口氣。一種奇怪的交雜的感情——不過不完全是複雜的，而是層層的感情，只是不知道最底下一層是甚麼——在他的內心中鬥爭着。

這一陣心亂如麻過去了。他把白色的相又放回來。不過這時他無法安定下來認真考慮難局問題。他的思想又開了小差。他不自覺地在桌上的塵埃上用手指塗抹：

2＋2＝

她說過，「他們不能鑽到你體內去。」但是他們能夠。奧勃良說過，「你在這裏碰到的事情是永遠不滅的。」這話不錯。有些事情，你自己的行為，是無法挽回的。你的心胸裏有甚麼東西已經給掐死了，燒死了，腐蝕掉了。

他看到過她；他甚至同她說過話。已經不再有甚麼危險了。他憑本能知道，他們現在對他的所作所為已幾乎不發生興趣。如果他們兩人有誰願意，他可以安排同她再碰頭一次。他們那次碰到是偶然的事。那是在公園裏，三月間有一天天氣很不好，冷得徹骨，地上凍成鐵塊一樣，草都死了，到處都沒有新芽，只有一些藏紅花露頭，但被寒風都吹颳跑了。他們交臂而過，視同陌路人。但是他卻轉過身來跟着她，不過並不很熱心。他知道沒有危險，誰都對他們不發生興趣。她沒有說話。她在草地上斜穿過去，好像是要想甩開他，可是後來見到甩不開，就讓他走到身旁來。他們走着走着就走到掉光了葉子的枯叢中間，這個枯叢既不能躲人又不能防風。他們卻停下步來。這一天冷得厲害。寒風穿過枯枝，有時把發髒的藏紅花吹颳跑了。他把胳膊摟住了她的腰。

周圍沒有電幕，但很可能有隱藏的話筒，而且，他們是在光天化日之下。但是這沒有關係，甚麼事情都已沒有關係了。如果他們願意，也可以在地上躺下來幹那個。一想到這點，他的肌肉就嚇得發僵。她對他的摟抱毫無任何反應。她甚至連擺脫也不想擺脫。他現在知道了她發生了甚麼變化。她的臉瘦了，還有一條長疤，從前額一直到太陽穴，有一半給頭髮遮住了；不過所謂變化，指的不是這個。是她的腰比以前粗了，而且很奇怪，比以前僵硬。他記得有一次，在火箭彈爆炸以後，他幫助別人從廢墟裏拖出一具屍體來，他很吃驚地發現，不僅屍體沉重得令人難以相信，而且僵硬得不像人體而像石塊，很不好抬。她的身體也使你感到那樣。他不禁想到她的皮膚一定沒有以前那麼細膩了。

他沒有想去吻她，他們倆也沒有說話。他們後來往回走過大門時，她這才第一次正視他。這只不過是短暫的一瞥，充滿了輕蔑和憎惡。他不知道這種憎惡完全出諸過去，還是也由於他的浮腫的臉和風颳得眼睛流淚而引起的。他們在兩把鐵椅上並肩坐了下來，但沒有挨得太近。他看到她張口要說話。她把她的笨重的鞋子移動幾毫米，有意踩斷了一根小樹枝。他注意到她的腳似乎比以前寬了。

「我出賣了你，」她若無其事地說。

「我出賣了你，」他說。

她又很快地憎惡地看了他一眼。

「有時候，」她說，「他們用甚麼東西來威脅你，這東西你無法忍受，而且想都不能想。於是你就說，『別這樣對我，對別人去，對某某人去。』後來你也許可以偽裝這不過是一種計策，這麼說是為了使他們停下來，真的意思並不是這樣。但是這不對。當時你說的真是這個意思。你認為沒有別的辦法可以救你，因此你很願意用這個辦法來救自己。你真的願意這事發生在另外一個人身上。他受得了受不了，你根本不在乎。你關心的只是你自己。」

「你關心的只是你自己，」他隨聲附和說。

「在這以後，你對另外那個人的感情就不一樣了。」

「不一樣了，」他說，「你就感到不一樣了。」

似乎沒有別的可以說了。風把他們的單薄的工作服颳得緊緊地裹在他們身上。一言不發地坐在那裏馬上使人覺得很難堪，而且坐着不動也太冷。她說要趕地鐵，就站了起來要走。

「我們以後見吧，」他說。

「是的，」她說，「我們以後見吧。」

他猶豫地跟了短短的一段距離，落在她身後半步路。他們倆沒有再說話。她並沒有想甩掉他，但是走得很快，使他無法跟上。他決定送她到地鐵車站門口，但是突然覺得這樣在寒風中跟着沒有意思，也吃不消。他這時就一心想不如離開她，回到栗樹咖啡館去，這個地方從來沒有像現在這樣吸引他過，他懷念地想着他在角落上的那張桌子，還有那報紙、棋盤、不斷斟滿的杜松子酒。尤其是，那裏一定很暖和。於是，也並不是完全出於偶然，他讓一小群人走在他與她的中間。他不是很有決心地想追上去，但又放慢了腳步，轉過身來往回走了。他走了五十米遠回過頭來看。街上並不擁擠，但已看不清她了。十多個匆匆忙忙趕路的人中，有一個可能是她。也許從背後已無法認出她的發胖僵硬的身子了。

「在當時，」她剛才說，「你說的真是這個意思。」他說的真是這個意思。他不僅說了，而且還打從心眼裏希望如此。他希望把她，而不是把他，送上前去餵——

電幕上的音樂聲有了變化。音樂聲中有了一種破裂的嘲笑的調子，黃色的調子。接着——也許這不是真正發生的事實，而是一種有些像聲音的記憶——有人唱道：

在遮蔭的栗樹下；
我出賣了你，你出賣了我——

他不禁熱淚盈眶。一個服務員走過，看到他杯中已空，就去拿了杜松子酒瓶來。

他端起了酒杯，聞了一下。這玩意兒一口比一口難喝。但是這已成了他所沉溺的因素。這是他的生命，他的死亡，他的復活。他靠杜松子酒每晚沉醉如死，他靠杜松子酒每晨清醒過來。他很少在十一點以前醒來，醒來的時候眼皮都張不開，口中乾渴，背痛欲折，如果不是由於前天晚上在床邊放着的那瓶酒和茶杯，他是無法從橫陳的位置上起床的。在中午的幾個小時裏，他就面無表情地呆坐着，旁邊放着一瓶酒，聽着電幕。從十五點到打烊，他是栗樹咖啡館的常客。沒有人再管他在幹甚麼，任何警笛都驚動不了他，電幕也不再訓斥他。有時，大概一星期兩次，他到真理部一間灰塵厚積、為人遺忘的辦公室裏，做一些工作，或類似工作的事情。他被任命參加了一個小組委員會下的一個小組委員會，上面那個小組委員會所屬的委員會是那些負責處理編纂第十一版新話詞典時所發生的次要問題的無數委員會之一。他們要寫一份叫做臨時報告的東西，但是寫的究竟是甚麼東西，他從來沒有弄清楚過。大概同逗點應該放在括弧內還是括弧外的問題有關。小組委員會還有四名委員，都是同他相似的人物。他們經常是剛開了會就散了，個個都坦率地承認，實際上並沒有甚麼事情要做。但也有時候他們認真地坐下來工作，像煞有介事地做記錄、起草條陳，長得沒完沒了，從來沒有結束過。那是因為對於他們要討論的問題究竟是甚麼，引起了越來越複雜、深奧的爭論，在定義上吹毛求疵，漫無邊際地扯到題外去，爭到後來甚至揚言要請示上級。但是突然之間，他們又洩了氣，於是就圍在桌子旁邊坐着，兩眼茫然地望着對方，很像雄雞一唱天下白時就銷聲匿跡的鬼魂一樣。

電幕安靜了片刻。溫斯頓又抬起頭來。公報！哦，不是，他們不過是在換放別的音樂。他的眼簾前就有一幅非洲地圖。軍隊的調動是一幅圖表：一支黑色的箭頭垂直向南，一支白色的箭頭橫着東進，割斷了第一個箭頭的尾巴。好像是為了取得支持，他抬頭看一眼畫像上的那張不動聲色的臉。不可想像第二個箭頭壓根兒不存在。

他的興趣又減退了。他又喝了一大口杜松子酒，揀起白色的相，走了一步。將！但是這一步顯然不對，因為——

他的腦海裏忽然飄起來一個記憶。他看到一間燭光照映的屋子，有一張用白床罩蓋着的大床，他自己年約十來歲，坐在地板上，搖着一個骰子匣，在高興地大笑。他的母親坐在他對面，也在大笑。

這大概是在她失蹤前一個月。當時兩人情緒已經和解了，他忘記了難熬的肚餓，暫時恢復了幼時對她的愛戀。他還很清楚地記得那一天，大雨如注，雨水在玻璃窗上直瀉而下，屋子裏太黑，無法看書。兩個孩子關在黑暗擁擠的屋子裏感到極其無聊。溫斯頓哼哼唧唧地吵鬧着要吃的，在屋子裏到處翻箱倒櫃，把東西東扯西拉，在牆上拳打足踢，鬧得隔壁鄰居敲牆頭抗議，而小的那個卻不斷地號哭。最後，他的母親說。「乖乖地別鬧，我給你去買個玩具。非常可愛的玩具——你會喜歡的。」說完她就冒雨出門，到附近一家有時仍舊開着的小百貨舖裏，買回來一隻裝着骰子玩進退遊戲的硬紙匣。他仍舊能夠記得那是潮的硬紙板的氣味。這玩意兒很可憐。硬紙板都破了，用木頭做的小骰子表面粗糙，躺也躺不平。溫斯頓不高興地看一眼，毫無興趣。但是這時他母親點了一根蠟燭，他們就坐在地板上玩起來。當他們各自的棋子進了幾步，快有希望達到終點時，又倒退下來，幾乎回到起點時，他馬上就興奮起來，大聲笑着叫喊。他們玩了八次，各贏四次。他的小妹妹還太小，不懂他們在玩甚麼，一個人靠着床腿坐在那裏，看到他們大笑也跟着大笑。整整一個下午，他們在一起都很快活，就像在他幼年時代一樣。

他把這幅景象從腦海裏排除出去。這個記憶是假的。他有時常常會有這種假記憶。只要你知道它們是假的，就沒有關係。有的事情確實發生過，有的沒有。他又回到棋盤上，揀起白色的相。他剛揀起，那棋子就啪的掉在棋盤上了。他驚了一下，好像身上給刺了一下。

一陣刺耳的喇叭聲響了起來。這次是發表公報了！勝利！在發表消息之前嗚喇叭總是有勝利的消息。咖啡館裏一陣興奮，好像通過一陣電流一般。甚至服務員也驚了一下，豎起了耳朵。

喇叭聲引起了一陣大喧嘩。電幕已經開始播放，廣播員的聲音極其興奮，但是剛一開始，就幾乎被外面的歡呼聲所淹沒了。這消息在街上像魔術一般傳了開來。他從電幕上所能聽到的只是，一切都按他所預料的那樣發生了：一支海上大軍秘密集合起來，突然插入敵軍後方，白色的箭頭切斷了黑色箭頭的尾巴。人聲喧嘩之中可以斷斷續續地聽到一些得意洋洋的話：「偉大戰略部署——配合巧妙——徹底潰退——俘虜五十萬——完全喪失鬥志——控制了整個非洲——戰爭結束指日可待——大獲全勝——人類歷史上最大的勝利——勝利，勝利，勝利！」

溫斯頓在桌子底下的兩隻腳拼命亂蹬。他仍坐在那裏沒有動，但是在他的腦海裏，他在跑，在飛快地跑着，同外面的群眾一起，大聲呼叫，欣喜若狂。他又抬頭看一眼老大哥。哦，這個雄踞全世界的巨人！這個使亞洲的烏合之眾碰得頭破血流的巨石！他想起在十分鐘之前——是的，不過十分鐘——他在思量前線的消息究竟是勝是負時，他心中還有疑惑。可是現在，覆亡的不僅僅是一支歐亞國軍隊而已。自從他進了友愛部那天以來，他已經有了不少變化，但是到現在才發生了最後的、不可缺少的、脱胎換骨的變化。

電幕上的聲音仍在沒完沒了地報告俘虜、戰利品、殺戮的故事，但是外面的歡呼聲已經減退了一些。服務員們又回去工作了。溫斯頓飄飄然坐在那裏，也沒有注意到酒杯裏又斟滿了酒。他現在不再跑，也不再叫了。他又回到了友愛部，一切都已原諒，他的靈魂潔白如雪。他站在被告席上，甚麼都招認，甚麼人都咬。他走在白色瓷磚的走廊裏，覺得像走在陽光中一樣，後面跟着一個武裝的警衛。等待已久的子彈穿進了他的腦袋。

他抬頭看着那張龐大的臉。他花了四十年的工夫才知道那黑色的大鬍子後面的笑容是甚麼樣的笑容。哦，殘酷的、沒有必要的誤會！哦，背離慈愛胸懷的頑固不化的流亡者！他鼻樑兩側流下了帶着酒氣的淚。但是沒有事，一切都很好，鬥爭已經結束了。他戰勝了自己。他熱愛老大哥。

# 附錄　新話的原則

新話是大洋國的正式語言，其設計是為了滿足英社——即英格蘭社會主義——的意識形態上的需要。到了一九八四年還沒有一個人能用新話作為唯一交流手段，不論是口頭上的，還是書面的。《泰晤士報》上的社論是用新話寫的，但是這是一種特殊的技巧，只有專家才能做到。估計到了二零五零年新話終將取代老話（即我們所稱的標準英語）。在此之前，它逐步地擴大地盤，所有黨員在日常談話中越來越多地使用新話的詞彙和語法結構。一九八四年使用的那一種，見諸第九版和第十版的新話詞典，是臨時性的，其中有不少多餘的詞和過時的結構，以後就要廢除的。這裏所涉只是第十一版詞典中應用的最後修訂稿。

新話的目的不僅是為英社擁護者提供一種表達世界觀和思想習慣的合適的手段，而且也是為了使得所有其他思想方式不可能再存在。這樣在大家採用了新話，忘掉了老話以後，異端的思想，也就是違背英社原則的思想，就根本無法思想，只要思想是依靠字句來進行的。至少是這樣。新話的詞彙只給黨員要正確表達的意義一種確切的、有時是非常細微的表達方法，而排除所有其他的意義，也排除用間接方法得出這種意義的可能性。所以能做到這一點，一部份原因是因為創造了新詞，但主要是因為廢除了不合適的詞和消除了剩下的詞原有的非正統含義，而且盡可能消除它們的其他歧義。舉一個簡單的例子。新話中仍保留「free」（「自由」）一詞，但它只能用在下列這樣的話中，如「This dog is free from lice」（「此狗身上無虱」）或「This field is free from weeds」（「此田無雜草」）。它不能用在「politically free」（「政治自由」）或「intellectually free」（「學術自由」）的原來意義上，因為，政治自由和學術自由即使作為概念也不再存在，因此必然是無以名之的。除了肯定是異端的詞要取締以外，減少詞彙數量也被認為是目的本身。凡是能省的詞一概不許存在。新話的目的不是擴大而是縮小思想的範圍，把用詞的選擇減少到最低限度間接幫助了這個目的。

新話是以我們今天使用的英語為基礎的，雖然許多新話句子即使沒有包含新造的詞，在今天使用英語的人聽來也是很難懂的。新話詞彙可分為三大類：A類詞彙，B類詞彙（也叫複合詞）和C類詞彙。這三類詞彙分別來談比較簡單，但是語法上的特點可以在A類一節中加以討論，因為這些規則對三類都是適用的。

A類詞彙。A類詞彙是日常生活需要用的詞，例如吃、喝、幹活、穿衣、上樓、下樓、坐車、種花、燒飯等等，幾乎全部是我們已掌握的詞——例如打、跑、狗、樹、糖、房屋、田野等，但同目前英語詞彙相比，為數極少，而且意義也遠為嚴格限定。含義上的一切含混不清和細微層次區別都被排除乾淨。只要能夠做到，這類新話的詞只不過是表示單一明確概念的一種聲音而已。人類詞彙要用於文學目的或從事政治、哲學討論是根本不可能的。它的用途只是表達簡單的有目的的思想，一般只涉及具體東西或人體活動。

新話語法有兩個特點。第一個特點是不同詞類幾乎可以完全互換。任何一詞（原則上這甚至適用於像「if」或「when」這樣非常抽象的詞）都可既用作動詞，又用作名詞，或形容詞、副詞。動詞與名詞若語出同根，就沒有形式區別，這條規律本身就廢除了許多古舊形式。例如「thought」（「思想」的名詞）這個詞在新話中並不存在，而為「think」（「思想」的動詞）所代替，同時充名詞動詞兩用。這裏並沒有甚麼詞源學原則，有時保留原來的名詞，有時保留原來的動詞。甚至意義相近而詞源無關的一個動詞和名詞也都取其中的一個而不用另外的一個。例如沒有「cut」（「切」）一詞，因有一「knife」（「刀」）就夠了。形容詞可在兼作動、名詞的詞後面加一個尾碼「-ful」（「的」），副詞加一「-wise」（「地」）。例如「speedful」意為「迅速的」，「speedwise」意為「迅速地」。我們目前使用的有些形容詞如「good」，「strong」，「big」，「black」，「soft」仍保留，但總數很少。對它們已無多大需要，因為幾乎任何形容詞都可以在一身兼作動、名詞的詞後加一「-ful」來解決。現有副詞則無一保留，除了極少數原來詞尾是「-wise」，這一詞尾是始終不變的。例如「well」一詞改用「goodwise」。

此外，任何一詞都可以加一前綴「un-」而有否定意義，或加一前綴「plus-」而加重語氣，外可加前綴「doubleplus-」而更加重。例如，「uncold」（「不冷」）意為「warm」（「溫暖」），而「pluscold」和「doublepluscold」則意為「very cold」（「很冷」）和「superlatively cold」（「極冷」）。在當今英語中，也可以用介詞前綴如「anti-」，「post-」，「up-」，「down-」等來限定幾乎任何一詞的含義。用這樣方法可以大大減少總詞量。以「good」（「好」）一詞為例，就不必有「bad」（「壞」），因為「ungood」（「不好」）就足以表達同樣的意義。凡是有正反相對含義的一對詞，只需決定取消哪一個詞就行了。例如，「dark」（「黑暗」）可用「unlight」（「不亮」）來代替，或「light」（「明亮」）用「undark」（「不暗」）

來代替，一切決定於你的好惡取捨。

新話語法的第二個特點是它的規則性。除了下文即將提到的幾個例外，所有字形變化都遵循同一規則。這樣，所有動詞的過去式和過去分詞都以「-ed」收尾。「steal」（「偷」）的過去式是「stealed」，「think」（「想」）的過去式是「thinked」，如此等等，像「swam」，「gave」，「brought」，「spoke」，「taken」等等形態都給取消。所有複數都加「-s」或「-es」。「man」，「ox」，「life」的複數是「mans」，「oxes」，「lifes」。形容詞比較級加「-er」，「-est」（如「good」，「gooder」，「goodest」），不規則形態「more」，「most」則被取消。

唯一仍許有不規則變化的一些詞是代詞，關係詞，指示形容詞及助動詞，仍按原來形態，除了「whom」被認為沒有必要而取消，「shall」，「should」用「will」，「would」代替。有些形態的不規則性是由於講話要快或方便形成的。因此難以發音或容易聽錯的詞就被認為是不合適的詞，為了悅耳起見要加幾個字母，或保留古代形態。不過這主要在B類詞彙中。發音方便為甚麼這麼受到重視，下文即將述及。

B類詞彙。B類詞彙是為了政治目的特別構成的詞；也就是說，是一些不僅各有政治含義而且其目的是使得這些詞彙的使用者具有特定的思想態度的詞。對英社原則沒有充份的了解，是很難正確使用這些詞的。有時這些詞也可譯成老話，甚至譯成A類詞彙，但這往往需要拖泥帶水的解釋而失去一定的附帶含義。B類詞彙彷佛是一種語言縮寫，常常把許多意思包括在少數幾個音節中，卻比普通的語言更加精煉。

B類詞彙都是複合詞。它們由兩個或兩個以上的詞組成，或幾個詞的部份組成，其結果形式很容易發音。這樣造成的合成詞一般都是動、名詞兼用，按普通規則變化。如「goodthink」（「好思想」）大體上可以理解為「orthodoxy」（「正統」），如用作動詞，意即「按正統方式思想」。它的形態變化如下：動詞、名詞「goodthink」，過去式和過去分詞「goodthinked」，現在分詞「goodthinking」，形容詞「goodthink-ful」，副詞「goodthinkwise」，動名詞「goodthinker」。

B類詞彙不是按詞源學計劃構造的。它們用來構成的詞可能有任何詞性，按任何順序排列，作任何刪節，既表明詞源，又要讀起來發音容易。例如「crimethink」（「思想犯罪」），「think」（「思想」）在後，而在「thinkpol」（「思想警察」）中，卻是在前，而後面的詞「police」（「警察」）又略去了第二個音節。由於在做到悅耳方面困難較大，B類詞彙中的不規則構成比A類多。例如「Minitrue」（「真理部」），「Minipax」（「和平部」），「Miniluv」（「友愛部」）的形容詞分別是「Minitruthful」，「Minipeaceful」和「Minilovely」，只是因為如改為「-trueful」，「-paxful」，「-loveful」發音比較困難。但原則上所有B類詞彙都是可以變化的，而且變化方式完全相同。

有些B類詞彙意思極為細微，對於沒有完全掌握新話的人，很難理解。例如，《泰晤士報》社論中這樣的一個典型句子：「Oldthinkers unbellyfeel Ingsoc」。用老話來譯，最簡短的譯法是「Those whose ideas were formed before the Revolution cannot have a full emotional understanding of the principles of English socialism」。（「凡是在革命以前形成思想的人不可能對英國式社會主義的原則有充份感情上的理解」。）但是，這不是個充份的譯法。首先，為了充份了解上引新話的句子，你得對「Ingsoc」（「英社」）一詞的含義有清楚的概念。此外，只有在「英社」方面有很好基礎知識的人才能了解「bellyfeel」一詞的充份含義，它的意思是一種今天很難想像的盲目熱情的接受；對「oldthink」也是如此，它與邪惡腐敗的想法難解難分。但是新話的有些詞，「oldthink」是其中之一，其特殊職能不是表達意思而是消滅意思。這些詞必然為數不多，但它們的含義經一再引申，最後到了許多單詞組成的含義能用一個單詞來充份表達的程度，這樣這許多單詞組成的短語就可以廢棄不用了。因此，新話詞典的編纂者遇到的最大困難不是創造新詞，而是創造了以後確定它們的含義，也就是確定由於它們的出現和存在而可以廢除哪些詞語。

我們在「free」（「自由」）一詞的應用中已經看到，以前曾經有過異端含義的詞，有時為了方便予以保留，但只是在把不良含義給清除了以後。其他如「honour」（「榮譽」），「justice」（「正義」），「morality」（「道德」），「internationalism」（「國際主義」），「democracy」（「民主」），「science」（「科學」）和「religion」（「宗教」）等許多其他的詞都已不復存在。另有少數幾個覆蓋詞代替了它們，由此而消滅了它們。例如，所有集合在自由和平等概念的一些詞都包含在「crimethink」（「思想犯罪」）一詞中，而與客觀和理性有關的詞都包含在「oldthink」（「舊思想」）一詞中。再要精確細分就很危險。對於一個黨員的要求是要具備一種與古代希伯來人一樣的看法，認為除了他的族人以外，其他民族的人都崇拜「偽神」。他不需知道這些神祇的名稱，也許按照他的正統教義，他知得越少越好。他知道耶和華和耶和華的戒律；因此他知道有其他名字和屬性的神都是偽神。黨員也同樣知道甚麼是正確行為，因此也極其含糊籠統地知道可能會有哪些背離的行為。例如，他的性生活是完全由新話的兩個詞來節制的，即「sexcrime」（「性犯罪」）和「goodsex」（「好性」）。「sexcrime」包括一切性方面的不端行為，它包括私通、通姦、同性戀等其他不端行為，而且也包括正常為了性交而性交的行為。沒有必要把它們分別開來，因為它們都是有罪的，在原則上都可以處死。在C類科技詞彙中，也許有必要對某些不端性行為給予專門名稱，但是普通公民並不需要。他知道「goodsex」是甚麼意思——那就是夫妻的正常性交，唯一目的是養兒育女，在女的一方毫無肉體的快感；除此之外，別的都是「sexcrime」。在新話中很少可能進行異端的思索，最多只想到這種想法是異端的而已，除此之外就不存在必要的詞彙讓你進一步進行思索了。

B類詞彙沒有意識形態上的中性的詞。替代性的隱語很多，例如「joycamp」（「享樂營」是強迫勞動營），「Minipax」（「和平部」是戰爭部）的含義與字面恰巧相反。有些詞則表現了對大洋國社會的真實性質有一種坦率的和蔑視的了解。例如「prolefeed」一詞，指的是黨給群眾的那種廉價娛樂和虛假新聞。其他的詞又是模棱兩可的，用在黨上有「好」的意思，用在敵上有「壞」的意思。但除此之外有大量的詞乍看之下僅僅是縮寫，但其意識形態色彩來自結構而不是含義。

凡是能夠做到，一切具有或者可能具有任何政治意義的詞都屬於B類。一切組織、團體、學說、國家、機構、公共建築等的名字都無一不縮減到熟見的形態，那就是一個容易發音的、音節最少而保持原來詞源的單詞。例如真理部裏溫斯頓·史密斯工作的紀錄司稱為「Recdep」（「紀司」），小說司稱為「Ficdep」（「說司」），電訊司稱為「Teledep」（「電司」）等等。這樣做不僅僅是為了節約時間。甚至早在二十世紀初，縮語已成了政治語言的一個典型特點；而且早有人指出，使用這種縮語在極權國家和極權組織中最突出。例子有這樣一些詞：「Nazi」（「納粹」），「Gestapo」（「蓋世太保」），「Comintern」（「共產國際」），「Agitprop」（「宣鼓」）等。在當初，這種做法是無意識的，但是在新話中是有意識的，其目的是這樣的縮稱能把原來的大部份發生聯想的含義減少而巧妙地改變了該縮稱的含義。例如「Communist International」（「共產主義者國際聯合」）使人想到的是全世界人類友愛、紅旗、街壘、馬克思、巴黎公社等合在一起的圖像。而「Comintern」（「共產國際」）卻僅僅是意味着一個嚴密的組織和明確闡釋的學說。它指的東西幾乎像桌椅板櫈一樣容易辨認，而且目的也一樣有限。「Comintern」一詞可以不假思索地說出口來，而「Communist International」卻需要至少暫時想一想。同樣，「Minitrue」

一詞引起的聯想要比「Ministry of Truth」少，而且容易控制。這不僅是養成使用縮稱的習慣的原因，也是竭力要使得每一詞都容易發音的原因。

在新話中，除了詞義確切以外，悅耳動聽是超乎其他一切考慮的重要因素。必要時語法規則往往為之犧牲。這是有理由的，因為，為了政治目的，最最需要的是意義明確而簡短的詞，能夠很快地說出來，而在說話的人的心中引起的回聲達到最低限度。B類詞彙甚至因為它們幾乎全部相像而得勢。這些詞彙——如「goodthink」，「Minipax」，「prolefeed」，「sexcrime」，「joycamp」，「Ingsoc」，「bellyfeel」，「thinkpol」等都是只有兩三個音節的詞，重音平均分配給前後兩個音節。這些詞彙的使用帶來了一種機械單調的說話腔調。目的就是使得說話盡可能脫離意識，尤其是關於意識形態上不是中性的任何問題的說話。在日常生活的應用上，說話之前無疑是需要思索一下的，但是在要求黨員對某件事發表政治或道德見解時，他就應該能夠像機關槍噴射子彈一樣發出正確的看法來。他訓練有素，又有新話做他的幾乎萬無一失的工具，而且詞語的組成又是聲粗氣壯，十分難聽，符合英社精神，就更有幫助了。

能夠選擇的用詞範圍又小，也很有幫助。與我們的語言相對而言，新話詞彙量很少，而減少詞彙量的方法又不斷地在出現。新話與其他語言的區別就是它的詞彙量逐年減少而不是增多。每減少一些就是一場收穫，因為選擇範圍越小，思想的誘惑也越小。最終是希望喉嚨發出聲音說話而不勞腦細胞操心。在新話的「duckspeak」一詞中坦率地承認了這一點，它的意思是「像鴨子一般叫」。「duckspeak」像B類詞彙中其他的詞一樣意義含混。如果發表的是正統意見，那就是讚揚。如《泰晤士報》提到黨的一個演說家是個「doubleplusgood duckspeaker」，就是極大的恭維。

C類詞彙。C類詞彙是對其他兩類的補充，完全是科學和技術名詞。它們同今天使用的科學名詞相似，用同一詞根組成，但定義極其嚴格，不含任何不合適的旁義。它們的語法規則與其他兩類一樣。在日常談話或政治演說中很少應用C類詞彙。科學工作者或技術人員都可以在本專業的詞彙表中找到他們需要的詞，但其他詞彙表上的詞他很少應用。只有極少數的詞在所有表中都共有，並沒有任何詞彙可以表達科學工作的思想習慣或思想方法的功能，不論它的具體部門是甚麼。甚至沒有「科學」一詞，因為「英社」一詞已充份包括了它所可能具有的意義。

從上所述可以看出，在新話中，不正統思想若超越了很低的一個層次是根本無法表達的。當然有可能說出一種非常粗糙的異端邪說，例如說「Big brother is ungood」（「老大哥不好」）。但這話在正統的耳朵聽來僅僅表達一種不言自明的荒謬，無法論證，因為沒有必要的論證的詞彙。與「英社」敵對的思想只能具有一種含糊的無言形態，只能用十分籠統的名詞來說明，而這些籠統的名詞加在一起不用解釋就能否定整批整批的異端邪說。說實在的，你只有把有些詞非法地譯成老話才能把新話用於非正統目的。例如，「All mans are equal」（「人皆平等」）在新話中可能構成，但只有用於老話中的「All men are redhaired」（「人皆紅髮」）同樣的意義中。它並沒有語法錯誤，但是它表達的是一種明顯的不合事實的話，即人人都是同樣的高矮、體重或力量。政治平等的概念已不復存在，因為這個旁義已從「equal」（「平等」）的含義中排除。在一九八四年，老話仍是正常的交流手段，理論上存在着這樣的危險：在使用新話時你可能記得它們的原來含義。在實踐中，任何有「doublethink」（「雙重思想」）訓練的人不難做到這一點，但是在一兩代以後，甚至這樣的失誤的可能性也會消失。以新話為其唯一語言而教養成人的人不會知道「平等」曾經有過「政治平等」的旁義，或者「自由」曾是「思想自由」的意思，正如一個從來沒有聽說過象棋的人會知道「後」和「車」的旁義一樣。有許多罪行和錯誤是他無力犯下的，因為這些罪行和錯誤是沒有名詞的，因此是無法想像的。

可以預料，隨着時間的推移，新話的突出特點將越來越明顯——它的詞彙越來越少，含義越來越嚴格，應用不當的可能越來越減少。

在老話完全被取代以後，同過去的最後聯繫就會切斷了。歷史已經重寫，但過去的文字仍有零星流傳，沒有徹底檢查，只要保持老話的知識仍能閱讀。但到將來即使這種片段得以保存也很難讀懂，很難翻譯了。很難把任何一段老話譯成新話，除非它說的是技術程式或者一些十分簡單的日常行為，或者已有正統化（新話應是「goodthinkful」）的傾向。在實踐中，這意味着大致在一九六零年以前寫的書是無法完整地譯成新話的。革命前的文字只能作意識形態上的翻譯，即不僅修改語言也要修改意義。例如《獨立宣言》中著名的一段話：

> 我們認為這些真理不言自明，人人生來平等，造物主賦予他們一定的不可讓與的權利，這些權利有生活的權利、自由的權利和追求幸福的權利。為了取得這些權利，人類創建了政府，政府則從被治理者的同意中得到權利。任何政府形式一旦有背這些目的，人民就有權改變它或廢除它，組織新的政府……

要保持原義而把這一段話譯成新話是不可能的。最多只能做到把這整段的話用一詞來包括：「crimethink」。完全的譯法只能是意識形態的譯法，把傑弗遜的話譯成一段關於絕對政府的頌詞。

的確，過去的許多文學都已用這個辦法加以改寫。出於名聲的考慮，有必要保持對某些歷史人物的記憶，同時使他們的成就與英社哲學一致。因此像莎士比亞、彌爾頓、斯威夫特、拜倫、狄更斯這樣的作家的作品都在翻譯中；這項工作完成後，他們的原作以及所有殘存的過去的文學作品都將統統銷毀。這項翻譯工作既費時又費力，在二十一世紀的頭一二十年恐怕不會完成。還有大量的實用文獻——不可缺少的技術手冊之類——也需這樣處理。主要是為了有時間進行這項翻譯工作，新話的最後採用日期才定在二零五零年這麼遲的一個年份。

# 天地外國經典文庫

①到燈塔去
[英]弗吉尼亞·伍爾夫 著　瞿世鏡 譯

②鼠疫
[法]阿爾貝·加繆 著　劉方 譯

③動物農場
[英]喬治·奧威爾 著　榮如德 譯

④人間失格（附《女生徒》）
[日]太宰治 著　竺家榮 譯

⑤美麗新世界
[英]奧爾德斯·赫胥黎 著　陳超 譯

⑥都柏林人
[愛爾蘭]詹姆斯·喬伊斯 著　王逢振 譯

⑦局外人
[法]阿爾貝·加繆 著　柳鳴九 譯

⑧月亮和六便士
[英]威廉·薩默塞特·毛姆 著　傅惟慈 譯

⑨柏拉圖對話集
[古希臘]柏拉圖 著　戴子欽 譯

⑩愛的教育
[意]埃德蒙多·德·亞米契斯 著　夏丏尊 譯

⑪一九八四
[英]喬治·奧威爾 著　董樂山 譯

⑫老人與海
[美]歐內斯特·海明威 著　李育超 譯

⑬ **泰戈爾散文詩選集**
[印度]羅賓德拉納特·泰戈爾 著　吳岩 譯

⑭ **荷風細語**
[日]永井荷風 著　陳德文 譯

⑮ **流動的盛宴**
[美]歐內斯特·海明威 著　湯永寬 譯

⑯ **最後一片葉子**
[美]歐·亨利 著　黃源深 譯

⑰ **面紗**
[英]威廉·薩默塞特·毛姆 著　張和龍 譯

⑱ **漂泊的異鄉人**
[英]D·H·勞倫斯 著　劉志剛 譯

⑲ **莎士比亞十四行詩集**
[英]威廉·莎士比亞 著　馬海甸 譯

⑳ **變形記**
[奧]弗蘭茨·卡夫卡 著　謝瑩瑩等 譯

㉑ **羅生門**
[日]芥川龍之介 著　林少華 譯

㉒ **烏合之眾**
[法]古斯塔夫·勒龐 著　陸泉枝 譯

㉓ **一生**
[法]莫泊桑 著　盛澄華 譯

天地
www.cosmosbooks.com.hk

書　　名　一九八四（Nineteen Eighty-Four）
作　　者　喬治・奧威爾（George Orwell）
譯　　者　董樂山
編輯委員會　馬文通　梅　子　曾協泰
孫立川　陳儉雯　林苑鶯
責任編輯　王穎嫻
美術編輯　郭志民
出　　版　天地圖書有限公司
香港黃竹坑道46號
新興工業大廈11樓（總寫字樓）
電話：2528 3671　傳真：2865 2609
香港灣仔莊士敦道30號地庫（門市部）
電話：2865 0708　傳真：2861 1541
印　　刷　美雅印刷製本有限公司
香港九龍官塘榮業街 6 號海濱工業大廈4字樓A室
電話：2342 0109　傳真：2790 3614
發　　行　聯合新零售（香港）有限公司
香港新界荃灣德士古道220-248號荃灣工業中心16樓
電話：2150 2100　傳真：2407 3062
出版日期　2019年3月 初版／2022年9月 第三版

---


ISBN ： 978-988-8547-53-1

本書譯文由上海譯文出版社有限公司授權繁體字版出版發行